その殺人、本格ミステリにさせません。

片岡翔

光文社

その殺人、本格ミステリにさせません。

《登場人物》

鳳《おおとり》　灾子《さいこ》　映画監督。
鳳　芽舞《めまい》　灾子の娘。助監督。
薩摩秀之《さつまひでゆき》　撮影技師。
光井　晶《みついあきら》　照明技師。
静谷信介《しずやしんすけ》　録音技師。
飾　麻紀子《かざりまきこ》　美術。
鳳　瑠夏《るか》　学生。監督補。
高遠　剣《たかとおけん》　俳優。
麗《うらら》　俳優。
柊　真珠《ひいらぎまこと》　俳優。
鳳　魅子《みこ》　高校生。瑠夏の従姉妹《いとこ》。
鳳　紅葉《もみじ》　魅子の母。鳳文芸社副社長。
銭丸達郎《ぜにまるたつろう》　刑事。

音《おと》更《ふけ》　風《ぶう》　探偵。

豺《やまいぬ》　元ミステリープランナー。

B 1

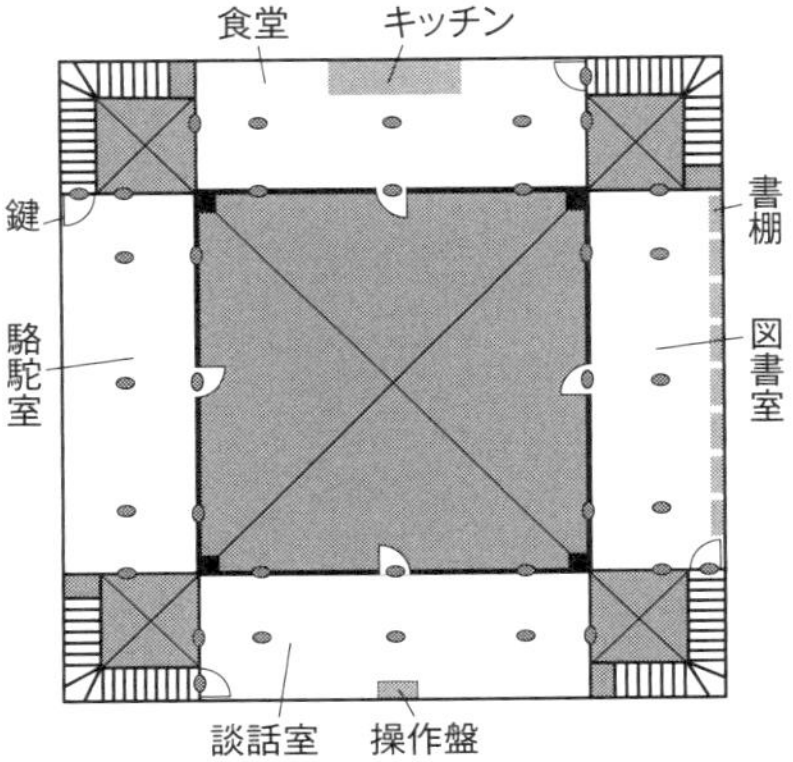

食堂
キッチン
鍵
書棚
駱駝室
図書室
談話室
操作盤

B 2

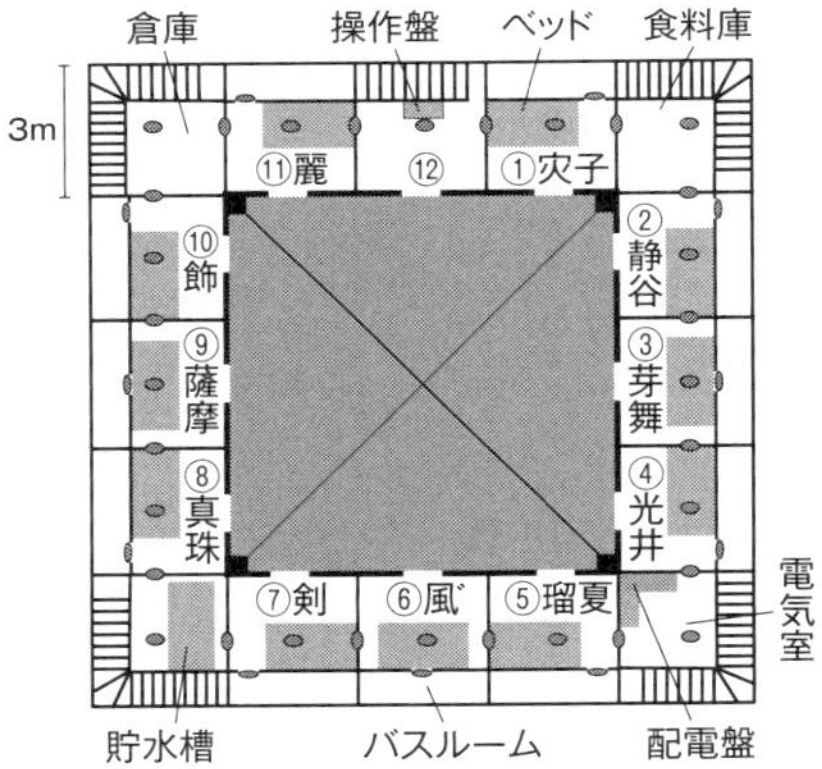

倉庫
操作盤
ベッド
食料庫
3m
⑪麗
⑫
①穴子
②静谷
③芽舞
④光井
⑤瑠夏
⑥風゛
⑦剣
⑧真珠
⑨薩摩
⑩飾
電気室
貯水槽
バスルーム
配電盤

B 3

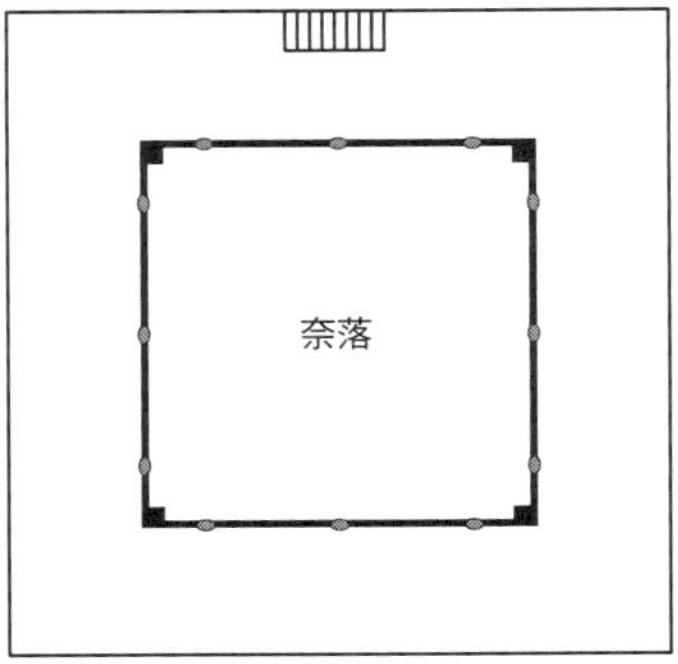

奈落

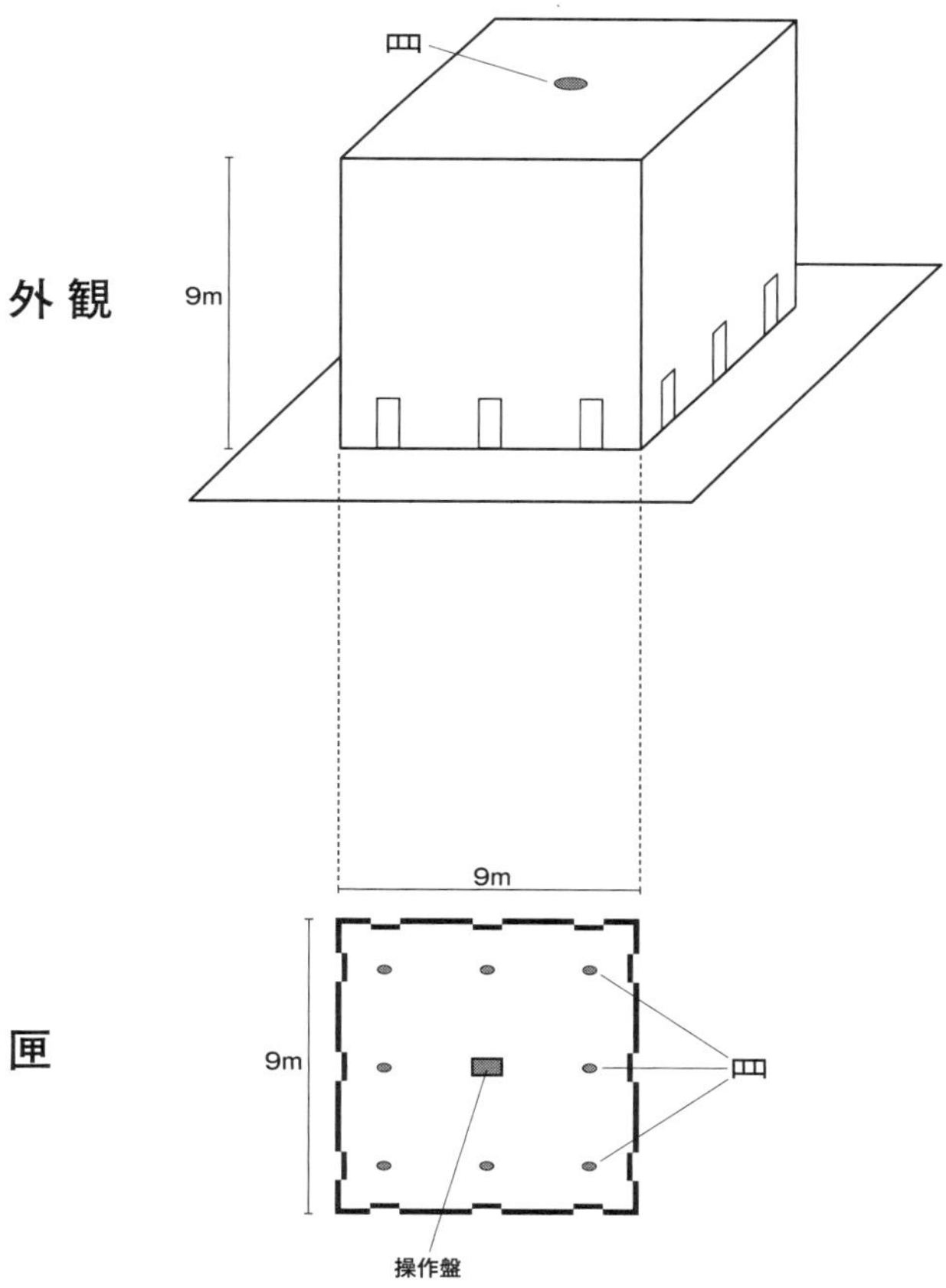

外観
罒
9m
9m
匣
9m
罒
操作盤

装画　浅野いにお

装幀　セキネシンイチ制作室

続編は、より派手にさらに過激に、いっそう残酷でなくてはならない。

――鳳灾子

『鳳凰の肖像』寄稿文より

1

静かだ。

ざっと見渡しただけで数十人はいるのに、誰一人として物音を立てない。

蜘蛛《くも》の糸のように繊細で、粘り気のある緊張感だけが張り詰めている。

東京、西新宿にあるオフィスビルの一室。パイプ椅子だけが並べられた殺風景な大部屋で、たくさんの役者がオーディションに集《つど》っている。

最近まで帝国劇場で喝采を浴びていた大物役者や、去年名だたる映画賞を総ナメにした若手俳優の姿がある。一流と称される彼らと、真珠《まこと》のような仕事の無い役者が控室を共にするなんてことは、普通ならまずありえない。他の作品とは確実に違う。そう思わせる何かが、彼女の映画にはある。

監督の名は、鳳 灾子《おおとりさいこ》。

過去に俳優として名を馳《は》せ、二十年前に映画監督に挑んだ彼女は、『鳳凰館《ほうおうかん》の殺人』というミステリー映画を撮った。だが撮影中に起きた大事故のせいで、公開できずにお蔵入りとなってしまう。それから数年、その映像がネットに流出するとたちまち評判となり、世界中でカルト的な人気を得た。映像化不可能と言われた原作を巧妙かつ鮮烈に描き出した灾子の手腕は高く評価され、彼女が表舞台から姿を消していたことも相まって、今もなお伝説的な作品として語り継がれている。

そして今年、その鳳灾子が二十年ぶりに映画を撮ることになったのだ。

世界的に話題になることは間違いないし、メインキャストもオーディションで決めるという。

これは神様が与えてくれた、人生で一度きりのチャンスかもしれない。

妹が作ってくれたお守りを握り締めていると、名前を呼ばれた。息を整えながら隣の部屋へ移る。

同じくらいある大部屋の中心に、灾子が座っていた。

「はじめまして。鳳です。今日はどうもありがとう」

綺麗《きれい》だ。まずそう思った。見た目だけではなく、佇《たたず》まいが美しい。人を簡単に寄せ付けず、かといって離さずに包み込んでしまうような、独特な威厳を感じる。

「はじめまして。柊《ひいらぎ》真珠と申します」

おじぎを返すと、パイプ椅子へ促される。すぐに質問が飛んできた。

「真珠君は十五歳の時に、大きな俳優コンテストでグランプリを獲《と》っているよね。大手の事務所から鳴り物入りでデビューしたのに、僅《わず》か一年でそこを辞めたのはどうして？」

灾子は資料も見ずに聞いてくる。フランクな口調で、高圧的な空気は感じない。

「映画がやりたくてこの世界に入ったからです。モデルとかバラエティの仕事ばかりを入れられるので、断り続けていたら居場所がなくなってしまい、退所することにしました」

「どうして私の映画に出たいの？」

「小学生の時に、鳳凰館の殺人を観《み》たんです。畳み掛ける謎を解き明かしていく奥入瀬竜青《おいらせりゅうせい》が本当に恰好《かっこう》良くて、圧倒されました。僕も、こんな世界で生きてみたいと思ったんです」

「じゃあ、あの原作や、亜我叉《あがさ》の他の小説は読んだことはある？」

まずいかなと思いつつ、「ありません」と答える。嘘《うそ》はつけない。ついても見抜かれるだろう。

「そんなに惚《ほ》れ込んでくれたなら、読もうとは思わなかった？」

「あぁ、それは、あの映画が完璧だと思ったからです。悪い意味じゃなく、小説に興味が向かなかったというか……小説を読む時間とお金があったら、映画館に行ってしまうのもあって」

自分でも不思議だった。敬語まで崩れてしまうほど、スッと本音が出てくるのだ。それも演出の妙、監督の手腕なのかもしれない。言い終えると、灾子の目付きが変わった。

「そんなに映画が好きなの？」

「大好きです。映画の中で生きて、映画の中で死にたい。そう思うほどに」

強い視線を返すと、灾子は立ち上がり、微笑《ほほえ》みながら言った。

「合格よ。この映画のメインキャストとして、力を貸してちょうだい」


あまりに驚きすぎて、その後の記憶がほとんど無い。

狐《きつね》に摘まれたような感覚のまま、すぐそばの喫茶店に入る。水を一口飲み、やっと我に返った。

「詳細は後日にするけど、約束してほしいことが二つだけあるの」

退出間際に、灾子はそう言った。

「一つは、そのまま亜我叉の小説を読まないこと。もう一つは、この本を読んでおくこと。これを映画化するわけではないけれど参考までに。まだ発売前の小説なので、外には漏らさないでね」

真珠は珈琲《コーヒー》を一口含んでから、渡された本を出した。

『世界を震撼《しんかん》させた驚異の実話・本格ミステリ!!』

仰々《ぎょうぎょう》しい帯が目を引く。『鳳凰館の殺人』に比べると、だいぶライトな匂いがする。

著者の名は、鳳魅子《みこ》。プロフィールに二〇〇七年生まれとある。やけに若いが、その下に『鳳亜我叉の孫』と書いてあり、真珠は二年前の事件を思い出した。

鳳亜我叉は『鳳凰館の殺人』でデビューし、全十作の推理小説が世界的なベストセラーとなっている伝説の作家で、灾子の実兄でもある。彼は生前、その十作の舞台となる館を完全再現して建築したことでも知られており、二年前にその中の一つ、鬼人館《きじんかん》で大きな事件が起きた。まるで本格ミステリのように、亜我叉の血縁者が四人も殺害されたのだ。あげくに彼の小説が全てゴーストライターによって書かれていたという事実までもが明るみに出て、世界中が驚愕《きょうがく》した。その事件から生還した中の一人が、著者である鳳魅子だ。つまりこの小説は、被害者本人が書いたノンフィクションらしい。

それにしては。とても実話とは思えないような、変なタイトルが気になった。

『その殺人、本格ミステリに仕立てます。』

それから毎日、何度も何度もそれを読んだ。移動中にも読み耽《ふけ》り、今も電車の中で開いている。オーディションから一週間後、真珠は灾子に呼ばれて新宿へ向かっていた。

撮影のために読んでいるのに、つい夢中になってしまう。実話だなんて、信じられない。

特に主役の二人は実在すると思えない。ミステリープランナーと名乗る探偵助手と、ド天然の名探偵。実際の事件を調べても、そんなコンビの存在は報じられていなかった。

改めて表紙を確認すると、帯の後ろに小さく『実話を元にした物語』と記されていた。あくまで

〈元にした物語〉なのだ。やはり山猿《やまざる》などという男や、風なんていうふざけた名の探偵なんているはずがない。そこは作者の創作なのだろう。なぜかわからないけどほっとする。

新宿に着いて地下街を歩くと、すぐに指定された場所が見えてきた。

壁面に造られた巨大な一つ目が、じっとこちらを凝視してくる。〈新宿の目〉と題されたそのオブジェは、待ち合わせ場所として使われるにはだいぶ奇異に思える。

監督はまだ来ていない。時間を確認しようとした時、背後から「怖《こわ》っ！」と声が聞こえた。

小柄な女の子が寄ってくる。その姿を見てハッとした。

眉の上で切り揃《そろ》えられた黒髪、ふっくらとした頬と、大きな黒縁眼鏡《くろぶちめがね》。瑠璃《るり》色のトレンチコートに、小脇に提げている豚のポシェット。

あの小説から飛び出してきたと錯覚してしまうほどに、似ている。装画に描かれている探偵にそっくりなのだ。真珠の存在など気にも留めずに、ジロッと新宿の目を睨《にら》んでいる。

「あ、あの、あなた、もしかして……」

「え？」

彼女がこっちを見る。訝《いぶか》しげな視線を向けられ、焦ってしまう。

「あの、えぇと、あなた、お名前は……」

しどろもどろな声を出すと、彼女は不思議そうな顔で言った。

「音更風《おとふけぷう》ですけど」

真珠は愕然《がくぜん》としながら、どこかで興奮していた。

ド天然の名探偵は、実在した……。

2

静かだ。

今日も客が来ない。昨日も来なかったし、おそらく明日も来ないだろう。

探偵とはこうも暇《ひま》な仕事なのだろうか。

こんなことなら地元に戻って、可愛《かわい》い豚たちとのんびり暮らした方が幸せなんじゃないだろうか。

ここ最近、そんなふうに故郷を想《おも》ってばかりいる。

凪は北海道の音更町で、養豚を営む家に生まれた。両親はちょっと変わり者で、豚を愛するあまり娘に「ぶう」と名付け、『凪』に濁点を付けて出生届を提出した。当然そんな字は受理されず、戸籍上は『凪』になったが、凪はこの字を気に入って使っている。

探偵になりたいと思ったきっかけは、大好きだったおばあちゃんが愛読していた推理小説だ。『鳳凰館の殺人』で本格ミステリに魅《み》せられ、シリーズ全十作に登場する名探偵、奥入瀬竜青に憧れた。自分は彼の生まれ変わりだと信じ込み、名探偵になると心に決めた。

生まれつきのド近眼のせいか嗅覚が豚のように鋭く、探し物を見つけたり、嘘を嗅ぎ分けることが得意だったので、なれると確信していた。

高校卒業後に上京すると、運良くファンの聖地である鳳凰館のメイドとして働くことができ、鬼人館の事件に巻き込まれた。実際の殺人事件は小説のように愉《たの》しいものではなかったが、見事に真犯人を突き止めた凪は、意気揚々と探偵事務所を立ち上げた。

憧れの名探偵の名を冠した、奥入瀬探偵社。

彼のトレンチコートのように、未来は瑠璃色に輝いていた。

なのに。事件の依頼は来ない。不倫調査の依頼も、猫捜しの依頼すら来ない。たまに人が訪ねてきても、凪が探偵だということを知ると、また来ます、と出て行って、未来永劫《えいごう》戻って来ない。

世界初の移動探偵事務所と銘打ち、タピオカの販売車を改造した事務所にしたのがまずかったのだろうか。来るのは物見遊山のおばちゃんや小学生ばかりだ。

車で寝泊まりしているので家も事務所も家賃はタダ。それでも貯金は尽きていく。そろそろやばい。本気で転業しようかとタピオカの作り方を調べていると、ガチャリとドアが開いた。

「やっほー」

冷え切った一月の空気と共に知った顔が見えて、凪は大袈裟《おおげさ》な溜息《ためいき》を吐《つ》いた。

「なんだ、魅子ちゃんか」

「なんだって何よ。酷《ひど》いなぁ。せっかくいいもの持ってきてあげたのに」

魅子は首元から蜂蜜色のリボンを外してソファに放る。世の少女たちが憧れる名門、虎ノ門女子《とらのもんじょし》学院《がくいん》のシンボルが台無しだ。

「なになに？　今夜のディナー？　それともスイーツ系？」

「もっといいものだよ。完成したの、私のデビュー作が」

「本当!?　おめでとう！」

凪は思わず魅子を抱き締めた。「痛い痛い」と彼女は凪を押し退《の》け、鞄《かばん》から本を取り出した。

『その殺人、本格ミステリに仕立てます。』

変なタイトルと、瑠璃色のトレンチコートが目に留まる。黒縁眼鏡の女の子が、豚を抱いている。

「ちょっと！　え、まさかこれ、私⁉」

「そっくりでしょ？　喜びなよ。あの浅野《あさの》いにおさんが描いてくれたんだよ。豚も可愛いでしょ」

「うーん、でも私、もうちょっとシュッとしてるけどなぁ……」

凪はぶつぶつ言いながら本を開き、再び声を上げた。

「ちょっと！　本名は使わないって言ったでしょ！」

「使ってない使ってない。よく見てよ、音呆凪《おとぼけぷう》にしたんだから」

「なにそれ、くまのプーさんでしょ！　ていうかほとんど本名だし！」

「大丈夫だって。君みたいな探偵が実在するなんて誰も思わないから。それにこれで有名になったら仕事も来るだろうし。どーせ廃業を考えてタピオカの作り方でも調べてたんでしょ？」

図星すぎて言葉が出ない。ホームズに素性を明かされる人の気持ちがよくわかった。

「やば、もうこんな時間だ。じゃ、読んでみてね」

魅子はリボンと鞄を取り、跳ねるように立ち上がる。

「あれ、日曜だけど学校あるの？」

「うん、ＴＭＣに入ったの」

「ＴＭＣ？」

魅子は車を出ると、超絶可愛い決め顔で振り返った。

「虎ノ門女子マーダーズクラブ」

凪は笑ってしまった。あんな事件があったのに。やはり亜我叉の孫。血は争えないな、と思う。

ミステリマニアな血は、より濃く、深くなっているに違いない。

けれど亜我叉は、書く才能を持っていなかったのだ。とすると、彼の孫である魅子はどうなのだろうか。疑いながら読み始めるが、すぐにそれが杞憂《きゆう》だったと知る。高校生が初めて書いたとは思えないほど、するするページを捲《めく》らされてしまう。


「お願い。あの事件を小説にしたいの」

魅子がそう頼んできたのは、ちょうど一年前のことだった。凪は迷わず反対した。

四人もの命が失われ、その中には魅子の父もいたのだ。思い返すだけで心の傷が抉《えぐ》られてしまうと心配した。けれど魅子は「書くことで決着を付けたいの」と言った。さっきのような軽快さは微《み》塵《じん》も無く、射《い》貫《ぬ》いてくるような目をしていた。

そうして凪は、全力で協力した。記憶という記憶を掘り起こし、見聞きしたことを話し聞かせた。

正直、支離滅裂な話だったと思う。それが見事な小説になっていた。

あのはちゃめちゃな出来事が、綺麗にまとまっているのだ。魅子の才能は本物かもしれない。

序盤はそんなことを感じながら読んでいたが、いつしか夢中になっていた。

読み終えて深い息を吐く。なんとも言えない気持ちになり、暫《しばら》くソファから立てなかった。

鬼人館での惨事がありありと蘇《よみがえ》り、胸を締め付けられた。豺《やまいぬ》とのくだらないやりとりも、泣きたくなるような話し合いも、一語一句忠実に再現されている。

なのに。本当に現実だったのだろうか。夢物語のように感じてしまう。豺ですら本当に実在したのだろうか、と疑ってしまう自分がいる。あれ以来一度も会っていないこともあり、まるでフィクションのキャラのように思えてしまう。

それはあまりに浮世離れした出来事で、現実と悪夢の境に迷い込んでしまったような気がした。


そんなこんなで熟睡できず、目覚めたら正午を過ぎていた。

ヤバッと目覚まし時計を放り投げる。今日は珍しく予定があった。相談があるから、一時に鳳凰館の蔵に来てほしいと瑠夏《るか》に言われていたのだ。けれど焦る必要は無い。なにせここは鳳凰館の駐車場。所有者である魅子の母、紅葉《もみじ》の厚意でいつも停《と》めさせてもらっているのだ。

ギシギシ音を立てるベッドを畳み、駐車場の隅に建つ小綺麗なトイレで顔を洗う。パパッと寝癖だけを直して、パンを咥《くわ》えながら身支度をする。

瑠夏は魅子の従兄弟《いとこ》で、やはり鬼人館事件の被害者でもある。去年芸大の映画学部に進学し、映画監督を目指している。本格ミステリ映画を撮るのが夢だそうだ。

あんな経験をしたのに……。やはり魅子と同じく、亜我叉の孫なんだと思う。

敷地内を歩いていくと、和洋折衷の厳かな蔵が見えてきた。ふっと二年前のことが蘇る。ここに来るのもそれ以来だ。妙な感慨に耽りながら扉をノックすると、瑠夏が顔を出した。

「おぉ凪ちゃん、おつかれ」

相変わらずな爽やかな笑顔。鳳家の一族は皆基本的に美しい。

「久しぶりだね瑠夏君、ついに監督作を撮るの？」

「いや、今度プロの現場に監督補として入ることになってさ。その監督を紹介したいんだ」

話しながら奥へ進むと、ふわっとシトラスの香りがした。小柄な女性がソファから立ち上がる。

「初めまして。鳳灾子です」

漆黒のロングヘアに、純白の肌。真っ赤な唇。色気を極めたような美貌と、全身から滲《にじ》み出るオーラ。たおやかに微笑んでいるが、猫のような目は笑っていない。

「ど、どうも、初めまして。音更、凪です」

柄にもなく緊張する。なにせあの亜我叉の妹だ。

「今年からこの書斎を借りているの。どうぞ。おかけになって」

彼女は凪をソファへ促し、小さな冷蔵庫からアイスティーを取り出した。歩く所作、グラスに注ぐ手つき、その流れるような動きについ目がいってしまう。昔は大女優だったと聞いたことがあるが、現役の俳優よりも華があるかもしれない。

「いただきます」

アイスティーを口に含むと、瑠夏が高級そうなチーズケーキを出してくれた。

「さっそく本題に入らせてもらうわね。これは、どこからどこまでが事実なの？」

灾子は机の引き出しから本を出して見せた。魅子が書いた小説だ。

「えぇと……どこからどこまでも、事実です」

「本当に？」

じっと凪を見つめてくる。長い睫毛《まつげ》の奥に光が差し込み、オリーブ色に輝いて見える。

「はい。違うのは名前くらいですかね。凪じゃなくて凪ってところとか。あ、プウっていうのは、ホントはこの子の名前なんです」

凪はそう言って肩から提げている豚のポシェットを見せた。

「大好きだったおばあちゃんが作ってくれたんです。もう、亡くなっちゃったんですけど。私、そのおばあちゃんの影響で探偵に――」

「知ってるわよ。全部この本に書いてあったから」

「あぁ、そうか」と凪は笑った。「ビックリした、名探偵かと思っちゃいました」

穴子はフッと微笑み、ぱらぱらと本を捲った。凪はその顔に見入ってしまう。

いくつだろう。年齢不詳だ。亜我叉が生きているとしたら今年で八十歳。その妹なら、離れていてもせいぜい二十。とすると六十くらいのはずだが、まさか。どう見ても四十代にしか見えない。

「凪ちゃんは、私の映画を観たことがある?」

「鳳凰館の殺人ですよね。観たこと無いです。原作が大好きだから観たかったんですけど、あれ曰《いわ》く付きって聞いて。観るのも違法なんですよね?」

瑠夏がぷっと噴き出した。

「曰く付きって。さすが、ハッキリ言うね」

「あ、まずかった？　ごめんなさい！」

凪は口を押さえる。穴子はくすくす笑った。顔が火照《ほて》るが、おかげで場の空気が変わっていた。

穴子の鋭かった目も、柔らかく変化している。

「私ね、これから映画を撮るの。あれ以来、二十年ぶりに」

「わー、すごい。それは楽しみですね！」

凮はチーズケーキを口に運ぶ。ほのかな酸味《さんみ》と、濃厚なチーズの香りが鼻の奥まで突き抜ける。

「そこで相談なんだけれど」

「なんですか？」

「凮ちゃんに、私が撮る映画の探偵監修をしてほしいの」

「えっ」

フォークからぼとりとケーキが落ちた。


向かいのシートに座っている男女は、どういう関係だろうか。目に映る情報から推理するも、男女ということしかわからない。やっぱりホームズのようにはいかず、溜息が出る。

翌週、凮は久しぶりに電車に乗っていた。

探偵監修の依頼は、床に落ちたチーズケーキを拾う前に引き受けた。灾子が才能を讃《たた》えてくれて、天にも昇る気分だった。監修なんてクールだし、こんなに面白そうな仕事は他に無い。

ワクワクしながら新宿の改札を出て、人の多さに圧倒される。

灾子には、大きな目で待ち合わせと言われていた。モヤイ像やハチ公は知っているが、そんなものは聞いたことがない。大きな目って、なんだそれ。

疑いながら歩いていくと、壁に大きな目があった。誰が何と言おうと、大きな目だ。だいぶ異質で、魔力を感じる。目を逸《そ》らすと殺《や》られる気がして、睨み続ける。と、声を掛けられた。

「あ、あの、あなた、もしかして……」

「え？」

颪はドキッとする。

爽やかな風を感じる前髪。すらりとした鼻筋。白い肌はマシュマロみたいに柔らかそうで、くりっとした瞳が宝石のように輝いている。こんなに可愛らしい男の人を、初めて見た。

「あの、えぇと、あなた、お名前は……」

いきなり尋ねてくる。純情そうな好青年にしか見えないが、新手のナンパだろうか。

「音更颪ですけど」

訝《いぶか》しみながら名乗ると、彼はポカンとなった。宇宙人でも見つけたかのような目を向けてくる。

と、背後から聞き覚えのある声がした。

「小説から飛び出して来たと思ったんでしょ?」

ツカツカと響くヒールの音。シトラスの香り。灾子がやってきた。

「あ、おはようございます!」

マシュマロの彼が頭を下げると、灾子は二人の間に立った。

「紹介するわ。こちらは鬼人館の事件を解決した名探偵、音更颪ちゃん。こちらは、私の映画の探偵助手役に決定した、柊真珠君よ」

「探偵助手! 役者さんでしたか!」

明らかにカタギじゃない容姿だと思ったが、どうりで。颪は妙に納得した。

「初めまして。探偵のこと、わからないことばかりなので、色々教えて下さい」

キラキラとした目で握手を求めてくる。

「びっくりしました……監督の言う通り、ここから飛び出してきたのかと思っちゃって」

真珠はそう言いながら本を出した。表紙に豚を抱いた自分が見える。またしても魅子の本だ。

「あ。なるほど……」

声を掛けてきた理由がわかって、嬉《うれ》しいやら悲しいやら。ナンパと思った自分が恥ずかしい。


灾子に連れられて地上へ出ると、路肩に見たこともない車が停まっていた。

上品なシャンパンゴールドに、近未来的な流線形のフォルム。

ドアが音もなく開いた。ＡＩが灾子の顔を認識したらしく、彼女の言葉で後ろのドアも開く。真っ白な革張りのシートに乗り込むと、灾子は静かに発進させた。

電気自動車のようでエンジンの音が全く聞こえない。新宿の込み入った道を滑るように走っていく。車の性能もあるだろうが、ハンドル捌《さば》きも相当なものだ。

「灾子さんって、なんでもできちゃうんですね」

「なんでもやりたいだけよ。特に映画が絡むとね」

「俳優と監督業の他に、脚本もご自身で書かれますもんね」

真珠が言うと、灾子はするりと車線を変えて首都高《しゅとこう》へ入った。

「できることなら全部自分でやりたくてね。あらゆる勉強をしてきたけど、まだまだよ」

「え、あらゆるっていうのは」凪が身を乗り出すと、灾子は淡々と答えた。

「監督、脚本の他にプロデュースでしょ、あとは撮影、照明、録音、美術、持ち道具、メイク、それから編集、音響効果に、ＶＦＸも。全部それなりに極めたつもりよ」

凪は黙ったまま隣を見る。真珠は信じられないという目を向けてきた。灾子に謙遜《けんそん》する様子は無いが、それが逆に嫌味を感じさせない。溢《あふ》れ出す自信は清々《すがすが》しくて魅力的だ。

「まるで超人ですね」

「例えが昭和ね。凪ちゃん、いくつ？」

「二十歳です」

「あ、同い歳《どし》だ」と真珠が微笑んだ。

雑談を乗せて、車は荒川沿いを走っていく。暫くすると巨大な建物が見えてきた。

「あ」と真珠が声を漏らす。行き先に気付いたようだ。

「なんですかここ。科学館ですか？」

真珠は答えない。宍子はふふっと笑い、広い駐車場に車を停めた。

やたらと警備員が多い。美術館だろうか。いや、すれ違う人々が皆、重々しい顔をしている。どう見てもアートを楽しみに来た客ではない。

「じゃあ凪ちゃん。せっかくだから下を向いて付いてきて。誰に取材をするか、サプライズね」

宍子がクスッと笑うと、真珠の顔に緊張の色が浮かんだ。

どうして緊張するのだろうか。凪は疑問に思いながら目を伏せて付いていく。

けれど受付で待つ間に、周囲の声や呼び出しで、ここがどこなのかわかった。

ドキドキしながら厳重なボディチェックを受け、金属探知機のゲートをくぐる。制服を着た男性に案内されて入ったのは、殺風景な小部屋だ。窓は無く、分厚いアクリル板が部屋を二つに仕切っている。こんな場所にいる取材対象者は、一人しかいない。

向こうのドアがガチャリと開く。

刑務官に連れられて入って来たのは、豺だった。

「お久しぶりです……」

灾子と真珠が挨拶を終えてから、颪は遠慮がちに言った。

鬼人館以来、会うのは二年ぶりだ。手紙は数回やりとりしたが、それも事件の直後だけ。面会室の重い空気のせいもあり、少し緊張していた。

豺は誰とも目を合わせず、声も出さない。

髪は短く刈り込まれ、前よりさらに無駄な肉が削《そ》ぎ落とされたように感じる。シベリアンハスキーのような目がより獰猛《どうもう》に見えるのは、アクリル板の向こうにいるからだろうか。

殺気のようなものを感じ、さすがの颪も二年前の調子で話しかけることができない。

けれど灾子は物怖《ものお》じせず、簡潔に自己紹介を済ませて本格ミステリの映画を撮ることを伝える。

「そこで、ミステリープランナーさんに話を聞かせてほしいの」

さらりと頼むと、豺はやっと声を出した。

「小説を読んだんだろ？　あれに書かれていることが全てだ」

協力的ではないようだ。その目は明らかに、灾子を歓迎していない。

「でも、あれには颪ちゃんの心情しか書かれていないでしょう。ここにいる真珠君は探偵助手役を務めるの。だから鬼人館でワトソンの役回りをしていたあなたに、色々と聞きたくて。リアリティの追求のために力を貸してもらえないかな」

「協力する義理は無い」

豺は即答して、颪を睨んだ。

「おい、俺がぺらぺらと助言するとでも思ったか？　余計なことに巻き込むな豚足野郎が。チャーシューにされてぇのか？」

「はぁ？　私、ここに来るまで豺さんに取材するなんて知りませんでしたから！」

アクリルに颪の唾が飛び散った。

「んなもん探偵助手役を連れてきてる時点で気付くだろうが。おまえは四流探偵なのか？」

腹が立ちつつ、昔と同じ物言いにほっとする。

「……まさか豺さんの助言が映画の役に立つだなんて、思いませんから」

苦し紛れに反論すると、豺は鼻で笑った。

「そうだな、その通りだ。ってことで、お引き取り願おう」

上手《うま》く返されてしまい、颪は黙り込む。すると灾子が笑った。

「本当に、小説の通りね」

隣で真珠も頷《うなず》いている。

「魅子ちゃんがあれを書くのに、反対しなかったのはどうして？」

灾子が聞くと、豺は淡々と答えた。

「俺は反対できる立場に無い」

「そうかしら。どんな人間にでも、権利はあると思うけれど」

「その権利を、放棄《ほうき》したということだ」

「なるほど。で、あの本はどうだった？　あなたも読んだのでしょう？」

豺は何かを言いかけてやめた。いつのまにか質問に答えてしまっていることに気付いたようだ。

「固いこと言わずに協力して下さいよ。灾子さん、美味《おい》しいものとか差し入れしてくれますよっ」

すかさず颪が頼むと、豺は気だるそうに足を組んだ。

「相談料は一分一万だ」

「高《たか》っ！」とつっこみつつ、颪は胸の内で笑った。灾子が払えない額ではないだろうし、やっぱり悪い人ではないと思う。

それから灾子は矢継ぎ早に質問をした。颪の推理に対して思ったことばかりを聞いていくので、そんなものが役に立つのかと疑問に思う。けれど真珠は目を輝かせながらメモをとっている。

豺の答えに迷いは無い。灾子の返しも早いので、ものの数分で真珠のノートは埋まっていった。

「ありがとう。とても有意義な時間だったわ」

灾子が立ち上がり、真珠も頭を下げてお礼を言う。

「じゃあ、私からも差し入れしますね。東京ばな奈を」

要らねぇとつっこんでくると思ったが、豺は無表情のまま立ち上がった。

颪はその背中に手を振って、二人に続いて部屋を出る。とその時、

「おい颪」

豺が呼び止めてきた。

「なんですか？」

振り返ると豺は、問いを残して出ていった。

「サイコって言葉の意味を知ってるか？」

3

五月下旬の太陽にうだるような熱気は無く、マウンテンパーカーを着込んでいても肌寒い。

クルーザーのエンジン音は静かで、波を切る音に混じって賑《にぎ》やかな声が聞こえてくる。

真珠は胸を落ち着かせたくて、デッキでひとり風を浴びていた。

あれから四ヶ月。いよいよ始まる撮影を前に、これ以上無いほど気が昂《たかぶ》っている。

鳳灾子監督作に出演できるからだけではない。それは彼女の撮影法が、異例尽くしだからだ。

まず、真珠は未《いま》だ脚本を貰《もら》っておらず、その内容すら知らされていなかった。聞いているのは、自分が探偵助手役だということと、『大蛇館《おろちかん》の殺人』というタイトルだけ。それは『鳳凰館の殺人』の続編小説だが、やはり原作は読まないようにと灾子に告げられていた。

助監督の話によると、彼女はシーン順に撮影し、直前に抜粋した脚本を渡して撮るそうだ。展開がわからないまま演じさせ、リアリティのある芝居を引き出すのが狙いだという。

さらにこの撮影にはマネージャー帯同も許されなかった。今日来ているメインキャストの二人は名実ともに日本のトップランカーだ。彼らが単身で撮影に参加するなんて通常ならありえないが、鳳灾子監督作だからこそ受け入れたのだろう。

凄《すご》い作品に参加するんだということを改めて思い知らされ、柵を摑《つか》む手に汗が滲む。

「ワォ。瀬戸内海の景色は世界レベルだな」

デッキに出てきた高遠剣《たかとおけん》が、髪を靡《なび》かせながら横に立った。

彼こそが主演の名探偵、奥入瀬竜青役。まだ二十代なのにハリウッドでも活躍している超人気俳優で、芝居の実力も折り紙付き。彫りの深い顔立ちと二メートル近い高身長、鍛えられた肉体には圧倒的な存在感があり、威圧すら覚えてしまう。

「なに、緊張してる？」

すぐにバレてしまったようで、愛想笑いを返す。こんな凄い人の相棒が自分なんかで良いのだろうか。不満に思っているんじゃないだろうか。ついつい萎縮してしまうが、杞憂だった。

「なぁ、絶対に遠慮とかするなよ。キャリアも歳《とし》も関係ないから。敬語もいらないからな」

タメ口なんて絶対に無理だが、芝居に上下関係は不要なのでその言葉は有り難い。

「がんばります！」声を張ると、「全然わかってないだろ」と頭を叩《たた》かれた。

「なに二人で楽しそうにしてるんですかぁ。仲間外れにしないで下さいよ」

純白のドレスを纏《まと》った麗《うらら》がやってきた。吸い込まれそうな美しさとは、彼女のような人のことを言うのだろう。艶やかなミディアムヘアに、握り拳《こぶし》ほどしかない小顔。透き通る瞳には、そのスタイルに不釣り合いなあどけなさも窺《うかが》える。超清純派、国民的俳優と称される今作のヒロインだ。

「お互い敬語をやめようって話してたんだよ」

「それは無理ですよ。ここはハリウッドじゃないんですから」

「芝居のためだよ？　役者同士、殺し合う覚悟でやらないとさ」

「剣さんは奥入瀬竜青でしょう？　殺しちゃダメよね」

剣の提案を、麗はさらりといなす。同い歳だが、彼女の方が一枚上手《うわて》のようだ。親近感がありながらも一定の距離を保ってくれているので、真珠も言葉を返しやすい。

「誰が犯人かも知らされていないですけど、奥入瀬竜青だけはありえないですもんね」

「そりゃそうか」

三人で笑い合い、真珠は安堵《あんど》する。気さくな二人のおかげでリラックスして芝居に臨めそうだ。

麗に連れられてメインルームへ戻ると、スタッフはリラックスしきっていた。

「絶世の美男美女たちが帰ってきたな。ほら、シャトーマルゴーを開けたから呑《の》めよ」

照明の光井晶《みついあきら》が白ワインを注いでいく。無造作に束ねた長髪と浅黒い肌はサーファーのような風貌で、とても六十が近いようには見えない。

「おい光井、その辺にしとけよ。今日はテストもやるんだぞ?」

撮影の薩摩秀之《さつまひでゆき》がボトルを奪った。還暦を過ぎている大ベテランで頭には白髪《しらが》が目立つが、やはり高年は感じさせない。腕に見える無数の傷跡に、過酷な業界を生き抜いてきた逞《たくま》しさが漂っている。

「大丈夫よ薩さん、彼はザルなんだし。こんな上物は、悪酔いしないから」

そう言ってグイッとグラスを空けたのは美術の飾麻紀子《かざりまきこ》だ。紫色に染めたボブヘアが芸術家のようで、大先輩へのタメ口も相まって、四十代とは思えない貫禄《かんろく》を感じる。

「せっかくなのでちょっとだけ、頂きますね」

麗が長い爪をコンッとグラスに弾《はじ》かせ、口紅を付けた。剣はすでに飲み干している。

ソファの端《はし》では、録音の静谷信介《しずやしんすけ》がひっそりとジュースを飲んでいた。

広島駅で合流してからだいぶ経《た》っているが、未だに彼の声を聞いていない。顔はにこやかなので、単に無口なだけなのだろう。ぐいぐい来る人が多そうなので、少しだけほっとする。

「静谷さんって、おいくつですか？」

声が聞きたくて話しかけてみると、四十一と両手の指で示された。

「お酒よりもこっちをどうぞ。監督からです」

監督補の鳳瑠夏が、フルーツの盛り合わせを持ってきた。整った顔に明るい茶髪、耳にはピアスも見える。いかにもモテそうな学生という感じだがやたらとしっかりしているのは、凄惨な体験をしたからだろうか。彼はあの亜我叉の孫で、鬼人館の事件の生還者。つまり灾子の血縁でもある。

部屋の突き当たりには車椅子が固定され、助監督が座っている。灾子の娘の鳳芽舞《めまい》だ。

二十年前の撮影でも助監督を務めており、その時の事故で半身不随になってしまったという。車椅子はスポーツに使うようなタイプで、タイヤがハの字の角度になっている。現場で誰よりも忙しい助監督は、普通のものじゃ務まらないのだろう。

「あの、こんな感じで本当に明日クランクインできるんでしょうか」

隣のシートに腰掛けると、彼女はスケジュールが記された香盤表《こうばんひょう》を睨みながら答えた。

「できるできないじゃなくて、するの」

さすが灾子の助監督だ。その言葉には重みがある。

小ざっぱりしたショートヘアで化粧っ気は無く、地味な眼鏡も汚れている。外見に気を遣っている灾子とは対照的で、彼女とは違う意味で年齢不詳だ。けれどよく見るとその目は似ていた。映画に対する揺るぎない意志が、受け継がれているように見える。

「不安なら監督に聞いてみたら？」と言われ、真珠はブンブンと首を振った。

灾子はずっと操舵《そうだ》席に座っている。船の運転もできるなんて、どこまでパーフェクトなのだろうか。超人、という言葉を思い出し、探偵監修の姿が見えないことに気が付いた。

下の寝室で休んでいるのかもしれない。船酔いでもしてるんじゃないかと心配になり、真珠は階段へ向かう。下りようとして「わっ」と声を上げてしまった。

窓の外から日本人形がこちらを睨んでいる。ように見えた。

凪が黒髪を靡《なび》かせながら、鼻先を窓ガラスに貼り付けていたのだ。真珠の存在にも気付かずに、皆のことを凝視しながらぶつぶつ喋《しゃべ》っている。

取材の時とは別人のようだし、やけに静かだ。やはり小説はデフォルメしすぎなのかもしれない。


午前十時に広島港を出て約二時間。クルーザーは瀬戸内海に浮かぶ孤島、枯島《かれじま》に到着した。

期待と不安を抱えながら桟橋へ降りると、そこは異様なほど殺風景な場所だった。

雲一つ無い青空、心地良い日差しに、爽やかな潮風。そんな要素が三拍子揃っても、気分は上がらない。見渡す限りどこまでも黄褐色の土と砂だけで、まるでどこかの惑星にでも来たみたいだ。

雨がほとんど降らず、草木が育たないのがその名の由来だという。

ガラガラと音がして振り返ると、凪が降りてきた。豚のぬいぐるみのポシェットを提げ、蛍光オレンジのキャリーケースを引き、それよりさらに大きなリュックを背負っている。

「さ。皆も荷物と機材を出してちょうだい。歩くわよ」

宍子が颯爽《さっそう》と出てきた。

「え?」皆が振り向き、「近いんですか?」と剣が聞く。

「そうね。館は島の中心なので、五キロほどかな」

全員が絶句した。麗は顔を引き攣《つ》らせながら、手元のキャリーケースを見る。

「これを引けって言うの……?」

見渡すかぎりの砂漠、とまではいかないが、地面の半分は砂で覆《おお》われている。

「機材もあるけど、どーすんだ?」

光井は遠慮なく言い、静谷も困った顔を見せている。と、助監督の芽舞が出てきた。

「問題無いですよ。大きなソリを数台用意してるんで」

軽やかに車椅子を走らせ、ブリッジの段差も難なく越えてくる。

「取ってきます」瑠夏が船内へ駆け戻っていくが、皆の顔は曇ったままだ。砂漠ならまだしも、半分ほどは砂が無く、岩盤が覗《のぞ》いている場所も多い。

皆の不安を察したのか、宍子は「大丈夫よ」と船に小さなリモコンを向けた。

ガ――――ッと音を立て、クルーザーの後方が開き出す。

なんだ、小型のジープでも用意してたのか。そう思ったのは真珠だけじゃないだろう。皆の顔に安堵の色が浮かび、笑顔を見せる者もいる。が、その期待は見事に裏切られた。

何かがのそりと動いて、風が大きな声を出す。

「あ!」

暗がりの中から顔を出したのは、ラクダだった。

4

ラクダは楽だ、楽そうだ。

悠々と闊歩《かつぽ》するメスラクダを見ると、駄洒落《だじやれ》が頭から離れなくなった。コブの上で揺られている芽舞が羨ましくてしかたない。

ネットで売っていた中で一番ドデカいリュックを背負っているのだから、そんな愚痴が出ても無理はないだろう。ソリに載せていいよ、と皆が言ってくれたが、凪は我慢して断った。

三台の大きなソリには、どう見ても重そうな機材に、皆の荷物、食料や水、そして車椅子などを載せている。それを引いている男衆の形相を見れば、さすがに遠慮しないわけにはいかなかった。

にしても、匂う。

ラクダのお尻がじゃない。その横を闊歩する宍子の背中を、凪はじっと見つめた。

〈サイコって言葉の意味を知ってるか?〉

四ヶ月前。豺に聞かれてすぐに調べると、『サイコ』という洋画の情報が一番に出てきた。映画に疎《うと》い凪でも、タイトルだけは知っていた。サスペンスの巨匠と言われるアルフレッド・ヒッチコックという監督の、一番有名な作品だ。

早速TSUTAYAでDVDを借りると、評判通りの恐ろしさにのめり込み、結末に驚いた。サイコというタイトルが犯人のことを指しているのは一目瞭然だが、豺は何を言いたかったのだろうか。もう一度検索すると、わかりやすい解説文が出てきた。

『psychopath は精神疾患の一種。他人の感情を理解する能力が欠如し、社会的な規範や法律を無視する傾向がある人物を指す。また、自己中心的で他人を利用することに抵抗感を持たない特性を持つ』

勉強にはなったが豺の意図はわからない。去り際の真剣な目が頭から離れない。

相談しようと魅子の部屋を訪ねると、国民年金の督促状と一緒に手紙を渡された。車に住んでいる颪は、住所を鳳凰館にさせてもらっているからだ。

その手紙は豺からで、疑問に対する答えが書いてあった。

〈鳳災子は映画撮影に見せかけて、本当の殺人を目論《もくろ》んでいるんじゃないか〉

「は……？」颪は素っ頓狂な声を上げた。

豺は災子に不穏な気配を感じ、面会室を出ようとする颪を呼び止めたそうだ。だが災子もそこにとどまったので、その場では何も言えず、手紙を寄越《よこ》してきたという。

「無い無い無い無い」魅子が一笑し、颪も笑いながら車に戻った。けれどその夜は寝付けなかった。

〈災子の目に狂気を感じた。奴《やつ》は何かをやらかすぞ〉

手紙の最後に書いてあった言葉が頭から離れないのだ。

そうして翌朝、寝癖も直さず車を出した。

ただの思い過ごしだろう。そんなことが起きる可能性は、万に一つに違いない。けれど。その一つが起こってしまったら。もう何があろうと、鬼人館のような惨劇は起こさせたくなかった。

まずは拘置所へ行く。と、面会ができなくなっていた。豺だけではないようで、全ての面会が中止になっていた。当面は電話もできないそうで、手紙のやりとりしかできないと言われる。受付で理由を尋ねても教えてくれない。

凪は拘置所を出ると、スマホに登録している警察署に電話を掛けた。

すぐに車を出し、渋谷駅近くのパーキングに停め、指定された喫茶店に入る。クリームソーダを頼んでいると、煙草《たばこ》臭が鼻を突いた。駱駝《らくだ》色のトレンチコートが近付いてくる。

「久しぶりだな、探偵稼業は順調か？」

鬼人館の事件を担当し、何度となく凪の事情聴取をしてきた銭丸《ぜにまる》刑事だ。

初回の時に、自分が奥入瀬竜青の生まれ変わりだと信じていたと話したら「じゃあ俺は銭形《ぜにがた》三世だ」と真顔で返してきたので、仲良くなれると直感した相手だった。

早速豺の懸念を伝える。灾子の身辺調査をしてほしいと頼むと、銭丸は首を振った。

「そんな憶測だけで、警察が動けるわけがないだろ。俺たちはそんなに暇じゃない」

「じゃあ、拘置所で面会ができなくなったことは知ってますか？　何があったんですか？」

「もちろん知ってる。だが言えない」

そこをなんとか、と何度も頭を下げると、銭丸は煙草をふかしながら言った。

「奥入瀬竜青の生まれ変わりなんだろ？　だったら警察に頼るなよ」

凪は煙を浴びながら、真剣な目を銭丸に向けた。

「私、鬼人館の事件で気付いたんです。奥入瀬竜青に憧れてはいますけど、彼のような探偵じゃダメなんだって」

「どういうことだ？」

「彼は、殺人が起きてから犯人を突き止める探偵なので。フィクションならそうであるべきですけど、現実ではダメです。私は殺人が起きる前に、止めたいんです」

それは、あの事件を経て悩み続けた凪が、やっとのことで導き出した結論だった。

銭丸は尖《とが》った視線を凪に向けながら、独り言のように呟《つぶや》いた。

「面会室に超小型の盗聴器が付けられていてな。厳重なセキュリティチェックも擦《す》り抜けたステルス性能を持ち、遠隔で操作もできる代物だ。たった今捜査を始めたところで――」

とそこまで言って、煙の輪っかを吐き出した。

「なんて、言えるわけねーだろ」

「……やっぱり三世って、泥棒も刑事も、初代より有能なんですね」

凪がクスッと笑うと、銭丸はトレンチコートから名刺を出し、キザな手付きで渡してきた。

「美人にしか渡してないんだが、しゃあねぇな。何かあったら直で連絡してくれ」

凪はつっこみもせず、感謝を告げて喫茶店を出た。

これは匂う。

厳重なセキュリティチェックも擦り抜けた盗聴器――と聞いて、灾子の顔を思い出す。

その素性を調べると、彼女は五年前に三度目の結婚をしていた。相手はインドが世界に誇るＱＵＩＥＴ社のＣＥＯ。ロボティクス事業やＡＩ開発で世界をリードするカリスマで、『世界を変える百人』に選ばれている億万長者だ。

瑠夏に探りを入れると、今回の映画の製作費はＱＵＩＥＴ社が単独で出資し、灾子は使い放題らしい。小型、ステルス、遠隔操作。彼女ならそんな盗聴器を用意するのは造作《ぞうさ》もないことだろう。

ぐんぐん匂う。

凩はすぐに豺に手紙を書き、それから何度もやりとりを重ねた。

アドバイスを受けながら灾子の動向を探り、撮影準備に目を光らせた。けれど怪しいところは何もなく、日が経つにつれ、豺の考えすぎなんじゃないかと思うようになった。

ドデカいリュックとキャリーケースに秘密道具を詰めて来たのも、万が一のことに備えてだ。八割が撮影へのワクワク、残りの二割がドキドキで、一割が不安。キャパシティをオーバーした心持ちで今日、広島まで飛んできたのだが——

やはり匂う。

凩は『大蛇館の殺人』を映画化すると聞いていた。館を所有している鳳文芸社の紅葉も大蛇館を借すと言っていたので、先月はるばる島根の山奥に調べにまで行ったのだ。

なのに枯島《かれじま》とは。広島港から船に乗った時点で勘付き、ラクダの登場で確信した。やはり撮影地は大蛇館じゃなかった。亜我叉が建てた館の中でも一、二を争うほど複雑な造りの、あの館だ。

いつのまにか企画が変更になったそうだが、凩は知らされていなかった。

さらにスタッフも事前に貰っていたリストと全く違うメンバーだった。瑠夏曰く、灾子が企画変更と共に総替えをしたという。変わっていないのは瑠夏だけで、調べていた苦労が水の泡。

真珠以外の出演者は元より極秘にされていたが、奥入瀬竜青役が高遠剣というのがまた匂う。

竜青は線の細い美青年なのに、彼の体軀《たいく》は正反対。人気があるとはいえイメージと違いすぎる。スタッフが七人に役者が三人、自分を入れて十一人。ミステリに適した人数なのも気になる。

「やっぱり変じゃない……？　映画を撮るのに、どうしてこんなに少ないの？」

瑠夏の隣に行き、耳打ちする。瑠夏にだけは豺の懸念を伝えていたが、笑って流されていた。

「だから、他のキャストとスタッフは明日から合流して、泊まらず通いで撮るんだよ」

「ふぅん……じゃあ脚本は読ませてもらえた？」

「まだだけど。楽しみだよね」

やっぱり怪しい。事前に脚本を調べようと試みたが、それは役者にもスタッフにも渡されていなかった。灾子の演出法であり情報漏洩を防ぐためだそうだが、そんなことがあるだろうか。

「あの人は常識では考えられない作り方をするんだよ。天才って、そうゆうもんじゃん」

瑠夏は軽やかに笑った。颪はゆっくり灾子の背後に寄っていき、鼻を動かす。

匂わない。

これまで会った時は、シトラスな香水を付けていたのに、今日は何も香らない。

自分の嗅覚を警戒されているんじゃないだろうか。匂わないことが、匂う。

眉間に皺《しわ》を寄せていると、ふいに灾子が足を止め、颪を見た。

「そうそう忘れてた。これ、颪ちゃんにプレゼント」

黒いビロード調の長細い小箱を差し出してくる。開けると、高級そうな丸眼鏡が入っていた。鼈《べっ》甲《こう》のフレームが微《かす》かに透けており、日に翳《かざ》すと琥珀《こはく》色がキラキラと煌《きら》めく。

「綺麗……」

「夫の会社が開発中の物で、まだ未発売のお宝よ。フレームに隠されたレンズで視界を録画したり共有したりできるの。マイクとイヤフォンも搭載してるから通信も可能」

「凄っ！」

颪はすぐに黒縁眼鏡と掛け替えた。が、視界はボヤけたままだ。

「あー、ごめんなさい。私ド近眼なので、普通の度数じゃ全然――」

「右のレンズをスワイプしてみて」

言われた通りにしてみると、宍子の顔がみるみるクッキリしていく。

「凄い！　007の道具みたい！」

「これから世界に羽ばたくあなたに、ぴったりでしょ？」

鮮明な宍子が菩薩《ぼさつ》のような笑みを見せた。

瑠夏がスマホを鏡代わりにしてくれる。我ながら、けっこう様になっている。深みのある琥珀が瑠璃色のトレンチコートに映えていて、颪は舞い上がった。

そのハイテクっぷりに拘置所の盗聴器のことが頭をかすめたが、これから殺人を犯すなら、わざわざこんなものを用意するはずがない。やっぱり豺の考えすぎなのだろう。

病は気からとはよく言ったものだ。へとへとだった体が一気に回復した。


「疲れた……死ぬ……」

腕時計を見ると、船を降りてから二時間も経っておらず驚いた。その倍は歩いた気がする。

どこまで行っても荒れ果てた大地しか見えず、館は姿を現さない。颪はへろへろになっていた。

病は気から。なんて嘘っぱちだ。もうダメもう無理。リュックをソリに載せてもらうしかない。ついでに自分も乗せてもらおうかと目論んでいると、先頭を行く宍子が足を止めた。

「お疲れ様。着いたわよ」

「ついに……！　やった……」

凪はへたり込みながら目を凝らす。が、何もない。眼鏡を外してみる。何も見えない。掛け直しながら立ち上がる。と、ごつごつした岩盤の中に真四角のコンクリートが広がっていた。

そうだった……。小説を思い出し、胸が高鳴る。

砂色をした十五メートル四方のコンクリの中に、九メートル四方の溝があり、隙間が黒いゴムパッキンで塞《ふさ》がれている。そしてその中心に、ステンドグラスの一つ目が見えた。

「ここで撮るっていうんですか……？」

麗がぼそっと言った。

「危険だから離れてて」

宍子はコンクリの端で屈《かが》み込んだ。足元に小さな鉄蓋があり、中に鍵を差し込む。

砂が静かに舞い上がり、九メートル四方の立方体が迫《せ》り上がってきた。

全員が驚きながら仰ぎ見て、凪もその光景に見惚《みと》れてしまう。

鳳亜我叉が建てた第八の館、百々目《どどめ》館が出現した。

5

なんだこれは……。真珠はただ呆然《ぼうぜん》と、地面から迫り上がってくる巨大な箱を見つめていた。剝《む》き出しのコンクリは近代建築のようでもあり、砂の色が古代の趣も感じさせる。頭によぎったのは、開けゴマと唱えて動く巨岩。アラビアンナイトの世界に迷い込んでしまったかのようだ。

暫くして動きが止まると、それは立方体だということがわかった。

正面の壁に入り口が三つ、等間隔に並んでおり、それが一斉にスライドして開く。

「百々目館へようこそ」

灾子が振り返ってにこりと笑う。

いつのまにか芽舞がラクダから車椅子に移っていた。灾子は瑠夏と共にラクダを引き、中心のドアから入っていく。

それに続くと、中も砂色一色だった。床も壁も外壁と同じ、剝き出しのコンクリだ。両側と奥の壁には、入ってきた面と同様に三つずつドアが付いていて、四面で計十二のドアがある。

「そうそう、小説を読んでいない人にはなかなかに複雑な館だから、先にこれを」

灾子はそう言いながらスマホをいじる。と、全員のスマホがポヨッと音を立てた。

芽舞の指示で事前にインストールしていた通信アプリにデータが届いている。開くと、それは百々目館の図面だった。シンプルな正方形ばかりが並んでいるが、中心が大きな吹き抜けになっていて、どう移動するのかわからない。

「今いるこの部屋は、ハコというの」

灾子の話を聞きながら図面を見る。箱ではなく、匣と書くようだ。

「エントランスでもあり、リビングルームでもあり、エレベーターでもある。この館の心臓部ね」

真珠は驚いた。どうやらこの立方体の建物自体が地下に潜り、周囲の部屋と行き来できるようになるらしい。

中心を見ると、小学校の机ほどの大きさの黒い箱があった。匣の操作盤だ。

鉄製のボックスに、1F、B1、B2、B3と記されたボタンが四つと、停止ボタンが一つ。古めかしい凸ボタンが横一列に並んでいる。これで匣を昇降させて階を移動するのだろう。匣の下は当然空洞でないといけないので、大きな吹き抜けの意味が理解できた。けれど気になることはまだある。

足元に、人の目の形をした穴が開いているのだ。スマホを横にしたくらいのサイズだろうか。目玉は無く、ちょうど手を突っ込むことができそうな大きさで、その先は暗い。

図を見ると、その穴は館のいたるところに開いているようで、『目』という漢字を横にした字が記されている。なんと読むのか考えていたら、灾子が言った。

「これは、罒《め》というの。小説の中で目と書いたら、人間の目と混同してしまうから横にしたのね」

なるほど。目と書くよりも罒と書いた方がその形にそっくりでもある。

「この館はね、その名の通り百の罒を持っているの。それこそが百々目館の象徴よ」

床を見回すと、等間隔に八つの罒が開いていた。

こんなものが百もあるというのか。真珠はゾッとする。穴が無数に開いているということは、どこにいても誰かに見られているかもしれないのだ。

同じことを考えていたのだろう。「げ」と声を漏らした麗と目が合った。剣も彫りの深い顔を歪《ゆが》ませている。他の皆に驚いている素振りはないので、小説を読んでいないのは俳優部だけのようだ。

ふいに部屋が明るくなり、赤や黄の光が差し込んできた。高い天井の中心に大きな目を模した窓があり、色とりどりのステンドグラスから陽光が降り注いでいる。

「あれも皿の一つよ。唯一外に面しているからガラスが嵌《は》められていて、採光のために大きいの」

灾子が言う。他の皿とは違って目玉が象《かたど》られているので、より不気味だ。〈新宿の目〉よりずっと不穏で、『ロード・オブ・ザ・リング』に出てくる暗黒のボス、サウロンの目の姿が重なる。

天井の高さは体育館くらいあるだろうか。開放感が凄《すご》いが、監視されているようで落ち着かない。

「さぁ、下へ行きましょ」

灾子がB1ボタンを押すと、全てのスライドドアが一斉に閉まった。と思ったら、北側の中心にあるドアだけは開いたままだ。よく見るとそこにだけドアが付いておらず、同じサイズの開口部があるだけだった。

静かなモーター音と共に匣がゆっくり動き出す。

唯一の開口部を見ると、外の景色が上昇していくように感じる。実際は自分たちが下降しているのだが、振動もないのでそんな気がしない。こんな大きなエレベーターは見たことがないし、どちらかというと高性能の舞台装置のように思える。

数十秒後、北側の開口部に鉄扉が見えてきた。匣がB1に着くと、その鉄扉が開口部にぴたりと嵌まる。同時に、十一のスライドドアが全て開いた。

「あれ?」と凧が声を出す。

北側だけでなく、東側、西側、南側の中心にあるドアの向こうにも、同じ鉄扉があったからだろう。ドアが開いたらまたドアがあるなんて、不思議な構造だ。その四つ以外のドアの向こう側はただの壁で、それもなんだか奇異に見える。

灾子はまず、北側の鉄扉を開いた。その先は横に広い食堂になっていて、大きな鉄脚の食卓を鉄のスツール十一脚が囲んでいる。全て三本脚でモダンな雰囲気だ。壁側にはキッチンと、その横には大きな冷蔵庫。共にアイアンカラーで、砂色のコンクリに馴染《なじ》んでいる。

東側の鉄扉の向こうは図書室で、奥の壁一面に造り付けられた鉄製の書棚に、本がびっしり埋まっていた。両サイドにはカウンターが造られていて、食堂と同じスツールが五つずつ並んでいる。

南側の部屋は談話室で、同じく鉄製のロッキングチェアが二つ向き合っていた。正面の壁際には匣と同様の操作盤。その傍らに鉄の台があり、砂色の小さな石像が飾られていた。

「彼女が百々目鬼《どどめき》。鳥山石燕《とりやませきえん》の『今昔画図続百鬼《こんじやくがずぞくひやつき》』に描かれている妖怪よ」

灾子が説明してくれる。名前は聞いたことがあったが、女性の妖怪だというのは知らなかった。

頭巾で目は見えず、異様に長い両腕に無数の目があり不気味極まりない。

「素晴らしい彫像ね」

飾がスマホで写真を撮る。灾子は彼女と談笑しながら匣へ戻り、西側の鉄扉を開けた。

その先は駱駝室と書いてある。文字通りラクダを休ませる部屋で、奥に藁《わら》と飼料が積んであった。

どの部屋にも共通しているのは、壁も床も殺伐とした砂色のコンクリだということと、その全てに皿が開いているということだ。

壁や鉄扉の皿は高さ一メートルほどの位置にあり、中腰にならないと覗くことはできない。なのについ顔を近付けてしまう。穴があると覗きたくなるのは、人間の性《さが》なのかもしれない。

駱駝室の床を覗くとB2の客室が見えた。全員ここに泊まると聞いているが、大丈夫なのだろうか。麗は下を見て顔を引き攣らせている。だが灾子はそれを気にする様子もなく奥のドアへ向かった。

これまでの四つの部屋は全て、入って右手の奥にドアがあった。館全体の四つ角に位置するそれらの場所は全て吹き抜けになっていて、壁に沿って長い鉄階段が続いている。直角に折れながら下りていくと、そこは倉庫になっていた。同様に、食堂の奥のドアからは食料庫へ、図書室からは電気室へ下りることができ、談話室の奥を下りると貯水槽があるようだ。

皆で匣へ戻り、次は麗がB2のボタンを押す。

匣が止まると再びスライドドアが一斉に開き、同じような部屋がずらりと覗いた。今度はどこにも鉄扉は付いておらず、十二の個室がぐるりと匣を囲んでいる。

「ここが客室よ。①の部屋は私、②の部屋は静谷君、③の部屋は芽舞」

灾子が部屋の割り当てを伝えていく。番号は時計の針と同じ位置を示しているようで、真珠は八時方向にある⑧の部屋に入った。

正面の壁際に鉄製のベッドが造り付けられているだけの簡素な部屋だ。ご丁寧に、ベッド下の床にまで皿が開いている。壁はもはや言うまでもないだろう。南側は貯水槽室なので問題ないが、北側を覗くと⑨の部屋にいる薩摩が見えた。

ベッドの脇にはもう一つのスライドドアがあり、小ぶりのバスタブと洗面台、トイレが完備されていた。ここのドアにまで皿が開いていてゾッとする。鍵が付いているし、シャワーカーテンがあるのでバスタブは覗けない。トイレも角度的に覗くことは不可能だが、それでも落ち着かない。

他の部屋もドアやベッドの位置以外は全く同じ造りで、広さも変わらないようだ。

唯一スライドドアが付いていない北側の中心、⑫の部屋だけは客室ではなかった。

そこには三台目となる匣の操作盤があり、奥の壁には鉄のボックスが備え付けられていた。開けると匣の制御盤があり、無数のボタンやスイッチ、ダイヤルが並んでいる。左側には小型のモニターが嵌められており、その下のボタンを押すと外の景色が映し出された。

ここに来た時はそれどころではなかったが、どこかにインターフォンが設置されているのだろう。雰囲気にそぐわない気がするが、一応ここは『館』なのだ。ついそれを忘れてしまう。

「あ、もしかしてこれ、電話ですか？」

凪が指差した右端に、トランシーバーのようなものが収まっていた。

「そう。これ自体は無線だけど、電話線で繋《つな》がっているから何かあれば外部と連絡が取れるわよ」

宍子がそれを取って見せる。通話ボタンを押すと、ツーーーという発信音が聞こえた。

「それから、これは匣のリモコンにもなってるの」

テンキーの下に、階数が表示されたボタンと、赤い停止ボタンが見える。

宍子はそれを制御盤に戻すと、部屋の東側へ進んだ。そこには物凄《ものすご》く急な階段があった。

「ここは後にして、先に匣で降りましょう」

宍子は部屋を出るよう皆を促し、今度は真珠がB3ボタンを押す。

数十秒かけて匣は最下層に到着した。が、スライドドアは開かない。図面を見ると、周りをぐるりと廊下が囲んでいるが、ここから出入りすることはできないようだ。

「ここに降りれるのは、なんのためなんですか……？」

真珠が聞くと、灾子は意味深な物言いで答えた。

「さぁ。なんのためでしょう」

颪の顔を見ると、訝しげな目を灾子へ向けている。

「じゃあ、さっきの階段を下りてみましょ」

灾子が言い、瑠夏がB2ボタンを押した。⑫の部屋に戻り、一列になって急階段を下りていく。

着いたのは最下層の外側。やはりドアや開口部は一つも無く、ぐるりと一周、回廊になっているだけの空間だ。天井の大きな皿のおかげで明るかった匣に比べ、その他の部屋はダウンライトが点《つ》くだけなので薄暗く、この回廊はさらに暗い。

内側の壁には等間隔に皿が開いている。剣がそれを覗き込みながら聞いた。

「どうしてここには扉が無いんですか？」

「危険だからよ」灾子が答える。「この場所は奈落と呼ばれているの」

その一言で真珠は理解した。奈落の真上には常に匣がある。それが下まで降りてくれれば潰されるからだろう。奇妙奇天烈《きてれつ》な館だが、いちおう安全面に配慮はあるようだ。

「さ。これで案内は終わり。俳優部は休んでて。他の皆は手分けして荷物を運び込むわよ」

灾子はそう言って足早に階段を上がっていった。

皆が彼女に続き、真珠は一人残って奈落を覗き見る。

匣の床の皿から、僅かに日が差し込んでいる。一直線に降り注ぐ八つの光が、神々しく見えた。

6

聖地巡礼を楽しみたいのに、そんな気分になれないことが心底悔しい。

「もし何も起きなかったら、豺さんを呪ってやる……」

颪はぶつぶつ呻《うめ》きながら、ラクダを駱駝室へ誘導していた。部屋に入れるのに苦労していると、真珠が手伝ってくれる。俳優は休んでていいと言われたのに、なんて良い人だろうか。

ラクダも現金な子だ。彼が来ると素直に鉄扉を通ってくれた。

ドアの無い南側の奥に藁を敷き詰め、野菜と果物を置く。ラクダがそれを食べ始めると、真珠は機材運びを手伝いにいった。颪も感心しながら部屋を出る。

食堂を抜けて階段を下りる。食料庫の棚は空っぽで、怪しいものは何も無かった。

瑠夏を手伝って食料を運ぶと、長い階段が体に応えた。キッチンから食料を取りに行くだけで一苦労だ。使い勝手を無視した造りに辟易《へきえき》するが、殺人のために創られた館なのでしかたない。

食料を運び終えると、瑠夏は図書室で金網のケージを組み立て始めた。芽舞がその横で段ボールを開ける。そこには白いマウスが入っていた。

ドキッとするが、これから『百々目館の殺人』を撮るのだから当然だと気付く。

原作では十一人の人物と同数のマウスが登場し、殺人が起きる度に一匹ずつ殺されていくのだ。

「まさか、本当に殺したりしないですよね……？」

恐々聞くと、芽舞は造り物のマウスを出しながら言った。

「安心して。たとえ虫一匹でも殺したりしないから」

死んだ様を映す時はそれを使うようだ。颪は安堵して可愛らしいマウスを撫《な》でた。

十一匹をケージに移し、奥のドアを開ける。電気室へ下りると、壁に大きな鉄のボックスが二つ、L字に配置されていた。中には配電盤が収まっている。匣の配電盤が見当たらないが、別の場所にあるのだろうか。それだけが気になった。

匣に戻り、今度は談話室の階段を下りる。そこには颪の背丈よりずっと大きな貯水槽があった。側面の一部が梯子《はしご》になっており、上って蓋を開けてみる。水の量は充分。心配は無さそうだ。

「さ。あとは……」

颪は談話室へ上がり、匣へ戻ろうと鉄扉を開ける。

が、開かない。押しても引いてもびくともしない。その理由はすぐにわかった。

匣がB2へ降りていたからだ。颪が今いる外側のフロアの天高《てんだか》は四・五メートル。対して匣の天高は九メートル。ツーフロア分の高さがあるので、匣がB2にある場合、B1の吹き抜けも匣の上半分で塞がれる形になる。鉄扉は外開きなので、開けることができないのだ。

匂う。颪はその仰々しいほど分厚い扉に鼻をくっつけた。

『百々目館の殺人』ではB2の個室と同様、ここに扉は無かったはずだ。それに、匣のスライドドアに皿が開いていたはず。なのにここのスライドドアには全て皿が無く、代わりに個室のバスルームのドアに皿が開いていた。この館は小説を完全再現して建てられたはずなのに、おかしい。

スマホがブブッと震える。噂《うわさ》をすればなんとやら、灾子からの着信だ。

「颪ちゃん？　どこにいるの？　匣を上げる？」

談話室にいることを伝えると、「なら自分で動かせるわね」と灾子は言った。

電話を切り、操作盤のB1ボタンを押す。匣がゆっくり上がってくると、否《いや》が応でも興奮する。高揚を抑えながら匣に出て、ボタンを押して降りていく。

颪が与えられた部屋はB2の南側の中心、六時方向にある⑥の部屋だ。

横幅も奥行きも三メートルで、広さは五畳ほどしかない。壁際の中心にベッドがあり、それを乗り越えた先にバスルームのドアがある。入り難い配置だが、どちらかの壁に寄せると左右非対称になるからだろう。

鉄製のベッドを動かそうと試みるもびくともしない。よく見ると、脚が床のコンクリに溶接されていた。そのくせマットレスは空気で膨らませる簡易的なものだ。

小説もそうだっただろうか。リュックを漁《あさ》るが、持参していたのは『大蛇館《おろちかん》の殺人』だった。

そういえば、紅葉が館シリーズの配信を始めたと言っていた。読むことができないかとスマホを開く。が、使えないことを思い出した。枯島は完全に電波が無いので、Bluetoothで通話やチャットができるアプリをインストールさせられ、さっきの通話はそれを使ったのだった。

灾子なら、この館にアンテナを付けることなど簡単なはず。それも匂う。

その後、芽舞の指示で颪と瑠夏は個室の皿を塞いでいった。

壁にある皿は全部で十六。A4ほどの薄い鉄板を、両面テープで貼り付けていく。かなり強力そうなテープだが、部屋で撮影する時は剝がし液を使えばいいと芽舞は言った。

それが終わるとベッドの下に潜り込み、同様に床の皿を塞いでいく。天井は届かないので、上の階へ行って床の皿を塞ぐ。

個室の開口部には、飾が黒いカーテンを設《しつら》えていた。匣にはドアが付いているが、各々の個室にはドアが付いていない。そのままだと吹き抜けを通してお互いの部屋が丸見えになってしまうからだ。

完璧とは言えないが、これである程度のプライバシーは守られるだろう。

そうこうしている間に、他のスタッフはカメラテストの準備を進めていた。

颪は自室へ戻り、キャリーケースを引いて駱駝室へ向かった。ケースを抱えて倉庫へ下りる。

〈灾子が殺人を犯すとしたら、撮影中かもしれないな〉

豺の手紙にそう書いてあったのを思い返しながら、小道具のチェックをする。

凶器のダミーを本物とすり替えて、撮影中に役者に役者を殺させる。なんてことになりがちだ。

そう危惧《きぐ》した颪は、事前に芽舞に頼み込み、現場での持ち道具役を買って出ていた。

劇中で殺人に使われるナイフをくまなくチェックする。予備のものを含めて計六本。全て精巧なダミーだが、安心することはできない。すり替えられることがないようキャリーケースに詰め込む。

「おい、何してんだ？」

機材を取りにきていた薩摩に怪しまれ、忙しい芽舞に代わって持ち道具を務めることを伝える。

「マジかよ、頼むから邪魔だけはしないでくれよ」

はぁい、と肩を竦《すく》めながら颪は階段を駆け上がった。

食堂の棚から凶器になりそうなナイフやハサミを取りキャリーケースに入れて極太U字ロックを掛ける。これで誰かに開けられる心配は無いだろう。

匣へ戻ると、抜粋された脚本を俳優陣が食い入るように読んでいた。凧はそーっと真珠の背後から覗き見る。右上に印字された『百々目館の殺人』というタイトルが胸を弾ませる。

剣が奥入瀬竜青役。真珠は竜青の助手、阿波島《あわしま》琥珀《こはく》役。麗は――

「あっ」

思わず声を上げてしまい、皆が振り返る。「もう四時かぁ」と凧は腕時計を見ながらごまかした。

麗は、香久山《かぐやま》夕子《ゆうこ》役と書いてあった。それは犯人の名だ。灾子はそれを伏せるために脚本を渡さないようにしていたので、言ったら殺されるかもしれない。

「さ、ここは邪魔になるから、こっちで動いてみるわよ」

灾子が図書室の鉄扉を開ける。皆でそれに続くと、瑠夏が三人から脚本を受け取った。

「瑠夏、死体役をお願い」

灾子は書棚の手前に瑠夏を仰向けに寝かせ、三人に大まかな動きを指示する。まずは自由に演じさせるようだ。凧は邪魔にならないよう隅に移動する。役者三人が電気室へ下りるドアから出ていくと、場が静まり返った。

「よーい、スタート」

想像と違って灾子の掛け声は小さかった。数秒の後、麗が図書室に入ってくる。すぐに瑠夏の死体に気付き、その動きが止まった。

「え……!?」

麗は表情を凍らせながら、ゆっくり死体へ近付いていく。

「きゃあああああああああああ!!」

耳を劈《つんざ》く悲鳴。剣と真珠が飛び込んできた。

「お姉ちゃんが……!」

麗の目はみるみる赤くなっていく。真珠が駆け出し、死体の口元に掌《てのひら》を近付けて息を確認する。

「死んでます……」

その目は僅かに震えている。剣は言葉を発さず平静さを保っているが、視線は定まらない。頭が高速回転しているのがわかる。

暫《しば》しの沈黙。緊迫した糸が張り詰める。

呆然としていた麗が死体に触れようとすると、

「触らないで!」

叫んだのは剣でも真珠でもなく、凪だった。

「え……?」

三人が振り返って凪を見る。

「はいカット」

宍子の声が響き、凪は我に返った。

「あーっ!! ご、ごごめんなさい! だって皆の演技が凄すぎて! 本物に見えちゃって!」

「なかなか良いお芝居だったわね」

宍子が言って、ドッと笑いが起きた。瑠夏も生き返って腹を抱え出す。

「マジか」「嘘でしょ……」剣と麗は完全に引いている。凪は顔を真っ赤にして俯《うつむ》いた。

信じられない。つい現実だと思ってしまった。お芝居なのに。それも皆、さっと脚本に目を通しただけなのに。恥ずかしさと驚きで、胸がバクバク鳴っている。

「はい、おかげでほぐれたかな。もう一度いくわよ」

灾子が手を叩くと、スッと三人の顔付きが変わった。その目はすでに別人に見える。剣でも真珠でも麗でもない。奥入瀬竜青と阿波島琥珀、殺人犯の香久山夕子がそこにいる。

声が掛かると、たった今見たものと寸分違わないお芝居が繰り広げられた。灾子が仔細《しさい》な指示を出し、何度も演じさせる。三人の芝居に、細やかな指示が反映されていく。初っ端《しょぱな》で圧倒され、もう完璧だと思ったのに。どんどん緊張感が増していく。灾子の演出と役者の芝居に感服する。

凪は時間を忘れ、ただただ見入っていた。いつのまにか、灾子の指示が真珠ばかりに集中している。凪には最高の演技に見えるが、灾子に言わせると「まだ固い」らしい。

灾子が剣と麗に休むよう伝え、二人が出ていく。と、芽舞がやってきて瑠夏を借りたいと言った。

「じゃあ凪ちゃん、死体になってくれる？」

「え……⁉」

「大丈夫よ、寝てるだけでいいから」

そう言われ、死体役だということに気が付いた。殺されるのかと思ってドキッとした。

「ごめんね、僕のために」真珠が手を合わせてくる。

「いえいえ、私でいいならいくらでも死にますよっ」

凪は勢いよく仰向けになった。今度は台本の無い即興演技をするようだ。灾子の掛け声で、同じように真珠が駆け込んでくる。突如、ガシャン！　という金属音が響いた。

「すんませーん」と光井の声が聞こえた。どこかで照明を倒してしまったらしい。気を取り直して芝居を再開させるが、その後もずっとガチャガチャとうるさいので、灾子はスマホをいじった。

「これを聴きながらやりましょう」

ヴァイオリンの音色が聴こえてくる。音の出る場所を探ると、灾子は上を指差した。高い天井付近にダクトが見える。そこにスピーカーが埋め込まれているそうだ。

ヴァイオリンのソロから始まった音楽はオーケストラとなり、次第に大音量になっていく。台詞《せりふ》を聞き取るのも大変なほどだが、真珠の気分は高まっているようだ。迫真の演技を間近で見ながら、凪は黙って死に続けた。

三十分ほどそうしていただろうか。痺《しび》れすぎた脚が感覚を失った頃、スマホが震えた。

全員が参加しているトークルームに、光井からメッセージが届いている。

『手が空いてる人、誰か手伝ってくれない？』

「凪ちゃん、お願いしていい？」

灾子に頼まれ、はーい、と図書室を出る。駱駝室に入ると、巨大な白い風船が目に留まった。

「なんですか？　これ」

「バルーンライトって言って、全方位を照らせる照明だよ。夜の工事現場で見たことない？」

光井が軍手を渡してくる。

「無いです、なんかカッコいいですね」

「これからだよ。点けたら驚くよ？　自分で改造してさ、二十倍の光源をぶち込んだんだ」

二十倍……。ぶち込みすぎじゃないだろうか。気になるが、まだ使わないようだ。凧はドラムコードを二つ渡されて部屋を出る。光井はB2に匣を降ろすと、⑫の部屋から回廊へ向かった。

階段を下りたすぐそば、北側の中心に照明を立て、壁の皿に向けて電源を入れる。暗かった回廊に光の筋が差し込むと、照明のダイヤルに触れながら言った。

「当たりがどんな感じになるか向こうから見たいから、俺の指示でここを操作してくれる?」

「了解ですっ」

光井が南側に回り込み、皿を覗きながら指示を出す。凧は照明の明るさと色温度の調節も頼まれ、様々なパターンを試していく。船では呑んだくれのオヤジにしか見えなかったが、やはりプロなのだ。感心していると、微かに振動音が聞こえた。

奈落の明るさが変化していく。匣が降りてきたようだ。

「お、ちょうど良かった。凧ちゃん、ちょい照度を落としてくれる? ダイヤルを小指分くらい」

光井の指示に凧は従う。慣れるのに時間がかかったが、やっと感覚が摑めてきた。

「オケーイ、じゃ、そのままで」

匣が奈落に着く時に、どんなふうに照らされるのかを確認するようだ。凧も気になり、一つ隣の皿を覗く。照明は弱めにしているので、奈落は薄暗い。匣の皿から差し込む光で、ほんの少しずつだけ明るくなっていく。とその時、視界の端で何かが動いた。

「え?」

光井が覗いている皿の下、薄闇の中に何かがいる。もぞりと動き、二つの目が光って見えた。

何かじゃない。誰かだ。人だ。人が倒れているのだ。

瞬間、降りてきた匣が凮の視界を塞いだ。

「匣を止めて!!」

咄嗟《とっさ》に叫ぶが、匣は止まらない。

「なんだ!?」

動揺する光井の声。凮は階段へ走り出す。

「人がいます!! 誰かが匣の下に!!」

急階段を全速力で駆け上がる。

「と、止めろ!! 誰か操作盤のそばにいないか!?」

光井の叫び声が響く。

「早く止めて!!」

凮も叫びながら一段飛ばしで駆け上がる。
⑫の部屋に駆け込んで操作盤に飛び付き、おもいきり停止ボタンを叩く。
開口部を見ると、匣は止まっていた。

凮は蒼白な顔をしたまま、息を呑む。

自分が止めたように思えない。ボタンを押した時には、すでに止まっていたような気がする。

「何があったの!?」

上から穴子の声がする。

返事ができない。声が出ない。光井の返事も聞こえない。

ということは、やはり……。

誰かが匣を止めてくれたんじゃない。

奈落に着いて、止まったのだ。


「聞こえてる？　何が起きたのか説明して」

再び灾子の声が響くが、凩はまだ言葉を返せない。下から光井の声が聞こえた。

「奈落で、誰かが潰された……！」

「誰が……？」

「わからない……」

光井が声を沈ませる。

寒けがするほどの静けさ。

誰も言葉を発さない。全員の声を確認すればわかることだが、恐ろしい。

「匣をB1へ上げてちょうだい」

灾子に言われ、凩は操作盤のボタンを押す。

匣が静かに動き出すと、凩は走り出した。急階段を駆けて回廊へ下りる。

そばにある皿を覗く。視界を塞いでいた匣が上がっていき、奈落が見え始めたところだった。

うっ、と思わず口を覆う。

強烈な血の匂い。生臭い異臭。

ぼたぼたという厭《いや》な音。

薄闇の奥、ゆっくりと上がっていく匣の底面から、血が滴《したた》り落ちる。

恐る恐る、その下に目を落とす。

ぺしゃんこになった肉塊が、ぐじゅぐじゅに体液に塗《まみ》れていた。

もはや死体かどうかも判別できない。

だがよく見ると、頭と思われる場所に白い頭髪が覗いた。

誰の体なのかがわかり、呼吸するのが辛《つら》くなる。

凪は動くこともできないまま、無残な亡骸《なきがら》を見つめていた。


天井付近にあるダクトが排気音を響かせている。

僅かな振動。無数の足音が近付いてくる。

宍子と瑠夏が駆けてきた。照明をどかして皿に顔を寄せる。真珠も駆けてきて、凪が覗いていた皿を覗き込んだ。剣と飾が西側へ駆けていく。少し間をおき、静谷と麗がやってきた。

「芽舞さんは下りてこられないから、上にいるよ……」

真珠が耳元で教えてくれる。思った通りだ。

潰されたのは薩摩だった。

凍えたような空気の中、換気音と誰かの嗚咽《おえつ》だけが聞こえてくる。

凪はくずおれそうになるのを必死に堪《こら》えていた。自分がしっかりしないといけない。

「通報しましょう」

階段を駆け上がる。スマホの電波は無いので、方法は一つしかない。⑫の部屋に戻ると、車椅子の芽舞が蒼白な顔をしていた。

壁のボックスを開け、電話機に手を伸ばす。

「あれ……？」

無い。ここに収まっていたはずなのにどこにも無い。

「誰か、電話機を持っている人はいない？」

灾子が声を上げた。いつのまにか凪の背後に来ていたのだ。

皆が階段を上がってくるのを待ち、もう一度灾子が聞く。

全員が知らないと言う。このボックスを開けた者すらいないようだ。

「他に外部と通信できる手段はないですか？」

凪が聞くと、灾子は首を横に振った。

「外に出ましょう」

凪は皆を匣に連れ出し、操作盤の1Fボタンを押す。

天井の大きな皿を見上げ、その視線が固まった。

「え……？」

動かない。

もう一度ボタンを押すが、匣はぴくりとも動かない。

灾子が⑫の部屋へ戻り、1Fボタンを押す。

動かない。

「どうして……！」

凪も駆け戻る。と、灾子が制御盤の右上を指差した。

階数が記された四角いボタンが点灯しているが、『1F』のボタンだけが消灯している。操作盤のボタンが利かないようになっていたのだ。

灾子は光井を呼び、それを復旧させるために制御盤をいじり出す。だが何をやっても点灯しない。

暫くすると小さく息を吐き、皆に言った。

「壊れてるわ」

「そんな……」

麗が口を押さえる。皆は顔を強張《こわば》らせた。

凪は静かにこめかみを押さえる。

1Fへ上がらないと、館から出ることはできない。

電波も無く、電話も消えた。助けを呼ぶことはできない。

「クローズドサークルだ……」

瑠夏がぼそりと言い、皆は無言で視線を上げた。麗だけが瑠夏を見て声を出す。

「それ何……?」

「本格ミステリとかで、殺人が起きて、その場を逃げられない状況のことを言うんです……嵐の山荘とか、絶海の孤島とか」

「あぁ……」

麗はすぐに理解したようで、不安気に身を抱える。

「B3ボタンを押した人はいない?」

灾子が聞くと、皆は冷ややかな視線を交わし合った。当然、押したという者は現れない。

「壊れたんじゃなくて、壊したってこと……？　誰なの？　何が目的なの⁉」

飾が強い口調で言った。

「この中にいるってことなのか……？」

剣が訝しげな目を皆に向ける。瞬時に疑念が広がり、全員の目が懐疑的になる。

「いや、でも、事故かもしれないですよね？」

真珠が言うと、麗が明るい声を出した。

「そ、そうよね、薩摩さんは撮影の準備をしてて、下に落ちてしまったのかもしれないし」

だが皆の表情は変わらない。颪もそう思いたい。が――

「匣が降ろされたんだぞ？　そのうえ1Fにも上がれなくて、電話も無くなってるし。意図的なもんに決まってんだろうが……」

光井が溜息混じりに言った。颪もその通りだと思う。けれど不安を煽《あお》って良いことは何も無い。

「事故に故障という不運が重なった可能性もありますし、まだ殺人とは断定できません。詮索はやめて、きちんと調べましょう。どこかから電話機が出てくるかもしれませんし」

落ち着いた口調で話すと、「その通りよ」と灾子が頷いた。颪にとって一番詮索したいのは彼女だが、同意してくれるのは有り難い。

まずは薩摩が寝るはずだった⑨の部屋へ向かった。まだ荷解《にほど》きもしていないリュックがベッドの脇に転がっている。「失礼します」とそれを開け、中を物色する。

電話機も、怪しい物も見当たらない。

「薩さんが落ちたのは、談話室からよね。あそこで作業してたし、落ちた位置とも一致するし」

飾が言い、皆で匣に出る。灾子がボタンを押し、匣が上がっていく。

B1に着いて談話室に入ると、たくさんの撮影機材が並んでいた。

「ここで間違いないな」

光井が大きな三脚に触れた。颪は無言で部屋を見渡す。

争ったような形跡は無い。電話機も見当たらない。代わりにロッキングチェアにスマホが置いてあった。ロックが掛かっているので開けることはできないが、薩摩の物で間違いない。颪はそれをプウにしまい、奥へ向かった。

この部屋にも操作盤があるので、1Fボタンを押してみる。けれどやはり動かない。

皆が動揺する中、颪はロッキングチェアに腰を下ろした。

目の前が真っ暗だった。

事故とは思えない。豺が危惧していたことが起きてしまったのだ。けれど灾子の犯行とは断定できない。彼女には完璧なアリバイがあるからだ。暗澹《あんたん》たる気持ちで息を吐くと、灾子が言った。

「倉庫に縄梯子があるわ。死体を調べましょう」

死体。あっさりと言ってのける灾子を見ながら、颪は立ち上がる。部屋を出ていく彼女を追い、背中にそっと声をかけた。

「どうしてそんなに、冷静でいられるんですか？」

灾子は匣の真ん中で立ち止まり、振り返って颪を見る。

「こうなってしまったら、ジタバタしても無意味でしょう」

その通りではあるが、長い年月をかけて準備してきた映画の撮影がご破算になったショックは無いのだろうか。なにより、戦友とも言えるカメラマンを亡くした悲しみも窺《うかが》えない。

凮が訝しげな目を向けると、宍子は僅かに口角を上げながら言った。

「それに私たちには、名探偵が付いてるから」

匣に出てきた皆の視線が、一斉に集まってくる。

名探偵。そんなふうに頼られても嬉しくない。とはいえ、最悪の事態を避ける手は打っている。

「任せて下さい。もし事故じゃないとしても、犯人の思い通りにはさせません」

凮はきっぱりと言って、B2ボタンをドンッと押した。皆は何も言わずに、不思議そうな視線を浴びせてくる。宍子は興味津々そうな目を向けてきた。

匣が止まると、凮は自室へ駆け込みリュックを開けた。

今こそ、あの子にお願いする時だ。

〈クローズドサークルを壊せるものを用意しとけ。電子機器に頼るのはやめた方がいい〉

一ヶ月前。豺から来た最後の手紙にそう書いてあり、住所が記されていた。

そこは島根の北端、宍道湖《しんじこ》のほとりに建つ山小屋で、豺の知人だという髭《ひげ》もじゃの男が住んでいた。毛玉だらけのセーターにボロボロのコーデュロイパンツ。腿《もも》で汚れた手を拭い、握手を求めてきた。その足元には無数の羽が落ちていた。

握手するのを躊躇《ちゅうちょ》してしまったことを後悔する。

凮は髭もじゃの彼に感謝しながらリュックを開け、匣に出ながら皆を見る。

「こんなこともあろうかと……」

リュックから小さな籠を出し、美しい鳩《はと》を掲げた。

7

真珠は口をぽかんと開けたまま、凪が掲げた籠を見つめていた。

綺麗な鳩が一羽。真っ白な羽を収めて丸まっている。

「全日本鳩レース選手権で優勝したことのある、とびきり優秀な伝書鳩、鳩子《はとこ》ちゃんです」

凪がドヤ顔を見せると、皆から「えっ」と声が上がった。

「それって、その鳩を飛ばして助けを呼ぶってこと?」

剣が聞き、凪は頷く。

「はい。この子は宍道湖のほとりにある家までまっしぐらで飛んでいきますので」

こんなこともあろうかと……。彼女は確かにそう言った。こんな事態になることを予期してたということだろうか。そんな馬鹿な。いくら名探偵といえど、ありえない。

喜ぶべきことなのに、真珠は動揺を隠せない。

凪は黄色の折り紙を出して床に跪《ひざまず》き、助けを求める手紙を書き始める。

「エス、オー、エス。この手紙を見たら、すぐに警察に通報して下さい。私たちは――」

まるで小学一年生のように、読み上げながら書いていく。周りを窺うと、皆真珠と同じ気持ちのようだ。この子は一体……。というような奇異の視線を向けている。

「よし、完璧ッ」

凪は手紙を書き終えると細く折り畳んで、鳩の脚に結び始める。

「ちょっと待てよ、ここには窓がないんだぞ？」

光井が言うと、凪は天井を指差した。

「あの大きな皿があるじゃないですか」

「いやいや、ステンドグラスで塞がれてるでしょ」

飾がつっこんだ時にはもう、凪はリュックをがさごそ漁っていた。

「こんなこともあろうかと……」

ネコ型ロボットのように出したのは、何の変哲もない野球ボールだ。

「嘘でしょ……」

真珠は無意識に呟いていた。助かるかもしれないという喜びよりも、驚きの方が先に来てしまう。

凪は腕のストレッチをしながら皆を壁際へ散らせると、天井目掛けておもいきり投げた。

ボールは勢いよく頭上へ上がり、同じ勢いのまま落ちてくる。誰もキャッチすることなく、何度かバウンドして転がった。九メートルある天高の、おそらく半分にも届いていない。

「あれ？」凪は首を傾《かし》げながら、もう一度振りかぶる。今度は力みすぎたせいか、すぐ壁に当たって跳ね返り、虚《むな》しい音だけが響いた。だが彼女にへこたれる気配は無い。

「こんなこともあろうかと……」

決め台詞のように同じ言葉を繰り返し、剣にボールを手渡した。

「お願いします。ドラフト一位指名です」

その腕の太さは、真珠の二倍はあるだろう。剣は半笑いでボールを握ると、綺麗なフォームで真上に投げる。それは吸い込まれるように皿玉の中心にヒットして、ステンドグラスを破壊した。

虹色のガラスが降り注ぐ向こうで、へヘッと自慢げな笑みを見せたのは剣じゃなく、凪だ。

「さすが剣さん、天才です」

「俺が殺されてたらどうしてたんだ？」

剣がつっこむと、凪は驚いた顔で言った。

「確かに……！」

皆は目を見合わせた。普段ならズッコケていただろうが、そんな場合じゃない。けれどほんのひと時だけ、緊迫した空気が緩んだような気がする。

凪の対策は見事なのに、何かが圧倒的に抜けている。それは小説で読んだ彼女そのもので、真珠は興奮を隠せない。

「さ。鳩子ちゃん、行きますか」

凪が籠から鳩を出そうとした時、「待って」と麗が止めた。

「私がいることを、その手紙に付け加えて」

国民的俳優の彼女の名前があれば、手紙を読んだ鳩の飼い主も放っておけなくなるからだろう。

「ナイスアイディアです。書きましょう」

凪が鳩の脚から紙を解くと、麗は首を横に振った。

「私の本名は宇治宮《うじみや》麗。元内閣総理大臣、宇治宮宗一《そういち》の孫なの」

「え……！」

皆が一斉に声を上げた。穴子も驚いた顔を見せている。

「これを知ってるのは事務所の社長だけ。マネージャーすら知らないことだから、絶対に漏らさないで下さいね」

宇治宮宗一といえば、日本有数の財閥に生まれ、総理退任後も党の最高顧問として、影で政財界を仕切っていると言われる男だ。麗はその祖父の力を頼らず、極秘にして活動してきたと言う。

「じゃ、じゃあ警察も本気になってくれますね！」

真珠が歩み寄ると、凪は赤ペンで書き足した。

「鳩子ちゃん、よろしくね‼」

手紙を結び直し、籠を開けて叫ぶ。

解き放たれた鳩は惑うことなく翼を広げ、天井に開いた皿の中へ消えていった。

色々思うことは多いが、本物の天才とは、凪のようなものなのだろうか。

皆は彼女に感心し、「さすが名探偵」と褒め讃える。

天井から覗く小さな空はだいぶ暗い。スマホを見ると十九時を回っていた。


ギィィッと駱駝室の鉄扉が開き、凪と瑠夏と飾が倉庫から戻ってくる。

抱えてきたコンテナボックスからホウキとチリトリを出し、三人はガラス片の掃除を始めた。

穴子がB2ボタンを押し、匣がゆっくり降り始める。

床が綺麗になると、凪が穴子に聞いた。

「この眼鏡の映像って、どこかに記録されているんですか？」

忘れていた。彼女が今掛けているのは007さながらのハイテク眼鏡なのだ。

「ええ。随時Bluetoothで私のPCに送られる設定になっているわよ」

「完璧ですね。じゃあ、瑠夏君と飾さんはこっちに。他に奈落に下りたい人は来て下さい」

颪は縄梯子を抱えて薩摩の部屋に入っていく。

「私は遠慮しておくわ」

宍子はそう言って⑫の部屋へ向かった。麗は迷わず彼女に続き、光井と剣、静谷も付いていく。

瑠夏と飾はコンテナボックスを抱えて薩摩の部屋へ向かう。真珠は迷いつつ、二人に続いた。

皆が部屋に入ったのを確認して、宍子がB1ボタンを押した。本当に面倒な館だと思う。匣を上げないと奈落に下りることができないのだ。

飾と瑠夏がベッドの脚に縄梯子のフックを掛けて固定する。幸いにもベッドはコンクリの床に溶接されているので、どんなに体重を掛けても大丈夫そうだ。

奈落の底までは四・五メートル。足がすくむほど高いのに、颪は躊躇なく下りていく。底に足が着くと瑠夏が、その後に飾が続いた。

「いいよ」飾に声を掛けられ、真珠は梯子に足を掛ける。

思ったよりも揺れて下りにくい。だが下りるにつれ、高所の恐怖は薄れていった。底が近付いてくるからではない。一歩下りるたびに、血腥《ちなまぐさ》い異臭が濃度を増していくからだ。

地中で窓も無いこの館には強力な換気機能が備わっているそうで、他の部屋にいる時はほとんど匂いを感じなかった。けれどさすがに現場へ近付くと強烈な異臭が鼻を突く。

梯子を下りると、真珠はハンカチを出して鼻を覆った。三人も同じように鼻を押さえながら屈み込んでいる。凮は小さなＬＥＤライトを当て、瑠夏と飾はスマホで写真を撮っている。

真珠はそれを見て、息ができなくなった。

回廊から覗いた時は、正直何がなんだかわからなかった。だからこそここに下りてきたわけだが、それを早くも後悔している。

申し訳ないけど、遺体とは思えない。ついさっきまで生きていた体とは思えない。

潰された肉。はみ出た内臓。僅かに膨らんでいるのは骨の部分だろうが、それすら無惨に砕けている。薩摩だと判別する術《すべ》は潰れた衣服と、頭のようなものに引っ付いている白髪だけ。

真珠はそれらを直視することができず、顔を歪ませて目を背ける。

「これ、なんですかね……」

凮が大腿部《だいたいぶ》の辺りを指差した。真珠は薄目を開けてそこを見る。

衣服でもなく、体の一部にも見えない。ペシャンコになったジーンズから、黒い何かが飛び出している。ポケットに入っていたのだろう。ジーンズと一緒に押し潰されているので、瑠夏が火鋏《ひばさみ》で摑んでも引き抜くことができない。意を決して顔を寄せると、黒い物の中に赤い何かが見えた。

「これ、制御盤の電話機だ……」

凮が呟き、三人は目を見合わせた。

「間違いない？」

上から声がする。見上げると⑫の部屋の開口部から灾子が見下ろしていた。

「ですね。完全に潰れてますけど……」

瑠夏が火鋏で突《つつ》きながら答えた。

颪は奈落を歩き、床や壁を調べ始める。真珠はスマホのライトを点けてそれを手伝った。

コンクリだけで囲まれた空間に、怪しいところは見当たらない。

ぽたりと、頭上から液体が落ちてきた。匣の底に血痕が付いている。いや、血痕というより体の痕と言った方が正しいかもしれない。零《こぼ》れ落ちてきたのは血を含む体液だ。

再び、ぽたり。その音だけで鳥肌が立つ。

匣をぎりぎりまで降ろしてほしいと颪が頼み、B3のボタンが押される。ゆっくり降りてくる匣の底を見上げていると、脚が震えてきた。

もしも操作盤の周りにいる誰かが犯人なら、このまま潰される可能性もあるのだ。

けれど匣は四人の頭上から五十センチほどの場所でぴたりと止まった。ところどころに肉塊が貼り付いていて、真珠は思わず身を引いた。

どんなスプラッター映画も平気だが、本物は比べ物にならない。吐き気を堪《こら》えるだけで精一杯だ。なのに颪も瑠夏も飾も声を漏らすこともなく、静かにそれを見つめていた。

一通り写真を撮り終えると、四人はレインコートを被《かぶ》りゴム手袋を嵌め、防災用の保温アルミシートを二重にして遺体に掛けた。そのへりをガムテープで隙間なく固定して、できる限り密閉する。さらにその上に薩摩の部屋から落とした毛布を掛けた。

体液が染み付いた匣の底にも同様にアルミシートを貼る。現場を保全する必要もあるだろうが、放置すれば異臭が酷くなるのでしかたない。仕上げにと、颪がファブリーズを吹き付ける。やはり何かがズレている気がしつつも、笑うことはできなかった。

部屋に戻り、髪と体を念入りに洗って食堂へ行く。

皆でテーブルに着くが、誰も口を利かない。

死体が覆い隠されたこと、匂いがほとんどなくなったこと、そして助けを求めることができた安堵で、薩摩が死んだ哀《かな》しみが押し寄せてきたのかもしれない。

だが真珠は哀しみよりも不安に駆られていた。

この映画はどうなってしまうのだろう。神様が与えてくれた大チャンスが、消えてしまうのだろうか。こんな時に心配してしまう利己的な自分に、嫌悪感も湧いてくる。

そんな気を逸らしたのは、飾の一言だった。

「やっぱりどう考えても、事故だとは思えない」

皆はぴくりと動きを止めた。全員が同じことを考えていたのだろう。真珠もそう思う。

薩摩が奈落に落ちたのが事故だとしても、匣は勝手に降りたりしない。B3ボタンを押し、それを黙っている人間がこの中にいるのだ。こんなことになってしまって言えなくなったとも考えられるが、1Fに上がれなくなっている以上、偶然の故障とは思えなかった。

「最後に薩さんを見たのは誰？」

飾が聞く。準備を始めて以降、見たという者はいなかった。

「私かもしれないです。倉庫で薩摩さんとお話ししました。お芝居のテストが始まる直前です」

颪が言うと、麗が身を震わせた。

「でも、叫び声も何も聞こえなかったけど……」

颪は何も答えない。代わりに瑠夏が口を開いた。

「鈍器か何かで気絶させてから落としたとか、むしろ殺してから落としたのかもしれないっすよ。あんな状態じゃ、警察でも死因を特定できるかどうか……」

「いやでも、どのみち落としたら音がするだろ」

剣の問いに、再び瑠夏が答える。

「監督が大音量で音楽を流しましたよね。全館に流れてたから、あの時なら気付けないですよ」

なるほど。真珠は静かに感心する。瑠夏が探偵のように見えてきた。

「……となると、だいぶ絞られる」

飾がぼそりと言うと、穴子が頷いた。

「ええ。あの時、真珠君と凪ちゃんは私の元を離れていない」

その通りだ。自分を含めた三人には完璧なアリバイがある。けれど真珠の緊張は解けない。犯人が絞られたら絞られたで、別の類《たぐい》の恐怖が湧いてくる。

「そういえば、芽舞が瑠夏を連れて行ったわよね？　二人は一緒にいたの？」

穴子が聞くと、芽舞は首を横に振った。

「いえ。私はこの食堂でパソコン作業をしてました。機材のチェックと整理をしたかったんですけど、私は倉庫に下りられないので、瑠夏君に頼んだんです」

同意を示そうとする瑠夏より先に、光井が言った。

「確かに駱駝室で作業してたら倉庫に下りてったよ。で、俺が出ていくまで上がってきてないな」

瑠夏が頷く。ということは、彼には不可能だ。容疑者がさらに絞られ、真珠の鼓動が加速する。

「剣さんと麗さんは、テストを終えた後どこに？」

灾子の問いに、「自分の部屋で休んでました」と剣が、「私もです」と麗が答える。

飾と静谷も自室で作業をしていたそうで、アリバイがある者はいなかった。

「あの」真珠はそこで口を開いた。「そもそもですけど、匣の制御盤をいじって1Fに上がれなくすることなんて、誰にでもできることじゃないですよね……」

気まずい視線を灾子に向けるが、淡々と返される。

「回路を壊すだけなら難しいことじゃないわよ。機械をいじれる人なら誰にでも——」

「私は無理ですね」飾が言葉を被せ、「私も」と麗が続く。

「残念だけど、不可能の証明は、不可能よ」

真珠は無言で頷いた。その通りだ。自分にも無理だと思うが、その証明はできない。

「でも、おかしくないですか？」瑠夏が眉を寄せながら言った。「薩摩さんを殺すことができた人は、ここにいないですよ」

「どうして？」

飾が聞き、瑠夏は立ち上がる。

「薩摩さんが潰された後、凪ちゃんが匣をB1に上げて、俺はやっと駱駝室を出ることができたんだ。同時に、監督と真珠君が図書室から、芽舞さんが食堂から出てきた。で、四人でB2に降りて、静谷さんと剣さん、飾さんと麗さんがそれぞれの部屋から出てきた……」

「それが何だよ？」

光井が言い、瑠夏は答える。

「誰も、匣をB3に降ろせないじゃないですか」

「あ」真珠は声を上げた。「そうか……犯人は談話室から薩摩さんを落として、元いた部屋に戻ったということだよね。なのに、操作盤がある部屋にいた人はいない……」

「確かに！」剣が手を打つ。「じゃあ誰が……？」

皆は黙って考え込む。

「颪ちゃん、あなたの出番よ」

灾子が顔を向けると、颪は久しぶりに口を開いた。

「全ッ然わかりません」

堂々と言い放ち、持参していたイチゴミルクを飲み始める。と、灾子が立ち上がった。

「じゃあ私の推理を披露してあげる。私の考えだと、匣を降ろせる人物が一人だけいる」

皆が同時に灾子を見る。

「薩摩さんよ。彼が持っていた電話機、あれは匣の操作もできるのだから」

そうだった……。真珠はゾクッとしながら聞き返す。

「……自殺ってことですか？」

「そんなこと……あの薩さんに限って……」

飾が視線を落とすと、灾子は静かに言った。

「人の内面なんて、誰にもわからないものよ」

「でも、だったらなんで1Fに行けないようにしたんだよ……！」

光井が立ち上がり反論する。灾子はさらりと返した。

「彼は昔から亜我叉の館シリーズの大ファンだったから、最期に私たちへサプライズを仕掛けたのかもしれないわね」

サプライズという言葉の軽さに違和感を覚えるが、誰もそこに触れようとはしない。

「ですね……あの人なら、制御盤をいじるのも簡単かもしれないし」

飾が続くと、光井は大きく息を吐いた。

本当にそうなのであれば、どんなに気持ちが楽になることか。薩摩には申し訳ないが、真珠はそう思ってしまう。

「どう、凪ちゃん。私の推理は」

穴子が聞くと、凪は淡々と答えた。

「さぁ。どうでしょうか。そうかもしれませんし、そうじゃないかもしれません」

「他の誰かに可能なトリックがあるなら、教えてくれる？」

凪はその問いに答えず、床に置いていたリュックから菓子パンを取り出した。

「それより何か食べましょう。私色々持ってきたんです。甘いものとか、おにぎりとか、食欲無い人にはこうゆうのもありますよっ」

空気にそぐわない笑顔を見せ、ゼリー飲料を出す。

光井が無言のままクリームパンに手を伸ばすと、皆はお礼を言いながらそれに続いた。穴子はチョコレートを取り、真珠はメロンパンを貰う。

「で。そんなこと言いつつ、探偵さんは何か摑んでるんだよな？」

数口でパンを平らげた光井が言った。

「いえ。本当に何もわかりません」

颪は昆布おにぎりとイチゴミルクを一緒に口に入れながら答える。

「て言うか、ずっと聞こうと思ってたんだけど、あなた本当に探偵なの？」

飾の問いかけで、真珠は気が付いた。

「あれ、もしかして、皆さんあの小説を読んでないんですか？」

「小説？」

飾がきょとんとした顔を見せ、宍子が言った。

「そうよ。読ませたのは俳優部の三人と芽舞だけ。瑠夏と颪ちゃんは当然読んでいるけれど」

「なんのことっすか？」

光井が聞き、宍子は鬼人館の事件を解決に導いたのが、颪だと教える。

静谷が食べる手を止めた。目を丸くして颪を見る。

「じゃあ何かわかってるんでしょ？　もったいぶらないで教えなさいよ」

飾が親戚のおばちゃんのようなノリで聞くと、颪はきっぱりと答えた。

「犯人捜しは警察にお任せします。現実が本格ミステリのようになるなんて、もう嫌なので」

もう、というのは、鬼人館の事件の後悔があるからだろう。こう見えて、颪は苦しんでいるのかもしれない。真珠の胸がきゅっとなる。

飾は不満そうにパンに齧《かじ》り付いた。光井や剣も、何かを言いたげだが言えないようだ。

そんな様子を横目に、颪は立ち上がった。

「もしもです。もしも薩摩さんが自殺でも事故でもないとして、ここに犯人がいるのなら、すぐに警察が来ますので。これ以上罪を犯さないで下さい。お願いします」

皆は釈然としない顔をする。もっともなことを言っている。わかっているのに、名探偵にズバッと犯人を言い当ててもらえることを、心のどこかで期待していたのだ。けれど反論する術も理由も無い。

「その通りね」

灾子が水を口に含み、静かに息を吐いた。

「私、ちょっと休みたいです」

麗がぼそりと言った。食も進んでいないようだ。

「もう二十一時か……」

剣の声にも力が無い。思えば皆、早朝に起きて羽田《はねだ》へ行き、広島に飛んで船に乗り、荒野を二時間近く歩いてきたのだ。真珠も急に体がだるくなってきた。犯人捜しを諦めたことで、疲れがどっと押し寄せたのかもしれない。

「休まないとみんな倒れちゃいますね。あと一、二時間もすれば警察が駆けつけると思いますし」

凪がおにぎりを平らげると、灾子が手を叩いた。

「そうね、休みましょう」

匣に出てB2に降りる。一斉にスライドドアが開くと、皆はちりぢりに部屋へ向かう。

真珠は割り当てられた⑧の部屋に入った。

ベッドに座ろうとして、そのまま倒れ込んでしまう。

頭が朦朧《もうろう》とするほど眠い。待ってましたとばかりに睡魔が襲ってきた。

8

臭い。凪は鼻を動かしながら目を開けた。

ここはどこ？　天井に砂色のコンクリが見えて、百々目館だと思い出す。

まずい。いつのまにか寝てしまっていたようだ。それよりこの匂いは？　強烈に焦げ臭い。何かが燃えている。

「火事⁉」

誰かの声が聞こえた。慌てて匣に出ようとカーテンを開ける。が、ドアが閉まっていてびくともしない。目を擦《こす》ると足元に隙間が見え、匣が通常の位置にないことに気が付いた。

B2から三十センチほど上がったところで止まっている。匣の移動中はドアにロックが掛かるので開けることはできない。屈み込んで吹き抜けを覗くと、視界の端、⑧の部屋に真珠の顔が見えた。

「あそこ！　見て！」

真珠が奥を指差す。吹き抜けを挟んだ対面、⑫の部屋にうっすらと銀色の箱のようなものが見える。煙はそこから上がっているようだ。

「火事です！　みんな起きて‼」

凪は叫んだ。真珠も一緒に声を上げる。

と、匣がゆっくり降りてきた。足元の隙間が塞がるが、ドアは開かない。完全にB2に着いていないようだ。急に大きなアラート音が鳴り響く。スマホだ。おそらく全員のスマホが鳴っている。手に取ると通信アプリが勝手に起動し、ビデオ通話の画面になった。

凪は息を呑む。

灾子の顔が映っていた。

「おはよう。火事ではないから安心して」

できるわけがない。その冷静な物言いと顔付きに、胸がざわつく。

背後に制御盤が見えた。①の部屋ではなく⑫の部屋にいるようだ。

灾子はスマホを片手に、消火器を手に取って足元へ噴き付けた。一瞬で鎮火させ、そこへスマホのカメラを向ける。真っ白な消火剤で覆われた一斗缶。そこから火鋏で何かの残骸を持ち上げた。

「これは縄梯子よ」

やっぱり……。凪は唇を噛《か》んだ。

灾子はカメラを自分に向けて制御盤に立て掛けると、微笑みながら言った。

「薩摩は自殺なんかじゃない。殺害したのは、私よ」

ぎゅっと胸を締められたように苦しくなる。

やっぱり、財さんの予感は当たっていた……。

だが凪は万が一のことに備えて灾子のそばを離れなかったのだ。彼女には完璧なアリバイがある。

「どうやって……」

凪が声を漏らすと、灾子は予想外のことを言った。

「正確に言うと、実際に殺したのは私じゃない。私が書いたシナリオで、Qが手を下したの」

颪はハッとした。

Qとは、『鳳凰館の殺人』に登場した殺人犯の異名だ。小説の知名度に加え、宍子の映画がカルト的な人気を博したせいもあり、ネット上では殺人犯＝Qというスラングになっている。

「Qは私の共犯者よ。犯人と呼ぶとややこしいので、そう呼んでちょうだい」

「なんなんだ……？　何がしたいんだ……？」

光井の戸惑う声が聞こえる。

「史上最もリアルな、ミステリ映画を撮るのよ」

「映画……？」

「そう。私が本当に撮ろうとしていたのは大蛇館の殺人でもなければ、百々目館の殺人でもない。この館を舞台にしたオリジナルストーリーで、この現実そのものを映画にするの。出演者はあなたたち自身。Qはこれからさらなる犯行に出るので、皆でQが誰かを推理しながら生き延びるのよ」

宍子はそう言って、カメラを制御盤に向けた。颪のスマホに、①から⑫の番号が記されたボタンが映る。

「Qを突き止めることができたら、その人物の部屋番号と緑のスイッチを押しなさい。正解すれば生還への道が開かれる。けれど一度でも間違えると、全員に死が訪れる」

宍子はスマホを天に向け、ダクトを映した。

「$C_6H_{16}FN_2O_2P$、通称GVガスがあそこから噴出されるので、気を付けてね」

誰も言葉を発さない。颪も無言で聞いていた。

灾子は大蛇館を舞台にするふりをして、数ヶ月前からこの館を借り、ＱＵＩＥＴ社のテクノロジーを駆使して改造していたと言う。持ち主である鳳文芸社とは、映画のためにと極秘契約を交わしていたそうだ。

「それから凪ちゃんは私が用意したものを疑って食べ物を持ち込んだようだけど、食料と水には何もしていないから安心して。そんなことで皆に倒れられたらお話にならないでしょ？」

灾子は不敵に笑いながら自分を映した。

「そしてこの映画は、主人公の視界を映し出すＰＯＶ《ポイント・オブ・ビュー》。カメラマンは薩摩ではなく名探偵の凪ちゃんよ」

凪は拳を握り締めた。灾子はそのためにカメラ付き眼鏡を渡してきたのだ。

「私は鬼人館の事件に心底感動したの。だから探偵役はあなた以外にありえないと思った」

陶酔したような目で、凪に語りかけてくる。

とその時、鐘のような電子音が聞こえた。

灾子は訝しげな顔を見せながら、スマホで制御盤を映す。左端、インターフォンのモニターに二人の男が映っていた。

「どなたか、おられますか？　広島県警の者ですが」

凪はガッツポーズをした。

鳩子ちゃんが、任務を果たしてくれたんだ！

思っていたより時間がかかったが、これで灾子の異常な計画は失敗に終わる。

灾子は無言でインターフォンの通話を切った。すぐに鐘が鳴ると、その音量をオフにして自らの方へカメラを向けた。おかしい。その顔に動揺は見られない。

「さすがは凪ちゃんね。天井の皿は、最初からこうしておくべきだった」

そう言いながらスマホをいじると、匣の方からガーーーッという音が聞こえてきた。⑫の部屋だけはスライドドアが付いていないので、灾子は開口部から匣に出る。天井が映ると、ガラスを破壊した皿が自動で塞がれていく。蓋のようなもので完全に閉じられてしまう。

そんな設備は小説には無かった。それも灾子による改造なのだろう。

だが外の警察は不審に思っているはずだ。この状況でどう逃げるというのだろうか。

すると彼女は⑫の部屋に戻り、インターフォンの応答ボタンを押した。二人の警官が焦った顔で聞いてくる。

「大丈夫ですか!?　何が起きているのか、事情を話せますか!?」

「説明するので、静かに聞いていて」

灾子はそう前置きし、二人にこれまでのことを話し聞かせた。二人ともイタズラを疑っているようで、信じることができないという反応を見せるが、灾子は淡々と話し続ける。

暫くすると一人が無線を取りながら画面から消え、もう一人が真剣な顔で言った。

「大至急本部の者が駆けつけます。これ以上危害を加えないように。すぐに武器を捨てて――」

その声が途切れた。灾子が音量だけをオフにしたようだ。

「黙って聞いてなさい」

警官へ尖った声を向ける。向こうの声は聞こえないが、こちらの声は届くらしい。

「さて」灾子は再びカメラを自分に向け、制御盤に立て掛けた。「凪ちゃんの対策は素晴らしいわ。

けれど殺人があった時のために、クローズドサークルを崩す準備をしておく。という考え方がすでに、本格ミステリに囚《とら》われていない？」

凪は反論できない。これから大勢の警察が駆け付ける。なのにこの余裕はなんなんだろうか。灾子の狙いが全くわからない。

「クローズドサークルを壊したつもりのようだけど、そんなことは想定内よ。ここは外部から侵入できない造りなので、何の問題も無い。匣の天井も地下に埋まった外構も、堅牢《けんろう》なコンクリ。その中に無数の振動感知機を埋め込んだので、破壊しようとすればすぐに検知し、自動で館内全てにGVガスが噴出される。つまり、全員が死ぬことになる」

狙いがわかった。

外に警察や機動隊が駆け付けようが、踏み込むことはできないということだ。

クローズドサークルは守られる。でも――

「そしたら、あんたも死ぬんだぞ？」

凪の思考を代弁したのは光井だった。けれど灾子は顔色ひとつ変えずに答える。

「あなた方が命を懸けるのだから、私も命を懸ける。そうしなきゃフェアじゃないでしょう？」

「俺たちがどうなろうと、あんたはどうせ捕まるんだぞ？」

「最高傑作を作ることができれば本望。私は極刑となり、映画は伝説となる」

全く理解できないが、本気でそう思っているのだろう。言い切った灾子に、飾が反応した。

「捕まったら、映画にすることはできないでしょ……」

「究極にリアルな映画が撮りたいの。編集は必要ない」

「そんなものが世に出ると思う？　証拠資料として警察署の棚に収まるだけよ」

その通りだ。飾の鋭い指摘に、宍子は笑みを返した。

「いいものを見せてあげる」

颪のスマホに動画配信のサイトが映った。宍子が自分の画面を皆に共有させたようだ。

「颪ちゃん、眼鏡を外して、自分の顔に向けてくれる？」

意味がわからないが、颪は黙って従う。と、動画配信サイトの画面内に、自分の顔が映った。

え……？

「この作品は、すでに世に公開されているのよ。時代は配信でしょ？」

颪は咄嗟に眼鏡を下に向ける。画面に颪の足が映った。

なんてことをするのだろうか……信じられない。この丸眼鏡の映像と音声が、ライブ配信されていたなんて。

「百々目館なのでね、世界中から選び抜いた百人に招待状を送っておいたの。彼らはずっと、颪ちゃんの眼鏡の映像を視聴していたの。まぁ、今この時まで、薩摩が本当に死んだと思っている人はいなかったでしょうけどね」

言葉が出ない。スマホを持つ手に汗が滲んでくる。

「日本の警察をなめない方がいい……」剣が言った。「そんなサイト、サイバー班がすぐに落とせるはずだ」

「わかってないわね。そうなれば、やはり皆が死ぬことになる。警察が余計なことをすれば、ガスで見事なバッドエンド。ちなみにこのサイトはＱＵＩＥＴ社の英才たちが構築してくれたもの。サイバー班が陰で動こうが、配信を停止するどころか視聴者すら突き止められないわ。というわけで、ご観覧の皆様は、どうぞご安心を」

「どうやって……？　ここは電波がないんじゃないの？」

芽舞が口を開いた。その声は震えている。

「あなたが皆にインストールさせたこのアプリ。通信機能は表の顔なの。裏の顔は、スマホの乗っ取り。ここに電波が無いなんて、真っ赤な嘘。本当は、スマホを通信不能にしただけなの」

「そんな……」

芽舞が消え入るような声を出した。すかさず光井が聞く。

「そのＱＵＩＥＴ社ってのが、あんたの犯罪計画に加担してるってことなのか？」

「まさか。夫の会社を悪く言わないでちょうだい。全て映画のためと偽って協力させただけよ」

灾子が言うと、皆は黙り込んだ。

「どう？　こんなリアリティのある映画は唯一無二でしょ？」灾子はそこで言葉を止め、クスッと笑った。「やだ。凪ちゃん、眼鏡を塞がないでくれる？　早く掛けて」

凪はレンズをお腹《なか》に押し付けていた。

「嫌です」

「従わないなら、死ぬことになるわよ」

「それは卑怯《ひきょう》です、アンフェアなやり方です。そんなんじゃ本格ミステリにはなりませんよ⁉」

凪はスマホを睨み付ける。灾子は「怖いわね」と漏らし、そのまま続けた。

「よく聞きなさい。あなたが眼鏡を掛けて、その映像をお客が観ることによって、本格ミステリが始まるの。それが始まらなければ、私は本格ミステリのルールに則《のっと》る必要はない」

　颪は言葉を返せない。身勝手な理屈だが、理には適《かな》っている。

「掛けた方がいいよ、颪ちゃん」

　隣から瑠夏の声がして、颪はしかたなく丸眼鏡を顔に戻した。

「ありがとう」

　宍子は微笑みながら、決め顔でカメラを見つめる。

「では。小さな名探偵さんの健闘を祈ります。頑張ってね。解決すれば、あなたは世界の名探偵になるで――」

「眼鏡を掛ければ、文句はないんですよね？」

　颪は宍子の言葉を遮《さえぎ》ると、静かに、けれど強い意志を込めて言った。

「だったら私は探偵を放棄します。あなたの思い通りにはさせません」

「見事な信念ね」

　宍子は余裕そうに拍手する。

「そんなこともあろうかと、考えがあるの。サプライズにしたいから、ちょっと待っててね」

　そう言うと、スマホから音が聞こえなくなった。宍子の姿は映ったままなので、音だけオフにしたようだ。すると急に音楽が鳴り響いた。ダクト内のスピーカーからクラシックが流れ出した。薩摩が落とされた時と同じ曲だ。

　スマホをタップしても操作できない。乗っ取りも本当のようだ。

　宍子はインターフォンに向かい、刑事と何かを話している。隣の部屋には麗がいるので、壁越しに盗み聞きされないように音楽を流したのだろう。

それから数分。音楽が少し静かになると、再び灾子の声が聞こえるようになった。

「無理に決まってる……」

灾子が何かを要求したのだろうか。警官が嘆くように言うと、

「それはあなたが判断することじゃない。すぐ上官に伝えて準備させなさい。さもなくば全員が死ぬことになる。私は本気よ」

灾子は脅迫してインターフォンを切った。目線を移し、凮たちに話しかけてくる。

「少し時間がかかるわ。くつろいで待ってて」

くつろげるわけがない。凮は怒りを押し殺しながら懇願する。

「灾子さん、お願いです。こんなことはもうやめて下さい」

「話し合うつもりはないわ。私も疲れたので休みたいの。黙ってて」

灾子はそう言って再び音を切った。

凮は匣のドアを開けようとする。渾身《こんしん》の力を込めるがびくともしない。キャリーケースからマイナスドライバーを出して隙間に食い込ませ、こじ開けようとするも不可能だ。

「灾子さん！　匣を降ろしてドアを開けて下さい！」

ドアをおもいきり叩く。と、瑠夏の声がした。

「凮ちゃん、いったん落ち着こう」

彼がいるのは東側の隣、⑤の部屋だ。駆け寄るとその壁に皿があることに気が付いた。

「瑠夏君！　壁の鉄板を外そう！」

「あ、そうか……！」

颪は鉄板のへりに指を掛ける。が、掛からない。よく見ると壁との隙間がセメントのようなもので埋められている。

「なんで！　両面テープで貼っただけなのに！」

「え？　こっちは何もされてないよ⁉」

瑠夏の大声が返ってくる。反対側の皿を見ても、同様に埋められている。ドライバーを突き立てても傷が付くだけだ。颪はベッドの上に立ち、大声を上げる。

「皆さん皿を塞いでる鉄板を見て下さい！　セメントで埋められてる人はいますか⁉」

「こっちは何も付いてないぞ！」

いち早く聞こえたのは、西側の隣にいる剣の声だ。それから光井、真珠、飾、麗が応える。静谷のか細い声の後に、芽舞の返事が聞こえた。セメントで埋められている部屋は無いようだ。

「どうして颪ちゃんだけ……」

瑠夏が言い、颪は考える。すぐにその理由がわかった。

「みんなの、お互いの顔を合わせられないようにするためだ……」

「え？　なら全員のを塞がないと……」

「この館の間取り図を思い出して。隣り合ってる部屋は三つずつ。その中心にある部屋の鉄板を外さないと、両側の二人も顔を合わせられないから」

「それはわかるけど、だったら颪ちゃん以外の部屋だって――」

「⑫の部屋は客室じゃないし、⑨は薩摩さんの部屋だったから誰もいない。③の芽舞さんは車椅子だから鉄板を外すのは難しい」

「そうか……」瑠夏が言うと、「なんだ⁉　何かわかったのか⁉」光井が叫んだ。

凪は大声でそれを皆に伝える。

「でも俺が鉄板を剝がして手を押し込めば、芽舞ちゃんの方の鉄板も剝がせるんじゃないか？」

光井が言い、「かもしれません」と凪は答える。

「やってみるぞ！」光井が声を上げると、「待って」と芽舞の声が響いた。

「それはやめておきませんか」

「なんでだよ」

「いや、それは……」

言いにくそうな芽舞の声を聞き、凪は気付いた。

「やめておきましょう。この中の誰かが、Qなので」

鳴り響くオーケストラ。その不穏な旋律が耳に障《さわ》る。

戦慄している皆の顔が目に浮かんだ。


時計の針が進むのが遅く感じる。もうすぐ二十三時半。何もできずに一時間ほど経った頃、スマホが耳障りな警報音を発した。

凪は咄嗟に立ち上がる。「なんだ⁉」などと皆の声が響く。

鳴ったのは灾子のスマホだった。「振動を感知。振動を感知」ＡＩのような声が聞こえてくる。

灾子は焦る素振りもなくスマホをいじると、向こうの音が聞こえるようになった。インターフォンのモニターに、スーツを着た男女が映る。

「鳳灾子さん。お願いですからこの通話を切らないで下さい」刑事らしい女性が言い、隣の男が名刺を見せた。「斉木《さいき》と申します。悪いようには致しませんので、一度落ち着いて、お話をさせて頂きたく――」

「交渉人を呼んだつもりはありません」灾子は強い口調で遮った。「機動隊が地中の壁を掘削してるのでしょう？　全く、余計なことをしてしまったわね。交渉決裂よ」

残念そうにスマホをいじる。と、どこからかシュ――という不吉な音が聞こえてきた。

ガスを噴射させたのだ。

「やめて下さい!!」

凪は叫ぶ。皆もパニックの声を上げる。

「みんなバスルームに入ってドアを閉めて!!　タオルを濡《ぬ》らして口を押さえて!!」

凪は叫びながらバスルームへ飛び込む。

「すまない！　すぐに止《や》めさせる！」スマホから交渉人の焦った声が聞こえる。

「振動が消滅。振動が消滅」無機質な音声と同時に、ガスの噴射音が消えた。

「一度だけ、大目に見てあげる」

灾子の静かな声が響く。

助かった……。凪は濡らしたタオルで口を押さえながら、呼吸を整える。

「GVガスは嘘だと思ったのでしょう？　これを見なさい」

画面に映し出されたのは図書室だった。真上から金網のケージを捉えている。

凪の手から、タオルが落ちた。

ケージの中を駆け回っていたマウスの動きが、急に止まった。ばたり、ばたりばたりと倒れていく。十一匹のマウスが、あっと言う間に絶命した。

「図書室にだけガスを噴射させたの」

灾子が言う。凪は悔しくて震え出す。

マウスを連れてきたのは、撮影のためじゃなかった。見せしめのためだったのだ。

「あぁ可哀想《かわいそう》に。あなた方警察が罪なき小鼠《こねずみ》たちを殺したのよ。いい？　もう一度余計なことをすれば、今度は人が死ぬわよ」

灾子は微笑みながら言った。

「元内閣総理大臣様の愛するお孫さんもね」

交渉人と刑事の絶句する顔が目に浮かぶ。

「……わかりました。要求に従います。準備は進めておりましたので」

交渉人が言うと、灾子は「そう」とだけ返し、再び音声を切った。警察はどんな要求を呑んだのか。気になるが会話は聞こえない。

数分すると灾子はインターフォンを切り、音声を戻した。

「さぁお待たせ。凪ちゃんが探偵をやりたくないと言い出した時のために考えていたサプライズを披露するわ」

そう言って、カメラ目線でこちらを見る。

「私が心酔する、もう一人の名探偵を呼び寄せてもらったの」

「もう一人……？」

「ええ。本当ならこの場に呼びたかった。けれどさすがにそれは叶《かな》わないから、凮ちゃんの眼鏡の映像を見て、リモートで推理してもらうわ。俗に言う、安楽椅子探偵というやつね」

まるで遊んでいるかのような物言いに凮はムカッとくる。

「だったらこんな眼鏡壊します！」

勢いよく眼鏡を外そうとしたその時、聞き覚えのある声がした。

「やめろ豚野郎」

低い声。棘《とげ》のある物言い。まさか。

穴子が画面を共有する。

そこに映し出されたのは、豺だった。

「や、豺さん……!!」

凮は悲鳴に近い声を上げる。

「いや……嘘でしょ、まさか、そんな」

「ありえない。俺もそう思ったよ。だがイカれた映画監督が要求を押し通したようだ」

豺の返事に被せるように、穴子がふふっと笑った。

「東京拘置所からリモートで繋いでもらったの」

「ど、どうして」

「彼は鬼人館の事件では複雑な立場だったので、凮ちゃんのワトソン役に甘んじただけ。その気になればこの場に居ずとも、飛び抜けた探偵の才を発揮するでしょう」

「いやいやいや、豺さんは私のワトソンですから！」颪は思わず口に出し、慌てて撤回する。「いや違います！　ダメです！　私は降りるんです‼」

「それは許されないわ。鬼人館の時のように彼をワトソンにしてもらっても構わない。二人で手を取り合って事件を解決に導くの」

灾子はそこで言葉を止め、間を取ってからカメラ目線で言った。

「さぁ颪ちゃん。私にとっても二作目の映画で、あなたにとっても二度目の事件の開幕よ。続編は、もっと派手にいきましょう」

「お断りします」

颪は真顔でスマホを見返し、冷ややかに断言する。だが灾子に引く様子は無い。

「いい？　颪ちゃん、名探偵とは――」

瞬間、背後に現れた黒い影が灾子の胸にナイフを突き刺した。

「……⁉」

何が起きたかわからず、颪は固まる。

灾子のスマホが転がり落ち、画面は床を映して真っ黒になる。

僅かなモーター音が聞こえ出す。匣だ。匣が動き出して上がっていく。

スマホからはザザッと何かを引き摺《ず》る音。匣は三十センチほど上がったところで止まった。

開口部の前で屈み込むと、吹き抜けを挟んだ真正面、⑫の部屋から何かが落とされた。

ドン！　という衝撃音。

颪は呆然としながらスマホに目を移す。

真っ暗だった画面が動いた。何者かが灾子のスマホを拾い上げ、そのカメラを奈落へ向ける。暗くて遠い。だがはっきりとわかる。奈落で仰向けに倒れているのは、間違いなく灾子だった。

「どうして……」

凧が声を絞り出すと、その人物は灾子のカメラを壁に向けて話し出した。

「こんばんは。Qです」

変声機を使った、不気味なほど低い声だ。

「そんな……ど、どうしてこんな……」

気が動転する凧に、Qと名乗る人物は淡々と話し出した。

「私は鳳監督を心から尊敬し、崇拝しています。監督はいつも仰《おっしゃ》っていました。作品のために全てを、命すらも捧《ささ》げろと。ですから私は、監督が書かれたこの脚本を具現化するために、心血を注いできました。監督の傀儡《かいらい》となって、犯人役も仰せ付かりました。するとある時、監督が悩んでおられたのです。序盤の盛り上がりが足りない、と。私は考え、悩みました。そして閃《ひらめ》いたのです。序盤で監督が絶命したら、より面白くなるのでは、と」

Qはそこで言葉を区切り、下の灾子に語りかける。

「そもそも犯人が二人いるミステリは美しくありませんし、序盤で大物が殺されると盛り上がりますよね？　この映画は伝説となり、鳳灾子の名は後世に語り継がれる。ですよね？　監督」

ゾッとした。

映画のために、監督のために、本人を殺すと本気で言っているようだ。

颪は奈落を覗く。ライトを向けると、宍子の胸がびくびくと動いていた。

首が跳ね上がり、ゴキッと鳴る。ぬるりと顔が動き、鬼のような形相で体を反転させる。うつ伏せになり、血を流しながら奈落の中心に向かって這《は》い出した。

「まだ生きてます‼　助けて‼　お願い‼」

颪が叫んだ瞬間、匣が降り始めた。Qがボタンを押したのだ。

「やめて‼　お願いだから止めて‼」

懇願虚しく、あっという間に開口部が塞がれる。匣がB2の位置まで降りてくるが、停止しないのでドアは開かない。降下するドアを摑んでこじ開けようとするが不可能だ。

「止めて下さい。お願いします。今ならまだ間に合います」

颪は焦りを押し殺し、落ち着いた声で頼む。

「黙ってて下さい」

Qが言うと同時に、クラシックが流れ出した。さっきの続きで、初っ端から壮大なオーケストラが鳴り響く。熱を帯びていく旋律と共に、匣が降りていく。

「下に着くまで少々時間があるので、ルールのおさらいをしておきましょうか」

Qは音量を少しだけ絞り、抑揚の無い声で話し始めた。

「監督はこれで退場しますが、ルールは彼女が言った通りです。探偵役の颪さんが中心となり、力を合わせて私の正体を当て、匣の制御盤の部屋番号を押して下さい。正解なら上へ行くことができます。ただし一度でも間違えれば全員死亡。そんな奮闘の様子を、颪さんの眼鏡を通して、世界中にいる招待客百人が視聴しています。禁止行為は三つだけ。まず外の警察の方々は、館に侵入しようとしてはいけません。豺氏がリモートで参加するのを邪魔してはいけません。そして最後は中にいる皆さんに向けて。眼鏡を破壊、もしくはレンズを塞いだり、入浴と排泄《はいせつ》、就寝時を除いて放置してはいけません。以上です」

「止めて!! 匣を止めて!!」

颪は無視して叫び続けるが、Qは反応しない。

「鳳監督、あなたの思想構想は全て私が引き継ぎ、至高の続編映画に仕立てます。天の上から見守っていて下さいね」

もうすぐ宍子が潰されてしまう。何か手はないだろうか。頭をフル回転させる。

「そうだ!」颪は閃く。「麗さん! 東側の皿を塞いでる鉄板を剥がせませんか!?」

その先にQがいるのだ。上手《うま》くいけば止められるかもしれない。

「え、でも……!」

麗の怯《おび》えた声が返ってくる。と、丸眼鏡から豺の声が聞こえた。

「危険だし無意味だ。Qが対策してないわけがない。それより他の奴らに鉄板を剥がさせろ。部屋にいない奴を確認させるんだ!」

あっ、と颪は声を上げる。今自室にいない人物がQなのだ。

「でも! 今は犯人捜しよりも宍子さんを――」

「黙って従え! 上手くいけば奴を救えるかもしれない」

豺に言われ、颪は叫ぶ。

「皆さん!! 壁の鉄板を剥がして下さい!! 隣にいる人を確認して下さい!!」

盛大な音楽が邪魔をするので、渾身の声で叫ぶ。隣から瑠夏と剣が同じことを叫んでくれる。と、低い笑い声が聞こえた。

「さすが監督が心酔し、指名した名探偵コンビですね」

同時に匣が止まった。まだ奈落には着いていないであろう位置で停止し、今度は上昇し始める。

「上手くいったな」

豺が言い、凪が聞く。

「どうして……」

「今部屋にいない奴がQだからだ。それを確認される前に奴は匣をこの階に上げ、自室に戻るつもりだ」

「いや、でも、匣が着いたら全部のドアが開くはず、そしたら私たちも外に――」

「奴がいる⑫の部屋にだけはドアが付いていない。匣がこの階に近付けば、開口部から飛び下りて誰にも見られずに自分の部屋の前まで行ける」

「でも、匣が止まるまで部屋に入れませんよ、このドアが開いた瞬間に確認すれば――」

「そうだ。だから奴は何か手を考えているはず」

「どうやって」

「それはてめぇも考えろ。ちなみにこの会話は奴に聞かれてる可能性が高いぞ」

凪は呼吸を落ち着かせ、思考を巡らせる。

もし自分がQだったら……。

鬼人館の事件を思い出し、足元にあるコンセントを見る。方法は一つしかない。ここに何かを突っ込み、漏電させれば。ブレーカーが落ちて暗闇が襲う。ドアが開いた瞬間に闇を作れば、誰にも見られることなく部屋に戻ることができる。

颪は開口部の前に立ち、瞼《まぶた》を閉じた。目を慣らせば、突然の暗闇でも多少は見えるはずだ。

ライトを握り締め、その時を待つ。

「そろそろ匣が着くぞ」

犲に言われ、開口部の前に立つ。冷たいドアに触れる。その動きが止まる。瞬間、暗闇が襲った。

やはりだ。颪は目を開ける。

「開くぞ」

ドアが横にスライドし、匣に飛び出す。

「うわっ!!」

思わず目を覆った。中心から強烈な光が放たれていて目が眩《くら》む。

皆も何かを叫んでいるが聞こえない。音楽が最大の盛り上がりを見せ、聞き取れない。そこに混じるエンジン音。ガソリンの匂いが鼻を突く。

颪は手を翳し、薄目を開けながら匣の中心へ駆ける。

突如、一転して暗闇が襲った。急激に暗くなり、再び何も見えなくなる。

ライトを点けると、目の前に白いものが浮かんでいた。

大音量で流れていたクラシックがフィナーレを迎え、静かになっていく。同時に目も慣れてくる。

眼前にあったのは、光井の大きなバルーン照明だった。その下に発電機が見える。エンジン音とガソリン臭はこのためだ。

「俺がコードを抜いたんだけど……」

声の方へライトを向けると、そこにいたのは瑠夏だった。

「皆さん動かないで下さい！」

凪はライトを当てながら、時計回りに歩いていく。

剣、真珠、飾、麗、静谷、芽舞、そして光井。

全員が自室の前で呆然としていた。誰が⑫の部屋から出てきたのか、全くわからない。

「やられたな……」

豺がぼそりと言った。

凪は中心にある操作盤にライトを当て、端のトグルスイッチを上げる。天井にあるダウンライトが点灯し、匣全体が照らされた。ブレーカーが落ちたのはB2だけのようだ。

凪はこの場を動かないよう皆に伝え、一人で⑫の部屋へ入る。中心の血溜まりをよけて急階段を下り、回廊へ向かう。壁のトグルスイッチを上げると、ダウンライトがぽつぽつと点いた。

階段を下りたすぐそば、⑫の部屋の真下にある皿にライトを突っ込み、奈落を覗き込む。

赤黒い血痕。その先、奈落の中心に、うつ伏せで倒れている体が見えた。

「灾子さん!!」

声を掛けるが、ぴくりとも動かない。強烈な匂い。夥《おびただ》しい血が流れ出ている。

遠いのでよく見えないが、到底生きているとは思えない。

東側へ回り込んで皿を覗くと、⑫の部屋の下にナイフが落ちていた。西側から覗き見ると、僅かに灾子の右頬が見えた。全く生気を感じない。

凩はその場に屈み込み、頭を掻《か》きむしった。

「本当に灾子の死体だよな？」

豺の声だけが虚しく響く。

死体、という響きが重くのしかかる。

「間違いないです。あそこまで這っていくのを、この目で見たので……」

断言するものの、言葉に力が入らなかった。


「灾子さんは亡くなりました」

匣に戻ると、凩は静かな声で言った。

誰も言葉を発しない。

凩は匣をB1に上げ、皆を食堂へ入れてから図書室の扉を開けた。ガスはもう大丈夫だろうが、念のため息を止めながら電気室に下り、B2のブレーカーを上げて戻ってくると、見ないようにしていたケージが目に入った。

息を止めるのも忘れ、その場にへたり込む。

マウスは本当に死んでいた。

十一もの尊い命が、身勝手に奪われたのだ。

弱い者を虐げる行為は、何より許せない。悔しくて、哀しくて、涙が込み上げてくる。

灾子を疑っていたのに、止められなかった自分に腹が立つ。

もっとやるべきことがあったんじゃないか。考えれば考えるほど、無力感が押し寄せる。

「おい、立て」

眼鏡から豺の声が聞こえた。

「休んでる暇は無いぞ。確認すべきところを回って情報を整理しろ」

颪は立ち上がらない。立ち上がれない。

「おい颪、おまえは何だ」

「……何だって、なんですか」

か細い声で聞き返す。

「何者だと聞いている」

「……探偵です」

「だったら仕事を全《まっと》うしろ」

「そうですけど……私は……」

言葉が上手く出てこない。

「いいか颪。おまえがどうしようと、犯行は止められない。あと三人は死ぬことになるぞ」

豺は脅すようなことを言ってくる。

「どうしてわかるんですか……」

「〈続編はもっと派手にいきましょう〉穴子はそう言っていた。映画で続編を作る時のお約束は〈より派手に〉だ。ホラーやミステリは、必ずと言っていいほど続編で死者は増える。鬼人館の被害者は四人。奴の一作目、鳳凰館の殺人の被害者も四人。だから穴子は五人以上殺そうとしていたはず。Qはその構想を引き継いでいる」

言っていることはわかる。確かにその通りかもしれない。でも――

「でも私は、私が探偵として動けば、灾子さんの計画通りの本格ミステリになってしまうんです……」

颪が言葉を絞り出すと、豺は息を一つ吐いてから言った。

「本格ミステリの定義を言えるか？」

颪は何も答えない。気持ち的にも答えられないし、明確な答えも持っていない。

「難しいか？　他人がどう考えるかはどうでもいい。おまえの中での定義を言ってみろ」

「殺人、謎、名探偵。私が愛する本格ミステリには、この三大要素が必要不可欠である……」

颪は無意識のうちに答えていた。

「俺の定義も同じだ。当然、灾子もそうだろう」

颪は僅かに目を見開いた。豺が何を言おうとしているのかが、わかってきた。

「殺人、謎、名探偵。つまり、殺人が起きないと本格ミステリにはなり得ない」

颪は瞼を閉じた。

目の前で、豺が語りかけてくる。そう感じる。

「今からでも遅くはない。これから起こる殺人を止めろ。そうすれば――」

「わかりました」

颪はスッと目を見開き、立ち上がった。

「その殺人、本格ミステリにさせません」

9

食卓のスツールに腰を掛け、沈黙の刻《とき》を過ごす。

皆、黙ったまま何かを思案しているように見える。真珠は呼吸を整えるので精一杯だった。

クローズドサークル、配信、GVガス、豺との通信、灾子の死……信じられないことが起こりすぎて、頭が追い付かない。

チラッと芽舞を見ると、彼女は指輪に触れながら虚空を見つめていた。

「マウスたちは本当に亡くなっていました」

食堂に戻ってきた颪がそう言い、声を掛けられなかった。目が真っ赤に充血している。

けれどその顔付きは、明らかに変わっていた。

「皆さん協力して下さい。私と豺さんが、灾子さんとQの計画を阻止しますので」

恐怖に、犯人に打ち勝とうとする強い意志がその目に感じられて胸が熱くなる。

それでこそ名探偵だ。

「もちろん。何でも協力する」

瑠夏が立ち上がり、真珠も力強く頷く。と、眼鏡から豺の小さな声が聞こえた。

「颪、俺の声のボリュームを上げろ。灾子は俺に眼鏡の仕様を伝えてきた。左のレンズをスワイプすれば音量を上げられるはずだ」

言われた通り、凪はレンズに触れる。

「上がったか？」

通常会話ほどのボリュームになった。声はフレームに開いた小さな穴から出ているようで、掛けていても耳障りにならないらしい。

「じゃあこれから――」凪が話し出すと、餝が遮った。

「て言うかその豺って人、犯罪者なんでしょ？　信じていいの？」

「俺を必要ないと言うのなら、首を突っ込むのはやめてやるよ」すかさず豺が返す。「ついさっきまでショックを受けてへたり込んでた探偵だけに任せて生きて出られると思うならな」

餝は口を噤《つぐ》む。瑠夏がフォローするように言った。

「鬼人館の小説を読んだ人ならわかると思いますけど、この人は色んな意味でヤバいです。こんな状況になった以上、絶対味方に付けた方がいいですよ」

餝は何も言わない。剣と麗が頷いた。

「何でもいい。どんな手を使ってもいいから早くQを見つけてくれ」

やけになった口調で光井が言うと、静谷も小さく頷いた。

「まずは⑫の部屋を調べましょう」

凪は鉄扉を開けて匣に出る。皆がそれに続くと、ボタンを押して匣を降ろす。

「皆さんは匣にいて下さい」

B2へ着くと、凪はプウと呼んでいる豚のポシェットから手袋を出した。⑫の部屋に入っていくが、ドアが無いので丸見えだ。真珠が寄っていくと、芽舞以外の皆が付いてくる。

壁には灾子の血が跳ね、床に血溜まりができていた。颪はスマホで写真を撮ろうとして、「あれ」と声を上げる。真珠も自分のスマホを出した。画面が真っ白のままフリーズしている。

「灾子の指示で何かをインストールしたりしなかったか？」

豺に聞かれ、颪は眉間に皺を寄せた。

「ここは電波が無いからって、全員がBluetoothで通信できるアプリを入れました。そしたらそのせいで遠隔操作されたみたいで、どこをタップしても動かなくて」

「ウイルスだな。古典的な本格ミステリにするためにスマホを使用不能にさせたんだろう」

「通信どころか、撮影も録音も、ライトも点けられねぇのか……」

光井が悔しそうにスマホをポケットに突っ込んだ。

「そうだ、私の他にライトを持ってる人はいますか？」

颪が聞くと、皆は首を横に振った。真珠も持っていない。

「どのみち現場写真を撮る必要は無い。颪の眼鏡の映像は警察が保存してるからな」

豺が言い、「え、それはありなんですか」と颪が聞き返す。

「Qの説明を聞いてなかったのか？　禁止だとは一言も言ってない」

颪は訝しげな顔で一斗缶を覗き込む。火鋏で縄梯子の残骸を摘《つま》み上げ、溜息を吐いた。

「これで、奈落に下りることができなくなったってわけだな」

豺が皆に説明するように言う。意外と親切なのかもしれない。

颪は一斗缶の陰に落ちていた灾子のスマホを拾う。フリーズはしていないようだが、六桁のパスコードを要求される。開けることを諦め、袋に入れてプウに押し込んだ。

壁の下にあるコンセントのそばには、焦げた針金が落ちていた。QはそれでB2のブレーカーを落としたのだろう。

凪はそれも回収し、床や壁、操作盤、制御盤などを調べていく。それから急階段を覗き見た。

「ここにQが潜んでいたんですね」

「そういえば、凶器は?」

飾が聞くと、凪が部屋から出てきた。

「奈落にナイフが落ちてました。Qが灾子さんと一緒に落としたようです」

「調べた方がいいな。下りる方法はないのか?」

剣が聞くと、凪は床の皿から下を見つめた。

「飛び下りられたとしても四・五メートルの高さがあります。上がることができなくなります」

「ロープとか紐《ひも》は無かったかな」

瑠夏が言い、芽舞が答える。

「その手の物は持ってきてない。元々ここの倉庫に無かったのであれば——」

「ありませんでした」

凪は首を横に振り、歩きながら話し出した。

「椅子を積み上げようにも、談話室にはロッキングチェアが二つだけしか無かったし……食堂と図書室の椅子は全部三本脚のスツールだから、積み重ねられてもせいぜい二つ……食卓は大きくて鉄扉を通らないし、本棚もベッドも、床のコンクリに溶接されている……」

速い。僅か数秒でそんなにたくさんの可能性を考えていたなんて。真珠は感嘆する。

「あ」麗が声を上げた。「シーツを結んだらロープみたいになるんじゃない？」

「それだ！」

凧が手を叩くと、光井が言った。

「ドラムコードもあるぞ。ケーブルを何本か束にすれば、人一人くらいなら引き上げられるだろ」

「そっちですね！」

凧はB1ボタンを押そうとする。と、豺が言った。

「やめた方がいい」

「え、どうしてですか？」

「災子とQは用意周到に計画している。奈落に何らかの手掛かりが残るようであれば、絶対に下りられないようにしているはずだ」

「でも、犯人が見落とした手掛かりを見つけるのが探偵の仕事じゃないですか。それに、災子さんは縄梯子を燃やしていますし」

「罠《わな》の可能性もある。下りている時に匣が降ろされたらどうする？　縄梯子なら簡単に上がって来られるが、ロープの類じゃそうはいかない。だから縄梯子だけ燃やしたとは考えられないか？」

真珠はゾッとした。豺の思考力にも舌を巻く。

「百々目館の殺人は全員奈落で殺されてる。よほどの事が無い限り下りない方がいいだろう」

豺が続けると、凧は素直に納得した。

「確かに……豺さんの言う通りですね」

二人のやり取りを見て、良いコンビだなぁと真珠は思う。

「薩摩の時と違って匂いもたいしたこと無いだろうし、灾子の死体は刑事が眼鏡の映像で検証できる。何かあれば報告が来るだろう」

「え、刑事さんが検証?」

凮が驚き、犲は鼻で笑う。

「当然だろうが。奴らは何か情報を拾う度にいちいち横から伝えてきてんだよ」

「ずるっ。それって刑事さんの力も犲さんの手柄にできるってことじゃないですか」

「だったらいいが、使えねぇ情報ばかりなどころか、鬱陶しいだけだ。それに本当に大事な情報は現場でしか見つけられない。おまえの方が百倍有利だ」

「そうですね。って、争っている場合じゃないんですよ。協力しないと」

「てめぇが張り合い出したんだろうが豚汁野郎」

「栄養満点で身も心もあったかほっくほく。豚汁は最高です。あぁ食べたい」

「黙れ。おまえの声ばっか聞いてると、脳が腐ってくんだよ」

子どものような言い合いが始まり、良いコンビだと思ったのを撤回したくなる。

「話を戻すぞ。奈落に下りずにナイフを拾う方法は無いか?」

犲が聞き、「何か長い物があれば……」と凮は自室からキャリーケースを持ってきた。

「あ、あの」静谷が遠慮がちに手を上げる。「俺の、マイクブームはどうかな……」

久しぶりに聞いた声は自信無さ気だが、名案だった。

マイクブームとは、マイクを取り付ける細い棒で、自在に伸び縮みさせることができる機材だ。

皆で倉庫に行くと、飾がマイクを嵌める部分に両面テープを貼り付けた。回廊へ下り、長さを調節して凧が皿の中に突っ込む。手を入れると覗くことができなくなるので、瑠夏が西側の皿を覗いて誘導する。と、すぐにテープがナイフに貼り付き、見事に引き寄せることができた。

血塗《ちまみ》れのナイフを、皆でじっと見る。

指紋は付いていないように見えるが、さっそく刑事が映像を検証してくれるようだ。凧はそれをジップロックに入れ、鍵を掛けたキャリーケースにしまいながら言った。

「食堂のナイフは全部ここにしまっておいたので、Qが隠し持っていたんでしょうね」

そんなことまで……。真珠はまたも驚いた。

凧はマイクブームを最大まで伸ばし、再び皿に突っ込んでいく。灾子の死体を引き寄せられないか試みるが、全く届かない。

真珠は皿から死体を覗き見た。暗いうえに距離もあるので、今度は吐き気はしなかった。それでも直視するのは辛い。車椅子の芽舞は下りてこられなかったが、見なくて良かったかもしれない。

皆で匣に戻り、B1に上がって図書室に入る。

ケージを見るなり、麗は顔を背けた。立て続けに二人の死体を見た真珠でも、うっとなる。

それは思っていたよりずっと凄惨だった。十一匹のマウスがごろごろと横たわっている光景は異様で、殺害現場というより殺戮《さつりく》現場というように感じる。

「あれだな」

光井が上を指差した。天井付近をよく見ると、壁の砂色に同化した小さな点が見えた。マウスたちが死にゆく様を捉えた隠しカメラだ。

「最初から、毒ガスの存在を証明しようと企《たくら》んでいたってことよね」

飾が言うと、颪は野球ボールを剣に手渡した。

「わざわざマウスまで持ち込んで、当てつけのように十一匹……悪趣味極まりねえな」

剣がボールに怒りを込めて振りかぶり、見事一撃で隠しカメラを破壊した。

颪はケージにシーツを被せ、手を合わせる。真珠も隣で合掌する。その手に嫌な汗が滲んでいた。

マウスは忠告なのだ。ルールを破ればこうなりますよ、という灾子の声が聞こえてくる気がした。

再び匣に戻り、B2に降りる。颪は灾子の部屋に入り、鞄や持ち物を調べていった。

パソコンはロックが掛かっていて開けない。脚本の束が入ったファイルが出てきたが、それは『百々目館の殺人』を脚色したものだった。ダミーだろうが、調べる必要がありそうだ。

「小説との変更点とかで、何か気になることは無かったですか？」

ぱらぱらめくりながら颪が聞くと、「特に無いと思う」芽舞が答えた。脚本を渡されていたのは助監督の芽舞だけだ。皆は訝しげに彼女を見るが、疑いをぶつける者はいなかった。

「それはこっちで検証する。全ページに目を通してくれ」

豺が言い、颪は物凄い速さでページを捲っていく。刑事は送られてきた動画を静止させることもできるのだろう。細かい調査を任せることができて頼もしい。

これで確認すべき場所は一通り回ったことになる。颪は終始無言で調べていたが、これといった収穫は無さそうだ。

ふいに麗が屈み込んだ。顔に眠気と疲れが色濃く出ている。真珠も、他の皆も一緒だった。

「十分だけ各自で休憩を取れ。勝手な行動は慎しむように。部屋のカーテンは開けておけ」

豺の指示を受け、皆は返事もせずに散っていった。

真珠がバスルームを出て匣に戻ると、全員が揃っていた。

「このまま休みたいところですが、安全を確保するためにもう少しお付き合い下さい」

凮はそう言って、リュックから小型の金属探知機を出した。

「こんなこともあろうかと、持ってきたんです」

「……どこまで準備がいいんだよ」

光井がつっこむが、凮は瑠夏に耳打ちをしていて聞いていないようだ。

「じゃあ、時計回りで静谷さんからいきましょう。他の皆さんは食堂で休んでて下さい」

凮が静谷を連れて②の部屋へ入っていく。

「手伝おうか？」真珠は声をかけた。「男の人のボディチェックは、やりにくくない？」

「そうだね。お願いしようかな」凮が頷き、真珠も部屋に入った。

静谷の持ち物を全て出してもらい、金属探知機を当てていく。真珠がボディチェックを終えると、凮は部屋とバスルームを調べていた。マットレスにも探知機を当て、トイレのタンクまで開けてみる念の入れようだ。けれど簡素な部屋なのが幸いし、ものの数分で終わった。

それから芽舞、光井、瑠夏、剣、真珠、飾、麗の順に調べていく。

結果、怪しい物は何も無かった。

「ねぇ、さっき瑠夏君に何を話してたの？」

最後に自分の部屋を調べていた凮に、真珠は聞いた。

「みんなを見張っててほしいって頼んだの。瑠夏君と真珠君は、Qじゃないと断言できるから」

「あぁ、そうか……」

だからこそ真珠が手伝うのを受け入れてくれたのだと気付く。肩にズンとのしかかっていた不安感が、だいぶ軽くなったような気がする。

「次は倉庫と食料庫を調べたいんですけど、たくさんあるので手伝ってくれますか？」

凪が皆に言うと、全員が重そうな腰を上げた。

単独行動を禁止して、凪が二つのチームに分ける。

瑠夏と芽舞と剣と麗には、食堂と食料庫、図書室と電気室を調べてもらうよう頼む。

芽舞は車椅子なので、階段下の部屋に行くときは一番上に座って待機してろ、と豺が指示をした。

真珠は凪と光井、飾、静谷と共に回廊へ下りた。それから談話室と貯水槽室、駱駝室を調べていく。凪がラクダの鞍《くら》まで調べているのを見て、真珠は藁の中を念入りに調べた。

最後に倉庫へ下りる。機材を調べると、撮影と録音機器のバッテリーが全てショートしていた。

監視カメラなどとして使えないようにするためにQがやったんだろう、と豺が言った。

怪しい物は見当たらない。全てを調べ終えると瑠夏のチームが来て、同じ結果を告げた。

「じゃあ食料をこの倉庫に運びましょう。ここに鍵を掛けて、勝手に入れないようにしますので」

凪はキャリーケースから工具とシリンダー錠を出し、駱駝室から倉庫へ下りるドアに付けようとする。その準備の良さに驚く者は、もういない。

「食料を守るなら、食料庫へのドアに付ければいいんじゃないの？」

瑠夏が聞くと、凪は木製の扉に触れながら答えた。

「機材の中に凶器を仕込まれてるかもしれないでしょ」

機材は金属がたくさん使われているので、その中に凶器を仕込まれていても探知機じゃ判別できないと言う。真珠は感心した。やはり名探偵は頼りになる。

だが凪は早々に自分で取り付けるのを諦め、光井に錠を差し出した。

「お願いします。光井さん、機材を自分で作るほど器用ですよね？」

「だから、俺が殺されてたらどうしてたんだよ」

光井がつっこむと、「確かに……！」再び驚く凪を見て、真珠はプッと噴き出した。

他の皆も笑っている。長い間張り詰めていた空気が、少しだけ緩んだ気がした。

凪に指示され、真珠は光井を手伝うことにする。だがそれは建前だ。光井が錠に余計な手を加えないかを見張るのが仕事だった。

他の皆が食料を移し終えると、ちょうどシリンダー錠を付け終わった。

凪はガチャリと鍵を掛ける。キーをプウに押し込むと、皆にぺこりと頭を下げた。

「皆さんおつかれさまでした。ご協力ありがとうございました」

ぞろぞろと匣へ移動する。

「これでＱの犯行を阻止することができるね」

真珠が耳元で言うと、凪は首を横に振った。

「でも、気休めにしかならない。やろうと思えばなんでだってできちゃうから」

その目が翳《かげ》って見える。鬼人館の、地獄のような惨劇を乗り越えてきた凪の言葉は、真珠の心にずしりとのしかかった。

10

もうひと頑張りと皆の背中を叩き、食堂に集まってもらう。颪は薩摩が殺された時のことを豺に話しながら、アリバイを整理していった。

薩摩と最後に言葉を交わした颪は、すぐに灾子の元へ向かった。灾子は役者三人と瑠夏と共に芝居のテストを始め、暫くして剣と麗が休憩に入り、瑠夏が芽舞に頼まれて倉庫に行った。その後灾子が音楽を大音量で流し出したので、談話室にいた薩摩が落とされたのはその間に違いない。

颪と一緒にいた灾子と真珠、倉庫にいた瑠夏は完璧なアリバイがある。

芽舞は食堂、光井は駱駝室、飾と静谷は自室で撮影準備に励んでいた。剣と麗も自室で休んでいたので、その六人にはアリバイが無い。だが操作盤がある部屋にいた者はいない。全員が匣をB3に降ろすことはできなかったということになる。

そして、灾子がQに刺された時。

現場は⑫の部屋。匣のスライドドアは閉ざされていたので、自室にいたことを証明できればアリバイが立証される。豺がいち早くそれに気付き、颪は皆に鉄板を外すよう叫んだ。けれどそれは意味をなさなかった。

颪がいた⑥の部屋は鉄板がセメントで固定されていたので、両脇にいた瑠夏と剣と顔を合わせることができなかった。
③の部屋にいた芽舞も、凪の予想通り鉄板を剝がすことができなかった。壁の皿の下にはベッドがあるので車椅子を下りなければならず、片側の鉄板に触れることしかできなかったという。
その両脇にいた静谷と光井は力ずくで鉄板を剝がすも一枚がやっとで、芽舞の部屋の鉄板を押し剝がすことはできなかったそうだ。同様に真珠も自室の鉄板を剝がせたが、その隣は薩摩の部屋だったので、やはりもう一枚を押し剝がすことはできなかった。

飾は上半分を剝がすのが精一杯だったらしく、麗の⑪の部屋は元から孤立していた。

結果、誰一人としてお互いの存在を確認することができなかった。

「でも、俺は鉄板を剝がしたんだぞ。それが部屋にいた証明になるだろ？」

光井が言うと、「確かに」と真珠が顔を上げた。が、凪はすぐに否定する。

「Qはそうなることを見越して、予《あらかじ》め剝がしておくことができます」

「あぁ、そうか……」真珠は肩を落とし、光井は舌打ちした。

「それから小説では、匣のスライドドアにも皿があるんです。なのにここのスライドドアに皿は無い。明らかに付け替えられています。ドアの皿からお互いを確認し合えないように、灾子さんが事前に手を打っていたのでしょう」

凪が言うと、飾が立ち上がった。

「じゃあ、部屋から声が聞こえた人は？　部屋にいた証明になるでしょ？」

「灾子さんもQも、音楽を自在に鳴らしていました。⑫の部屋にいながら、各部屋のダクト内にあるスピーカーから声を出すことは可能です」

「でも、スピーカーがあるのは天井の近くよ？　いくらなんでも違和感が出るでしょ」

飾が反論すると豺が言った。

「音を好きな方向へ飛ばして壁で反射させるスピーカーってのがある。ＱＵＩＥＴ社がバックにいるならそんなことは朝飯前だろう」

「最近の物は、凄いからね……」

音のプロである静谷が頷き、飾は溜息を吐いた。

「でも足音とか、鉄板を剝がす音とかは？　生の音じゃないとさすがに変に感じない？」

飾に代わって、瑠夏が聞く。

「大音量で音楽が流れてたから、その違和感には気付けないですよ」

凪は残念そうに答えながら、視線を上げて皆を見る。

「けど、音楽が鳴り出す前なら……。隣からそういう音を聞いた人はいますか？」

口を開く者はいなかった。皆の顔は沈み込む。

「じゃあ、Ｑを絞り込めないってことね」

麗が言うと、凪は真珠を見た。

「ですね。けど私は、焦げ臭さで目覚めた時、吹き抜けを覗いたんです。そしたら真珠君も覗いていました。彼は確実に部屋にいました」

真珠は安堵するように頷く。

「それから瑠夏君がベリベリッと鉄板を剝がす音も聞いたので、彼も確実に部屋にいました」

瑠夏は小さくＶサインをして見せた。

「俺は？　俺もダメ元で剝がしたんだ、剝がす音は聞いてないのか!?」

剣が立ち上がる。

「その時は音楽が流れてましたし、ごめんなさい。それどころじゃなくて……」

颪が謝ると、剣は欧米人のように両手のひらを上げた。

「瑠夏君も真珠君も、薩さんの時にアリバイがあるんだから、意味が無かったってことだな」

光井がぼそりと言い、颪は力なく頷いた。


それから皆で一緒に行動し、剝がした鉄板を再び貼り直してもらうことにした。

颪は談話室に行き、一人ずつ呼び出して聞き込みを始める。

最初は芽舞からだ。彼女は灾子が殺されてからほとんど言葉を発していない。やはり誰よりもショックを受けているのだろう。

「すみませんが、時間もかけられないので……」

颪はそう前置きして、芽舞が本当に歩けないかどうかを確認させてもらう。見た目ではわからないが、触れるとかなり細い。筋肉が衰えているのだろう。歩けないのは本当のようだ。

「Qの候補が一人減りましたね」

そう言いながらロッキングチェアに腰掛けると、芽舞は意外な言葉を返した。

「随分安易ね」

「え？」

「Qが自室に戻った時も、大音量で音楽が流れていたでしょ。車椅子で移動してもバレないけど」

「え。待って下さい、芽舞さんがQなんですか……？」

驚いて立ち上がると、芽舞は呆《あき》れたように言った。

「まさか。颪ちゃんの推理の穴を突かせてもらっただけ。今後のためにね」

やはり灾子の娘。一筋縄じゃいかない人だと思う。

「でも、芽舞さんには灾子さんを背後から襲うことは不可能ですよね？」

「これがあれば一人でバスルームにだって行けるのよ？」

芽舞はそう言って車椅子の背からスチール製の杖《つえ》を引き抜いた。

「上半身は人より鍛えてるし。時間さえかければある程度のことは可能だけど」

「……正直にどうも。でもわざわざそんなことを言うなら、やっぱり違いますよね」

颪が微笑むと、豺が言った。

「そう思わせるために、言ったのかもな」

芽舞もフッと微笑んだ。眼鏡の奥にある瞳は灾子にそっくりだと思っていたが、そこには彼女に感じなかった繊細さと優しさが滲んで見える。

「でも、こんなことになって、本当にショックですよね……」

「それはそうだけど、私は、あの人を母だと思っていないの」芽舞はさらりと言った。「母の死というより、尊敬していた監督の死という想いの方が強いから」

これまでの芽舞の様子を思い返すと、その言葉はとても腑《ふ》に落ちた。

灾子は俳優だった父と結婚し、芽舞を産んだそうだ。古い名画座の上にある部屋を購入して三人で暮らしていたが、灾子は仕事に夢中で全く子育てをしなかった。

〈あなたの母は映画よ〉と言われ、映画漬けで育ったという。そんな灾子に父は愛想を尽かし、芽舞が五つの時に二人は離婚。彼女は父に引き取られ、灾子と会うことは無くなった。

「でも、私は自然と映画監督を目指していたの。自分も映画に魅入られていたから、監督を恨んだりはしなかった」

芽舞は右手の薬指に嵌めている指輪に触れながら言った。アメジストだろうか。彼女は飾り気が全く無いので、紫色の小さな宝石がより映えている。

「もしかして、それは灾子さんから……?」

芽舞はこくりと頷いた。

凪が黙り込むと、重要な話を聞かせてくれる。

「二十歳《はたち》の時に監督が映画を撮ると聞いて、すぐに助監督に志願したの」

灾子の監督作『鳳凰館の殺人』だ。その撮影中に、事件が起きた。

スタジオに造られた巨大な鳳凰像が倒れてヒロインを襲ったのだ。そばにいた芽舞は反射的に彼女を突き飛ばした。代わりに芽舞が像の下敷きになり、大怪我《けが》を負ってしまう。

通常なら撮影中止になるほどの事態だった。が、灾子はそうさせず、撮影を続行させた。さらに、鳳凰像が倒れてヒロインを襲うという脚本に書き替え、その映像を本編に使用した。

そうして完成した映画を、マスコミはこぞって取り上げた。批判の声も上がるが、大衆は逆だった。関心が高まり、公開前から異様な盛り上がりを見せていた。

そこで事態は急展する。ヒロインの百合園恵《ゆりぞのめぐみ》が急死したのだ。

死因は、撮影中の事故で頭を強打したことによるものと推察された。

だが灾子はそれを完全否定する。ありえないと断言し、百合園は頭を打たなかったと主張した。撮影したフィルムを提出するも、倒れた鳳凰像に隠れ、肝心な部分は映っていなかった。警察は確証を得られず、捜査は終了を告げる。

そんな時、美術助手を担当していた飾が声を上げた。

「監督は嘘をついています。百合園さんはあの時確かに頭を打っていました」

それに続けとばかりに、照明技師の光井も口を開いた。

「診察した医師は現場に同行していた監督の知人で、彼女の言いなりだった。俺は精密検査を受けさせるべきだと訴えたが、必要ないと一蹴された」

さらに録音助手だった静谷は、ピンマイクを通して重要な会話を聞いていた。

「予算に余裕がないので、撮影が止まればこの映画は終わるわよ、と百合園さんが監督に言われているのを聞いたんです。まるで脅すように……」

けれども灾子は動じなかった。「私はスタッフに強く当たっていました。色々と無理難題を課してきたので、彼らは私を恨んでいる。私を陥れようとしているだけなんです」そう反論すると、他のキャストやスタッフからは監督を擁護する声も上がった。

告発が真実とわかれば、映画は公開できずにお蔵入りとなる。数百人の努力の結晶が無に帰すからだろう。実際、告発した三人にも迷いがあったという。

だがそんな時、薩摩が数分の動画を警察に提出した。それは、百合園が頭を強打する瞬間を捉えた映像だった。薩摩は灾子にそのフィルムを寄越せと言われたが、密《ひそ》かにデータ化してから渡していたのだ。

そうして、映画は公開中止となった。

灾子は百合園の遺族から訴えられ、世界中から糾弾された。

監督としても俳優としても、生命を絶たれることになったのだ。


「でも、どうしてそんな灾子さんの映画の撮影に、もう一度参加したんですか？」

その件に深く関わっていた三人に話を聞くと、返答はほぼ一緒だった。

「金だよ金。あいつは通常の五倍のギャラを提示してきたからな」

光井は悪びれることなく言った。とはいえ他の二人に話を聞くと、それも無理はないと思えた。日本映画界のスタッフは、その過酷な労働と長期的な拘束に比べると、ほとんどの人が割に合わない対価で働かされているそうだ。それでも皆映画が好きで、情熱を注いで働いている。灾子のギャラの提示は、そんな彼らを支えると共に、業界へ一石を投じる意志を感じたという。

「それに、監督が自伝に、あの事件を過ちと認めて、深く反省してるって書いてたんだ……」

静谷はそう言った。灾子はその贖罪《しょくざい》として、静谷たちと仕事がしたいと訴えてきたそうだ。

「一度過ちを犯した人にも、更生するチャンスが与えられるべきだと思って……」

静谷はそう付け加え、飾はこうも言った。

「監督は、鳳凰館の殺人を忘れさせるような名作を作りたいから力を貸してほしいって懇願してきたの。あの人は表舞台から姿を消しても、映画への情熱は薄れなかったと言った。それから二十年近く準備をしてきたと聞いて、騙《だま》されちゃったわ。まさかそれが、こんな殺人計画のための大嘘だったなんてね」

宍子に嘘は無かったのかもしれない、と凪は思ってしまう。こんな虐殺が芸術になると妄信し、長い年月をかけて考えていたのは事実なのだろう。

宍子は自らスタッフを手配して準備させていた。そして直前になってスタッフを総替えにしたというが、それは凪が嗅ぎ回っていることに気付いていたからだろう。実際は随分前から芽舞たち五人にオファーをし、最初からその面々を連れてくるつもりだったのだ。

用意周到に練り込まれたシナリオに、凄《すさ》まじい執念を感じる。

他に類を見ない異常な殺人計画。その最初の犠牲者に、最も恨んでいた薩摩を選んだのだ。

彼は昔気質《かたぎ》のカメラマンだった、とスタッフの四人は口を揃えて言った。現場では助手に怒号を飛ばし、殴る蹴るも当たり前だったそうだ。近年は日本映画界にもパワハラ撲滅の良い波が押し寄せているので、腕は抜群なのに仕事は激減していたという。

「時代に取り残されたんだよな……。俺も人のことは言えないけど、十年くらい前からそうゆうのはやめにしてさ。今はもう、若い監督にもヘコヘコしながらやってるよ」

光井は缶ビールを呷《あお》りながら笑った。陽気なおじさんにしか見えないが、凪でも知っている大作映画ばかりを手掛けていて驚いた。聞けば、静谷も飾もその道の一流だそうだ。

「光井さんは、どうしてこの世界に入ったんですか?」

「高校ん時に、ある女優の虜《とりこ》になっちまってな。彼女に会いたい一心で、京都の撮影所に飛び込んだんだ。そしたら、光井っつー名前だからって一番キツい照明部に入れられてさ、当時の撮影所なんてもうヤクザ顔負けの世界でよ、ったく、人生を狂わされたよ……」

「映画の撮影ってすごく厳しいんですね。静谷さんは、どうしてそんな世界に」

静谷に聞くと、彼は普段よりもさらにか細い声で言った。

「昔、仲良かった子が映画オタクで……なんとなく、俺ものめり込んじゃって」

二人ともきっかけに女性が絡んでいたようだが、珍しいことではないのだろう。逆に言うと、そんなことでもないと一般人が映画の世界で生きていこうとは考えにくいのかもしれない。

「私は父が舞台美術をやってたの。飾って苗字《みょうじ》も父が使ってたもので、芸名みたいなものなのよ」

飾は足を組みながら答えた。ぴったりすぎる名前だと思っていたが、本名ではないようだ。

その後に来た瑠夏は、温かい紅茶を淹《い》れてきてくれた。凪はお礼を言い、四人から聞いた事件のあらましを話した。瑠夏は驚きつつ、悔しそうな顔を見せた。

「ごめん。凪ちゃんは前から怪しいって言ってたよね。俺が信じてあげてれば……」

「関係ないな」すかさず豺が言った。「灾子は誰に疑われても問題ないように計画を練っている」

突き放すような口ぶりだが、彼なりの優しさなんだと思う。

凪は豺に同意しながら確認する。

「それで、そんな灾子さんの思想を引き継ぐって、Qは断言してましたよね」

「あぁ。奴は灾子を殺したうえで、灾子の計画通り進めようとしている。輪をかけて狂ってるぞ」

「ということは、灾子さんが恨んでいた光井さん、静谷さん、飾さんの三人が狙われる可能性が高い……」

「おまえはやっぱり阿呆《あほ》だな。それは順当にいけばの話だろうが」

そう言われて、凪は頭を抱えた。順当に進むミステリなんて、ミステリとは呼べないかもしれない。鬼人館の時だって、当初の想定をおもいきり覆されたのだ。

「で、瑠夏君は役者さんについても、何も知らされてなかったんだよね？」

「全く。脚本と同じだよ。漏洩を防ぐためだって、何一つ教えてもらえなかった。俺、なんか妄信しちゃってたし。そもそもまだ素人《しろうと》だしさ、そういうこともあるんだなって納得しちゃって」

瑠夏は準備段階のことを事細かに教えてくれたが、怪しいと思われる言動は見つからなかった。

「なんか、力になれなくて情けないな」

柄にもなく肩を落とす瑠夏に、凪は笑顔を向ける。

「そんなことない。Qじゃないって信じられる瑠夏君がいてくれて、ほんとに良かったよ」

瑠夏は静かに頷き、談話室を出ていった。


残すは役者の三人だ。最初に入ってきた剣は、聞いてもいないのに経歴を語り出した。

高校の時にバレーボールのインターハイに出場して脚光を浴び、ハイブランドのモデルに抜擢《ばってき》されて俳優デビュー、一気にスターダムを駆け上がった。だがその人気をなげうって五年前に渡米し、ハリウッドに挑戦。実力勝負の世界でオーディションに落ち続けて挫折を味わうも、一昨年実話を元にしたロッククライミングの映画で大役を摑んで注目を浴びた。そして数ヶ月前、灾子のオーディションに呼ばれたという。

「これまで、灾子さんとの関わりは何かありませんでしたか？」

「全く無いな。高校の時だったかなぁ、鳳凰館の殺人は観てたけどね」

バレーボールに打ち込みつつも、子どもの頃から映画が好きだったようだ。

次に来た真珠は、剣以上に映画を愛しているようだった。

宍子に関わりはなかったが、『鳳凰館の殺人』に衝撃を受けて、映画俳優になると志したそうだ。大手事務所を辞めてまで映画に固執していたので、探偵助手役に抜擢されて夢のようだったと言う。

「それがこんなことになっちゃうなんて……本当に、夢だったんだね」

真珠の目が滲んできて、颪も泣きそうになった。

「でも、あの人の考えは完全におかしいけど、映画に傾ける情熱だけは本物だったと思う。新人の真珠君が選ばれたのは、実力だよ。まだまだこれから。いくらでもチャンスはあるよ」

それはフォローじゃなく、颪の本心だ。

「チャンスか……。じゃあ、ここから生還できたら、この事件も誰かが映画化してくれるかな」

唐突にそんなことを言い出し、颪はきょとんとした。

「……え、あぁ、それは、どうかなぁ」

「そしたら僕、自分で自分の役をやるよ。そのために頑張らないと」

急に元気が湧いてきたようで、正直、少し、引く。

「そうだ、僕ね、役のために探偵助手の勉強をしてきたんだ。だから颪ちゃんの助手になってもいい？」

「え。えぇと、でも、豺さんが――」

「俺はおまえの助手になるつもりはない」

すぐに言い返され、真珠が嬉しそうな顔を見せる。

「ですよね！　それに豺さんは颪ちゃんの手足にはなれないし、小説だと二人はケンカばかりしてたし」

凪は笑ってしまった。

「だよね。じゃあ、お願いしようかな」

「うん！　頑張るね」

真珠は入ってきた時とは別人のような顔になって談話室を出ていった。

映画とはそれほど魅力的なものなのだろうか。灾子は人生を懸けて、この殺人劇を映画に仕立てようとしていた。そして、映画だけじゃなく本格ミステリにも拘《こだわ》っていた。

思えば、彼女はあの亜我叉の妹なのだ。

やはり鳳家は、本格ミステリに憑《つ》かれている一族なのかもしれない。

「そういえば、亜我叉さんは三兄妹なんですよね……」

呟くと、豺が答えた。

「あぁ。灾子やQが流したのは長男の鳳芭覇《ばっは》が作った曲だ。タイトルは、血塊のソナタ」

凪はゾッとした。クラシックだと思っていたが、まさか二人の兄の曲だったとは。

荘厳かつ不穏。心の内から恐怖を掻き立ててくる旋律が今も耳に残っている。

ギィッと音がして扉が開く。麗が顔を見せ、上品な香りがふわっと漂った。

身も心もくたくただろうに、その顔に疲れは見えない。ロッキングチェアに腰を下ろしても背筋をピンと張っている。さすがだな、と凪も背筋を伸ばしてみる。

これまで灾子に関わったことはあるかと聞くと、麗は小さく首を振った。

「何も。あの人の映画も観たことがなかったし。二月に突然オファーが来て、驚いたの」

「どうして、引き受けたんですか？」

「鳳凰館の殺人を観て、凄く面白かったから。大変なのは想像できたけど、これは新しいチャレンジになると思って。写真集の撮影が入っていたんだけど、延期にしてもらったの」

お手本のような回答だな、と思う。けれど嘘をついているようには見えない。

「嬉しかったの。私、お芝居を評価されることが少なくて。でも、思い上がりだったみたいね。あの人が私にオファーしたのは、お芝居を認めてくれたわけじゃなかった……」

麗は視線を落とし、両手の指を組んだ。しなやかな指の先に、長く綺麗な爪が輝いている。

「そういえば、この眼鏡の映像を百人が視聴しています。お祖父《じい》さんのことが、バレてしまいましたね」

麗はこくりと頷いた。すでに受け入れているのだろう。動揺は見られない。

「どうして、この道に進んだんですか？」

「原宿《はらじゅく》でスカウトされたから……」麗はそこで言葉を止めて、颪を見た。「っていうことにしてたんだけどね。本当は違うの。父も祖父母も、政界の人だから。国のために働くのは素晴らしいことだけど、私には荷が重くて……。もっと自由に翼を広げられる仕事に就きたくて、昔女優をやっていた母が懇意にしていた事務所の社長に相談したの」

美しい回答だなぁ、と思う。その後いくつか質問するも、気になる情報は無かった。

「灾子からオファーされた理由は、一目瞭然だな」

麗が出ていくと、豺が言った。

「元総理の孫を死なせるわけにはいかない。警察に無茶な要求を呑ませて、簡単に動けないようにするためですよね」

そんな話をしていると、瑠夏と真珠が入ってきた。

鉄板を全部貼り終えたようで、颪はお礼を伝える。

「全員食堂で休んでるけど、かなり疲れ切ってるよ。これからどうする？」

瑠夏が聞いてくると、颪は立ち上がった。

「もう一度回廊を調べたいから、あと少しだけいいかな。誰も単独行動を取らないように、二人はみんなと一緒にいてくれる？」

了解、と出て行こうとした瑠夏を、真珠が呼び止めた。

「あ、それ瑠夏君に任せてもいい？　僕、颪ちゃんを手伝おうかなって」

「え？　あぁ、いいけど」

不思議そうに振り返る瑠夏に、真珠は笑顔を見せた。

「僕、颪ちゃんの探偵助手になったんだ」

その照れ臭そうな顔は、まるで小学校に入学したての一年生のようで微笑ましい。

「しっかし、豺さんと大違い。月とスッポンですね」

颪がぼそりと言うと、すかさず返される。

「どっちが月だ？」

豺らしからぬ小ボケに、思わず笑ってしまった。

11

「わからないことがあるんです」

回廊の西側、中心の皿から奈落を覗きながら凧が言った。

「落とされた穴子さんが最後の力を振り絞って奈落の中心に這っていったのはなぜでしょうか」

豺もわからないのだろう。何も答えないので、真珠は思いつくままに言ってみる。

「裏切ったQの正体を、伝えようとしたとか……？」

「穴子さんが向かってきたのは、私の方だよ？　それに正体を知らせたいなら血で書けるし」

「え、あぁ、そうか……！」

ダイイングメッセージというやつだ。不謹慎だが、映画っぽいと思ってしまう。
⑫の部屋に上がり、血溜まりを掃除する。
一瞬で真っ赤に染まるモップを見ても、もはや何も動じない。短い間に衝撃的なことがありすぎて、感情が麻痺してきているのかもしれない。壁に跳ねた血をさらりと拭ける自分自身が、恐ろしく思えてくる。

手を洗って食堂へ行くと、瑠夏以外の全員がテーブルに突っ伏していた。とはいえスツールは小さい上に座面も固く、体が休まるような代物ではない。

気付けば朝の五時。朝日が昇っている頃だろうが、匣の天井の皿が塞がれたので、館の中では長い夜が続いていた。

「ねぇ。部屋で寝ていい？」

飾が辛そうな顔を上げ、凪は首を横に振った。

「部屋から寝具を持ってきて、談話室で寝ましょう」

「え？」

飾が声を上げ、皆が凪を見る。

「これ以上被害者を出すわけにいかないので、みんなで寝るんです」

「いやよ。殺人鬼と同じ部屋で寝るなんて……」

飾がそう言うと、皆の顔色が変わった。Qがこの中にいることを忘れていたようだ。

「大丈夫です。私と瑠夏君と真珠君が交代で起きて——」

「そうゆう問題じゃないの」遮ったのは麗だ。「ごめんね凪ちゃん、考えはわかるけど、私は遠慮しとくね」と立ち上がり、食堂を出ていこうとする。

「いや、ダメです、危険なので」

凪が止めるが、麗は聞かない。

「でも、それじゃ全く休まらないから。体だけじゃなくて、もう心も限界なの……」

その気持ちは理解できた。見張りがいたとしても、殺人鬼と同じ部屋で熟睡できるとは思えない。ましてや彼女は国民的俳優であり大令嬢。男と雑魚寝《ざこね》するだけでも、考えられないことなのだろう。

匣へ出ていく麗を凪が追い駆ける。真珠も駆け足でそれを追う。

「待って下さい。一人になったら危険なんです！」

颪が腕を摑むと、麗は振り返って微笑んだ。「ちょっといい？」颪の眼鏡を顔から引き抜きカーディガンで覆い隠すと、颪の耳元で囁《ささや》いた。

「おまえ、ぐちぐちうるせぇんだよ。一人で寝れないくらいなら、死んだ方がマシだから」

颪の顔が固まる。真珠も聞いてしまい、言葉が出ない。

「つーか、わかってんだよね。Qはあたしを殺せないの。あたしという人質がいなくなったら、機動隊が何をしでかすかわかんないいんだから。探偵ならそのくらいのこと気付いてんだろ？」

そう捲《まく》し立てると、麗は颪の顔に眼鏡を戻した。ニコッと清廉な笑みを見せ、B2のボタンを押す。

匣が降りるなり颯爽と自分の部屋に入り、カーテンをピシャッと閉めた。

「清純派……」

颪が呟き、真珠はこくりと頷いた。

彼女は麗という人間をずっと演じていたのかもしれない。自分も役者なのでその気持ちはわかるが、ここまで違うともはや二重人格だ。

そんな話をしたいが、視聴されているので話せない。

もどかしい気持ちのまま食堂に戻ると、瑠夏が言った。

「死亡フラグだな……」

それは殺人が起きる物語で、殺されがちな行動を取ることを指す言葉だ。今で言うと、一人だけ別行動がいいと言っていなくなる行為を、「フラグが立つ」と言ったりする。

「Qだから一人になろうとしてるのかもしれないわよ。犯人フラグかも」

飾の言葉に、真珠は天を仰いだ。

「そうゆう考え方もあるのか……ミステリって奥が深いですね」

「んなことより寝たいんだけど。どうすんだ？」

光井に言われ、颪は腕を組んで考える。と、豺が言った。

「体力を回復させることも大事だ。全員自室で休めばいい。颪がB1に匣を上げたまま談話室で寝れば、誰も部屋から出ることはできない。当然Qも動けない」

「なるほど！」

颪がパチンと指を鳴らし、皆も感心する。

「さすが名探偵」芽舞が言い、「まぁな」豺は照れ臭そうな声を出す。

「スッポンにしては名案ですね」

颪が悔しそうに呟くと、

「生ハムにされてぇのか？」

すかさず豺に返される。小説で読んだようなやりとりが生で聞けて、真珠は少し嬉しかった。


「これ、夜食にどうぞ」

匣がB2に着くと、颪はリュックの奥からジップロックに入ったチョコパンを配り出した。

「作ってきたのを忘れてて。こんなこともあろうかと、青森産の黒ニンニクを入れたんです」

「黒ニンニク……」

受け取った真珠の手が震え出す。

「だけなら、ガーリックトーストみたいなもんなのに。なぜチョコを入れた」

瑠夏がつっこみ、皆が同意した。静谷は無言のまま五回くらい頷いている。

「糖分も大事ですから。遠慮なく食べて下さいね。私寝る準備してきますっ」

颪はそう言って、自室へ入っていった。

皆は怪訝《けげん》な顔でパンを見つめている。颪が不憫《ふびん》に思えて、真珠はしかたなく齧ってみた。想像通りチョコとニンニクが混じった味がして、想像以上に不味《まず》い。

戻ってきた颪は真珠だけが食べたことに気が付き、「どうですか?」と聞いてくる。

「う、うん、美味しいよ」

「えーそっかぁ。美味しくなかったか……」

やはり探偵に嘘は通じないようだ。けれども今更本音を言うことはできない。

「い、いや、そんなことないよ、何て言うか、黒ニンニクの塩気がチョコの甘さと――」

「バレバレだよ」すかさず返される。「役者なのに、嘘が下手《へた》なんだね」

すると剣が、さりげなく颪にパンを返しながら言った。

「どんなに芝居が上手くても、嘘が上手いかどうかは別物なんだよ」

「へぇ。そんなものなんですねぇ」

颪は感心しながらそのパンを頬張り、カッと目を見開いた。

「まずッ!」

12

全員が自室に入るのを見届けて、凪は歯を磨きながら匣を上げた。

キッチンで口をすすいで談話室へ入る。マットレスを敷いていると、豺の笑い声が聞こえた。

「やっぱどうかしてるな。ニンニクとチョコを入れて、誰が喜んで食うと思ったんだ？」

「いいんですよ。それでも真珠君が食べてくれて、嬉しかったですし……」

顔を見られなくて良かったと思いながら、口を尖らせて横になる。

「毒を盛られた芝居の練習でもしたかったんだろ？」

「豺さんってとことん哀れな人ですね。人の優しさを、そんなふうにしか捉えられないんだから」

「そうか？　優しいふりをしてマーキングしようとするおまえよりはマシだろ」

「はぁ……」

凪は言葉に詰まり、大袈裟な溜息でごまかした。

「ニンニクは欲張りすぎだ。せいぜいブランデーあたりにしておくべきだったな」

図星を突かれる。本当は数人にニンニクの匂いを付けたくて作ったのだが、食べてくれたのは真珠だけだった。意味が無かった上に、豺に見透かされていたことが心底悔しい。

「それだけじゃないし……疲労回復のことも考えてたし……ニンニクの栄養とチョコの糖分なんて

最強コンビだし……」

精一杯弁解すると、豺は皮肉たっぷりに言った。

「そうか。そりゃ試してみたかったな。食えなくて残念だよ」

「そろそろ静かにしてくれますか……」

眼鏡を外して毛布を被る。反論できないからではない。横になり、急に睡魔が襲ってきたのだ。

「てか刑事さんもいるんだし……豺さんも寝た方がいいですよ……」

「俺は三日くらい寝ないでも平気だ」

「化け物……」

そう呟きながら、颪は眠りに落ちた。


目を覚ますと正午を過ぎていた。

匣へ出ても物音がしないので、皆まだ寝ているのかもしれない。

電気を点け、背伸びをしながら天を仰ぐ。日は全く入らないが、天井が高くて開放感が凄い。こんなに広い部屋がエレベーターだなんて。不思議な館だなぁと改めて思う。

あんなことさえ起きなければ、今頃どんなに楽しかっただろうか。

床の皿から下を覗いてみる。真っ暗で奈落は見えない。

「底までどのくらいあるんだ?」

豺に聞かれ、颪は即答する。

「各フロアの高さが四・五メートルだから、ここから奈落の底までは九メートルですよ」

「たしか匣の高さも九メートルだったな。それがすっぽりハマるってわけか」

「ですです。豺さん、まだまだ小説の読み込みが甘いですね」

「おまえほど暇じゃねぇんだよ」

「拘置所にいるのにですか？」

「おまえ、ポークソテーにされてぇのか？」

豺にしては洒落た料理だ。ぐぅっとお腹が鳴って食堂に向かう。冷蔵庫を開けて手が止まった。

「豺さん、今なんて言いました？」

「は？　ポークソテーか？」

「その前です！」

「おまえほど暇じゃねぇ」

「その前！」

「匣の高さも九メートルだから、すっぽりハマると」

「ハマります！　ハマるじゃないですか！　豺さんは天才です！」

凧は匣に飛び出してB2ボタンを叩く。

「はぁ？　何を言ってる」

「みんなを談話室に集めてから、匣をB3に降ろすんです！　で、鉄扉を開けたら――」

「あ！」

珍しく豺が大声を上げたので、凧はドヤ顔で答えた。

「匣の真上に出られる……この館を脱出できるんです」

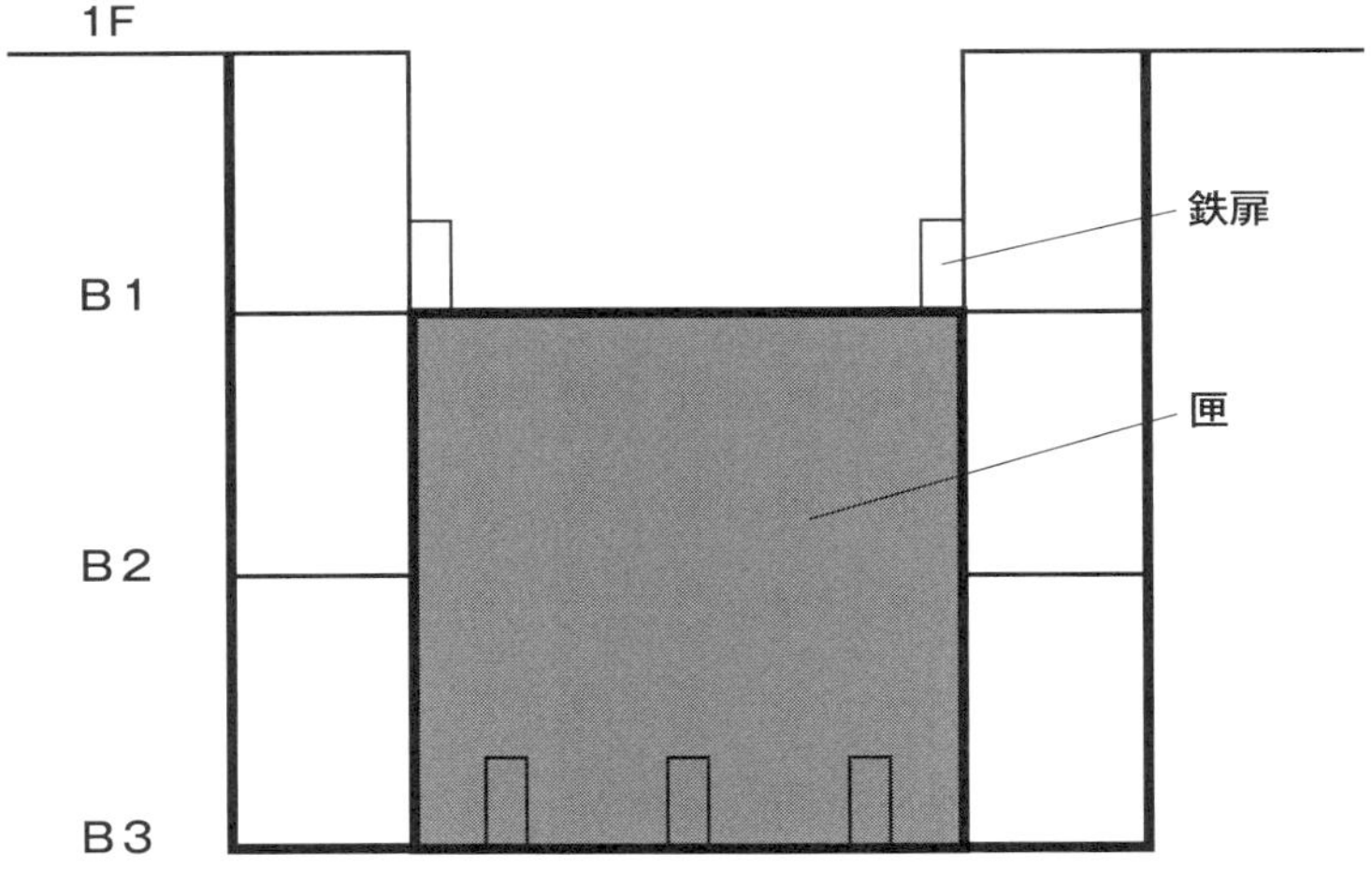
1F
B1
B2
B3
鉄扉
匣

「皆さん！　起きて下さい‼」

B2に着くなり凪は大声を上げた。

「なんなんだ……？」

剣が目を擦りながら厘に出てくる。

「館を出る方法を閃いたんです！」

「え？」

リアクションの声と共に、他の面々も顔を出す。

静谷、真珠、瑠夏、光井、飾、麗。まだ寝ているのだろうか。芽舞だけが出てこない。

「芽舞さーん」

凪はカーテンを開けてきょとんとした。

「あれ……？」

芽舞はいなかった。車椅子だけが、ぽつんとこちらを向いている。

慌ててバスルームを覗くも空っぽだ。嫌な予感がする。

ライトを出しながら厘に出て、床の皿を覗き込む。

誰もいない。そう思った刹那、視界の端に何かが見えた。
⑫の部屋の方へ走り、床の皿を覗く。
真下に後頭部が見えた。

「やられたか……」

豺が呟き、凪は部屋に飛び込む。回廊へ駆け下りて⑫の部屋の真下に走ると、壁の皿から手が突き出していた。

手首に鉄の手枷《てかせ》を嵌められており、皿が塞がれて奈落を覗くことができない。隣の皿から覗き込むも、角度が無いので姿は見えない。

「こっちからなら見えるよ！」

瑠夏が叫んだ。⑩の部屋の真下へ走り、皿を覗き込む。

芽舞がぐったりと壁に凭《もた》れかかり、左手が皿に突っ込まれていた。

「芽舞さん‼　芽舞さん‼　大丈夫ですか⁉」

何度も叫ぶと、その顔がぴくりと動いた。

「え……？　な、何これ……」

芽舞は掠《かす》れた声を出しながら目を覚ました。

「大丈夫ですか⁉」

左手を引き抜こうとして、「痛《いた》っ」と声を漏らす。壁の外に皿より大きな手枷を嵌められているので、引き抜けないのだ。

「他に痛いところは⁉　怪我はないですか⁉」

「いや、特に……」芽舞は視線を落とす。「脚は元々感覚が無いから、どうかわからないけど……」

よく見ると足元にマットレスがあった。おかげで落とされても平気だったのだろう。

「何か憶《おぼ》えてることはないですか？　襲われたとか」

芽舞は視線を泳がせながら首を横に振る。

「寝てる時に気絶させられたのかもしれませんね……Qは薬品か何かで芽舞さんの意識を失わせて、

⑫の部屋に運んで落とした……」
凮が思案しながら歩き出すと、飾が寄ってきた。

「どうしてわざわざ⑫の部屋に運んだの？　落とすなら彼女の部屋からでも――」

「匣を上げないと奈落に落とせません。芽舞さんの部屋から匣を動かすのは不可能だからです」

「あ、確かに……」

飾と共に、皆が頷く。

「でも、無理じゃない？」

真珠が壁の皿に腕を突っ込んだ。

「Qはこうやって、外から芽舞さんの左手を引っ張り上げて手枷を嵌めたってことでしょ？　落としたら芽舞さんは床に倒れるだろうから、どうやっても手を摑めないよ」

「あぁ、俺でも無理だろうな」

同調する剣をちらりと見ながら、凮は淡々と答える。

「芽舞さんの左腕に長い紐を結んでから落とせばいいだけです。その先を⑫の部屋にテープで留めて回廊に下りれば、真下の皿から紐を摑んで左腕を引き上げられます」

「ワォ」剣が欧米風のリアクションをして、「凄っ」と飾が呟いた。

褒められても嬉しくない。凮は反応せずに芽舞の手枷に触れる。

それは豪壮なアンティーク調でパスワード式のロックになっていた。無数のアルファベットが刻まれたダイヤルが六列、手首をぐるりと一周している。内側を見ると、手首との僅かな隙間に『for』という文字が刻まれていた。

「これ、誰かのためにみたいなことかな。パスワードは名前ってこと……？」

真珠が覗き込む。凧は無言で頷いた。皆も集まってきて、手枷を覗く。

「Qの名前を打ち込めば、開くってことか？」

光井が言い、凧は首を横に振った。

「いえ。これは制御盤と違って何度もチャレンジできるから、Qの名前ではないはずです」

「てかQの名前がわかれば、そもそも脱出できるし」

瑠夏が続け、光井は「そりゃそうか」と舌打ちした。

「アルファベットで六文字の名前ってことだよな」

剣が指折り数え始めると、凧はダイヤルをいじりながら言った。

「見て下さい。Zまでいくと次はAに戻りますけど、その間に空白があります。これって、文字数を限定できないってことですよね。六文字かもしれないし、一文字かもしれない」

「マジか……」

「やるだけやってみましょう」

凧はそう言って床に膝を突いた。全員の苗字と名前を試してみるが、開かない。灾子や亜我叉や芭覇の名にしてみてもダメだった。

凧は倉庫へ走り、「こんなこともあろうかと」とボルトカッターを持ってきた。三十センチ以上もある大きなニッパーで、自転車のチェーンも切断できる代物だ。

驚く皆を横目に、凧は目一杯の力で手枷を切断しようと試みる。が、分厚い鉄製のそれはびくともしない。剣がやっても歯が立たない。

もっと巨大なのを持ってくるべきだった。悔しくてたまらない。

「でも、どうしてQはわざわざマットレスを落としたんだろ」

真珠が言うと、背後で静谷が言った。

「音……」

「そうか！　大きな音が立たないように！」

「ですね。ていうかどうしてQは芽舞さんを……」と凪はそこまで言って、言葉を押し戻す。どうして殺さなかったのか──。壁の向こうに芽舞がいるのに、そんなことは言えない。

「どうしてこんなふうにしたんでしょうか」言い換えると、犲がぼそりと言った。

「阿呆が。忘れたのかよ」

「あ!!」

凪はついさっき、B1の鉄扉から匣の上に出ようとしていたことを思い出した。

だがそれはもうできない。匣をB3に降ろせば、芽舞が潰されるのだ。

そのことを伝えると皆は大きく落胆した。

「どうにかして引き上げられないか⁉」

光井が言うと、凪は叫んだ。

「シーツかドラムコード！」

勢い良く立ち上がると、「いやいや手が」と瑠夏に言われた。

凪は天を仰ぐ。芽舞は手枷で拘束されていたのだ。

「芽舞さん、右手でダイヤルを回せますか？　思い当たる名前があれば、どんどん試していってほしいんです」

凮が言うと、芽舞は右手を皿に突っ込んだ。手も腕も細いので頑張ればダイヤルを回すことができるようだが、かなり辛そうだ。

「この壁を壊せないか？　皿の周りを砕けば、手を抜けるだろ」

剣が壁を小突くと、凮はその手を押さえた。

「ダメです。外壁に振動が伝われば毒ガスが噴き出ます」

「芽舞さんがギリギリまで頭を下げたら、どうかな」瑠夏が言う「匣を完全に降ろさなくてもB1から匣の上に出られるんじゃない？」

「無理だな」

豺が即答し、凮は補足する。

「B1の鉄扉は外開きなんです。匣が完全に降り切らないと、開けることはできません」

真珠はうなだれ、皆も黙り込んだ。凮もじっと考え込む。

『百々目館の殺人』では、鉄扉なんて付いていなかったのだ。穴子はこうなることを想定して、事前に外開きの鉄扉を付けたのだろう。

芽舞を残し、B1へ上がってそれを確認する。頑丈な鉄扉で、ネジの部分まで丁寧に溶接されている。工具を使っても外すことは不可能だ。

凮は床に座り込み、頭を抱える。

芽舞が生きている限り、館を出ることはできない。

それはただ単に館を脱出できないという状況よりも、遥《はる》かに悔しかった。

13

それから皆で、芽舞のために奮闘した。

マイクブームの先にペットボトルを貼り付け、一番腕の長い剣が皿にそれを突っ込んでいく。が、彼のゴツい手はどうやっても皿に入らず、代わって静谷が手を入れた。

「と言うか、上から落とせばいいんじゃない？」

麗が気付き、皆の顔から表情が消えた。

コンテナボックスにドラムコードの先端を括《くく》り付け、食べ物や毛布をするすると落としていく。簡易トイレや目隠しを作るシートなども難無く渡すことができた。

芽舞は少しでも楽な体勢になれるように、枕などを渡して試行錯誤する。

できる限りのことをして一息つくと、静谷が珍しく口を開いた。

「監督の遺体、引き寄せられないかな……」

「やってみましょう」

凪は頷き、倉庫へ走った。ブームの先にU字の金具を逆向きに固定し、芽舞が右手一本で中心へ伸ばす。金具を灾子の服に引っ掛けると、渾身の力で手繰り寄せた。

芽舞は歩けなくなってから、上半身の筋力トレーニングを欠かしていなかったそうだ。腕をぶるぷる震わせながら引き寄せ、ブームの持ち手を静谷にパスする。あとはもう簡単だった。
⑩の部屋の真下に来た遺体を小さな皿から確認する。颪が見つめた後に、真珠も覗き込む。
灾子は確実に死んでいた。

上からシーツを落として灾子に掛けると、颪は彼女が倒れていた奈落の中心を凝視する。真珠も覗き見るが、そこには血痕しか見えなかった。


手や顔を洗ってから皆で食堂へ行き、朝食兼昼食をとることにする。

「瑠夏君、これまで通りみんなの見張りを頼んでいい？」

颪がそっと耳打ちすると、瑠夏は頷いた。颪はぺこりと頭を下げ、食堂を出ていく。

「何か食べないの？」

真珠が付いていくと、颪は無言のまま談話室へ入り、膝を抱えて床に座り込んだ。明らかに落ち込んでいる。一筋の光明が一瞬で消えてしまったからだろう。

「完全にQの術中にはまってる。どうやって芽舞さんを襲ったのかが、全くわからないし……」

その言葉を聞き、真珠は初めて気が付いた。

「そっか。匣は颪ちゃんがB1に上げていたから、誰も芽舞さんの部屋に行けないのか」

「うん。匣を降ろした方法もわからないし、それに気付けなかった私の大ミス……」

颪が悔しそうに頭を搔くと、豺が「だな」と追い討ちをかけた。やはりこの人は鬼だ。

「匣は動いても全然音がしないから、しかたないよ」

真珠は懸命にフォローする。と、豺が言った。

「まぁな。俺も仮眠を取ってたから、今別室で刑事たちが映像を検証してる。静かとはいえ、匣が動いたなら僅かでも音を拾ってるはずだ」

「お願いします」凨は頼み、匣へ戻っていく。

「うーん、どうやって匣を動かしたのか……」

真珠が付いていくと、凨は足を止めて振り向いた。

「一つだけ、匣を動かさないで済む方法があるけど」

「え？　どうやって？」

凨は屈み込み、床の皿を覗きながら小声で言った。

「芽舞さんが、自分で飛び下りた場合」

真珠は反応できない。足元からゾワッと寒気が上がってきた。

「さっそく検証結果が出たぞ」豺が言った。「僅かに匣が動く音を拾っていた。八時頃だ」

「そうですか……」凨はこめかみに触れながら考える。「問題は、どうやって匣を動かしたか」

「でも、ということは、芽舞さんの自作自演っていう線はなくなったね」

真珠が自信満々に言うと、

「そう思わせるために、動かしたということも考えられる」

豺に言われ、真珠は頭を抱えた。本格ミステリって、難しい……。

「ていうか監督とQはこの館を改造してたんだよね？　だったら匣を操作できるんじゃないの？」

食堂へ戻ると飾が言った。

「いえ、それはないと思います。穴子さんとQはこれを映画にしようとしていますし、本格ミステリに拘っているので。そんな方法で匣を操作するなんて、ルール違反です」

凮が即答し、飾がその顔を見る。

「何よ、ルールって」

「例えば、見知らぬ誰かがどこかに隠れていて、それがQだった。そんなトリックは卑怯だし、何よりつまらないじゃないですか。そういうアンフェアなことは、しないと思います」

「ルールは明確に定められてるわけじゃないがな」豺が補足する。「匣の操作も正確に言えば、アンフェアとは言い切れない。だがクソ最低なトリックだとコキ下ろされるのは確実だ」

「じゃあ、GVガスを噴射させるっていうのは、アンフェアじゃないの？」

剣が聞き、凮が答える。

「今の状況のように、クローズドサークルを作るための装置ならフェアだと思います。けど、それで殺人を犯すのはアウトかなと。私なら、クソ最低だと言いますね」

「じゃあ、本格ミステリに則るなら、警察が踏み込んでも殺されないんじゃゃ——」

麗の思い付きを豺が否定した。

「こっちがルールをぶち壊せば、Qも壊すということだろう。お互いにとって最悪の結末になる」

麗は眉を顰《ひそ》めた。飾がもう一度聞く。

「例えば、誰も知らない隠し通路があるのは、アンフェア？」

「うーん。アンフェアとは言い切れません。けどそれを読者に納得させるためには、必ず伏線が必要で——」そこで凮は黙り込み、飾を見た。「飾さん、天才です！」

「は？」

「百々目館の殺人は、ちょうど百の皿があることが重要なポイントなんです。で、宍子さんはこの映像の配信も、百人という数に拘ってる。なのに、あれを塞いだことが気になってたんです」

凩は鉄扉を開けて、塞がれた天井の皿を指差した。

皆がそれを見上げると、凩は匣を歩きながら説明した。

「ここは亜我叉さんが小説を忠実に再現して建てた館。でも小説では匣のスライドドアに皿があって、逆にバスルームのドアには無いんです。宍子さんはそこを改造していた。スライドドアに皿があると不都合なので、十一の皿を無くしたんです。で、バスルームのドアに皿を開けたのは、その十一の分の埋め合わせをしたからです。それは、彼女が百の皿に拘っている証拠……。なのにあの人は天井の皿を塞ぎましたよね。だから今、皿の数は九十九。というのが伏線になります！　どこかにもう一つ隠された皿があって、そこを通り抜けられるんですよ！」

「なるほど！」皆が声を上げる。

「けど、昨日全部調べたけどなぁ」

瑠夏が水を差すが、凩のテンションは下がらない。

「そういう視点で調べないとダメです。食べ終わったら手分けして探しましょう！」

そうして、再び凩がチーム分けをした。

凩は瑠夏と剣と麗。真珠は光井と餙と静谷と共に探すことになる。宍子が恨んでいたスタッフ三人なので、犯人の可能性は低いと凩は考えたのだろう。

真珠はほんの少しワクワクしていた。隠し通路を探すなんて、アドベンチャー映画のようだ。

14

真珠のチームはB2の各部屋から、颪のチームは匣から調べ始めた。

匣には何一つ物がない。四方八方砂色のコンクリに囲まれ、中心に操作盤があるだけだ。コンクリに不自然な繋ぎ目などがないか、颪は壁に張り付いて目を凝らす。上の方もチェックしなければならず、首が痛くなる。

暫くそんな作業を続けていると、「そういえば、これ」と瑠夏が名刺を差し出してきた。

「こないだデザインの授業で作ってみたんだ」

シンプルな明朝体で『名探偵　音更颪』と書いてある。

「私の名刺!?　凄っ、カッコいい！　ありがとう!!」

「ウチにいっぱい刷ったのがあるから、良かったら使ってよ」

瑠夏はそう言いながら、屈み込んで作業に戻った。

「でも瑠夏君、凄いよね。その若さで映画監督を目指すなんて」

「全然。誰でも映画を作れる時代だし。それよりその歳で探偵やってる颪ちゃんの方がすげーよ」

「そうかなぁ。じゃあ凄い私たちの力で早く抜け穴見つけて、スパッと終わらせちゃいましょ」

颪は謙遜せずに気合いを入れる。すると瑠夏は頭を掻きながら言った。

「んー。けど、それで終わりっつーのも、なんか物足りないんだよな」

「え、ちょっと、なに言ってるの」

「ごめん、俺、なんか少しワクワクしてるんだよね」

やはり、あの亜我叉の孫なんだなと改めて思う。

「やめてよ……不謹慎です」

「いや、俺ね、鬼人館の時、あんなことがあったのにさ、今思い返すと、最後の方、ワクワクしてたんだよね」

「最後の方」

「うん。凪ちゃんの最後の立ち回りだよ。あれガチでカッコ良かった。だから今回も期待してる。解決編で鮮やかにQの正体を暴いてくれることを」

「……嬉しいけど、今回ばかりはお断りしたいです。本格ミステリにはさせたくないので」

凪は複雑な気持ちで作業に戻る。振り向くと、剣と麗がこっちを見ていた。

「ねぇ、そういえば……」

下から声がする。皿を覗き込むと、芽舞が言った。

「匣って、真ん中にだけ皿が無いのね」

凪は周りを見回す。床には規則的に八つの皿が開いているが、中心にだけは皿が無い。理由は明白で、操作盤があるからだ。

「そうか！　芽舞さん天才！」凪は操作盤へ駆け寄った。「だから灾子さんは中心を目指して這っていったんだ！　この中の床に穴があって、匣に上がれるんだ！」

瑠夏たちが駆けてくる。飾の部屋から真珠が顔を出し、光井と静谷も寄ってきた。話を聞いていたようだ。

すぐに操作盤のボックスを調べてみる。頑丈な鉄製で開閉できそうな箇所は見当たらない。瑠夏と剣が持ち上げようとしてみるも無駄だった。床にしっかりと溶接されている。

「あれ、おかしいなぁ」

ガンガンとボックスを叩く凪に、豺が言った。

「もし床に穴があって入れたとしても、出てくることはできねぇだろ」

「そうよね……私が気付けるようなトリックなわけ、ないよね」

芽舞の沈んだ声が聞こえ、凪は肩を落とす。間違いないと思っただけに、ショックは大きかった。

「ねぇ、ちょっといい？」

振り向くと、飾が自室から出てきた。

「鞄に両面テープの剝がし液を入れてたはずなんだけど、見当たらないのよ。誰か知らない？」

皆は知らないと答える。

「おかしいなぁ」飾は首を傾げ、凪は皆の顔をじっと見つめる。

Qが盗んだのだろうか。だとしたら、なんのために。また一つ疑問が増えてしまった。

それから一時間以上、皆で館内をくまなく調べたが、結局抜け穴は見つからなかった。

凪はカーテンを開け放して、自室のベッドに腰を下ろした。

「あぁ。なんでもっと早く気付かなかったんだろ……」

そもそも、匣をB3に降ろせば出られることにもっと早く気付いていれば、全てが終わっていたのだ。悔やんでも悔やみきれない。

「災子のことだ。気付いた時のための対策も練っていたと思うがな」

豺の言葉は全く励ましにならない。芽舞を落としたことこそが、その対策なのだ。

奥入瀬竜青の生まれ変わり？　冗談じゃない。探偵を名乗る資格さえないかもしれない。

深い溜息を吐きながら、瑠夏に貰った名刺をしまう。と、真珠がそろりとやってきた。

「大丈夫？　落ち込んでるの？」

「もう、名探偵を名乗れる気がしません」

正直な思いを吐露すると、真珠は言った。

「そんなことないよ。凪ちゃんがいるから、僕は絶望せずにすんでるんだよ」

凪は何も言えなくなる。

真珠は言葉を待たずに、天使のような微笑みを見せて去っていった。

「きゅん……」

つい口に出してしまい、豺に聞かれてしまう。

「なにがきゅんだ酢豚野郎が。惚れてる場合か」

「今の聞きました？　あれで、きゅんとこない人なんて、人じゃないですよ」

「まさに豚に真珠《しんじゅ》だな」

「あ！　確かに……！」

「おい、馬鹿にしたんだぞ？」

豺が何か言っているが、その声が遠ざかっていく。

豚に真珠。なんて甘美な響きだろうか。これは運命かもしれない。

真珠は探偵助手の勉強をしてきたこともあり、そのツボを押さえていた。機転が利くし、センスもある。なにより豺と違って優しいし、おまけに可愛いカッコいい。

「あー。真珠君がずっと助手でいてくれたらいいのに……」

遠くを見ながら呟くと、豺が真面目《まじめ》なトーンで言った。

「なぁ。あいつを本当に信用していいのか？」

「え？　説明したじゃないですか。薩摩さんが落とされた時、真珠君は灾子さんに演技指導されていて私も一緒にいたんです。灾子さんが殺された時も、自分の部屋にいましたし」

「だが俺はそれを見ちゃいない。まだ呼ばれる前だったからな」

「私を信用できないっていうんですか？」

「信用できねーな。なぜなら、おまえの目はおそらく今ハートになってるからだ。おまえ、真珠が豚みたいな顔でも同じように信用してるか？」

豺は不満な様子だ。もしかしたら、妬《や》いているのかもしれない。

「信用しますし。てか豚は可愛いですし。これは私の直感です」

「鬼人館の時、その直感が外れたんじゃないのか？」

そう言われて、凪は少し考える。

「いえ、最初の直感通り、私にとって犯人は良い人でしたよ」

豺はフッと笑い、反論してこなかった。

15

休憩から戻ってくると、颪は心なしか元気になっていた。

皆は食堂で休んでもらうことにして、真珠は颪と図書室へ向かう。匣を出ると、麗が付いてきた。

「ちょっと、着替えてきてもいいかな」

服が汚れていることに気付いたらしい。そのくらい我慢してほしいところだが、「じゃあ一緒に行きますね」と颪はにこやかに言った。おそらく彼女の本性が頭をよぎったのだろう。

「私もトイレに」と飾も出てきて、四人でB2へ降りる。

自室のバスルームに入って十数分。飾はすぐに戻ってきたが、待てど暮らせど麗は出てこない。痺《しび》れを切らして声をかけると、コーディネートに悩んでいるようだ。

「いつも衣裳《いしょう》さんに頼りっぱなしだから……これ、どうかなぁ。似合う？」

出てきた麗はさっきと同じようなブラウスを着て、さっきと同じようなパンツを穿《は》いていた。もちろん似合っている。というか、何が変わったのかわからない。

「何着ても可愛いんですから、大丈夫ですよー」

颪が呆れながらB1ボタンを押す。と、麗は慌てて部屋に戻り、閉まりかけたドアを押さえた。

「ごめん！　肝心なもの忘れてたっ」

匣が上がり出すんじゃないかと思って焦ったが、全てのドアが閉まらない限り動かないようだ。

颪が溜息を吐きながら停止ボタンを押すと、麗は部屋へ駆け戻った。

「あっ」颪が顔を上げた。

「何？」飾が不思議そうに颪を見て、真珠も同じような顔を向ける。

「あ、いや、べつに」颪は何事も無かったかのように首を鳴らした。

麗はすぐに戻ってきた。その手にタロットカードが見え、真珠は颪と目を見合わせる。

「……それが、肝心なもの？」

飾が聞くと、麗は悪戯《いたずら》っぽい笑みを見せた。

「これで犯人当てちゃおうかなーと思って」

「麗さん、天才です……」

颪は真顔で言いながらB1ボタンを押した。


二人を食堂に戻し、気を取り直して図書室に入る。

「脚本を検証したが、怪しいと思われる点は無かったな」

豺が言い、颪は残念そうに頷く。

「でも小説の方は、自分で読み直してみた方がいいかなぁ」

そう言って『百々目館の殺人』の文庫本を手に取り、プウに押し込んだ。

壁一面の書棚には、亜我叉の本はもちろん、兄である芭覇、そして灾子の関連書籍が揃っている。

それらを調べていると、颪が「ん」と言った。

中心にある書棚の、下から二段目を見つめている。そこにはフランスで出版された亜我叉の館シリーズ全十作が並んでいる。分厚い革張りの豪華版だ。

「十一冊ある……」

「あれ？　ほんとだ」

数えると、確かに十一冊あった。

「左端をよく見せろ」豺が言い、凩が顔を近付ける。

『Meurtre au manoir de Tsuchigumo』と書かれている。

横にいる刑事が意味を調べたのだろう。数秒して豺が言った。

「土蜘蛛《つちぐも》館の殺人……」

「そんなもの、無いです」凩がその本を手に取る。と、引き抜けなかった。「あれ？」

「おもいきり引け」

豺に言われ、真珠が力を込める。半分ほど引き抜くとガコッという音がして、書棚が動いた。

「わ！」

ギギギィと音を立て、書棚が手前に開く。隠し扉になっていたのだ。まるでファンタジー映画のようで興奮する。声を聞いた皆が図書室に入ってくると、全員が目を丸くした。

コンクリの壁が露《あら》わになり、その下部に小さな扉があった。七十センチほどだろうか。金庫のような正方形の鉄扉だ。

押しても引いても開かない。よく見ると持ち手の横に、アルファベットのボタンがキーボードのように並んでいた。またしてもパスワードが必要なようだ。

「これも手枷の名前と同じなんじゃない？」

瑠夏が言い、「だろうな」と豺が答える。

全員の名前を入れてみるが、開かない。颪は険しい顔をしながら豺に聞いた。

「豺さん、土蜘蛛のことを刑事さんに調べてもらっていいですか？」

「もう調べさせた」豺が即答する。「鎌倉時代に書かれた土蜘蛛草紙という絵巻物があった。源頼光が洞穴の中で土蜘蛛という妖怪と対決した話らしい」

「洞穴……やっぱり抜け穴があるんですね。大収穫です」

颪は皆に笑みを見せた。

「それと、電気室に匣の配電盤が無かったんです。この中かもしれません」

「つーか、なんで今更気付くんだよ」豺が呆れたように言う。「昨日この部屋を調べたのは誰だ？」

「あぁ、俺たちだけど、この棚を調べたのは、確か……」瑠夏はゆっくりと麗を見た。

真珠は颪と一緒に瑠夏を見た。

「あ、私？　うーん、ちゃんと調べたつもりだったけど、気付かなかったなぁ。ごめんなさい」

麗が眉を八の字にして謝る。彼女のことだから、いい加減に見ていたのだろう。

「でも、ここに凶器とかを隠されてたらヤバくない？」

瑠夏が言うと、「いい判断だね」と颪は図書室を出ていく。

「こんなこともあろうかと……」またもやそう言って、大きな南京錠を持ってきた。

「お願いします」と光井に渡すが、鉄扉に錠を掛ける穴は無い。

「どうしろっつーんだよ」

光井はぶつぶつ文句を言いながら、どこか嬉しそうに考え出す。

結果、スイッチとなっている『土蜘蛛館の殺人』の手前の棚板に穴を開け、そこに南京錠を施錠した。それを外さないと本を引き出せないので、Qが開けることは不可能になる。

「光井さん、天才です」

凪はその鍵を倉庫の鍵と一緒にして、プウに押し込んだ。


皆はそのまま図書室に残り、思い思いに本を手に取った。

真珠は凪と一緒に、灾子が五年前に出版した自伝を開く。二人で読みながら、気になったことをノートにメモしていく。

灾子は兄二人のように、ヒッチコックに憧れて「灾子」という芸名にしていた。だがネット上で「女ヒッチコック」と呼ばれ出して嫌悪したという。

撮影事故の数年後に、彼女はドイツへ移住した。お金の面倒を見たのは二人の兄だったそうだ。飾たちが言っていた通り、灾子は事故の対応を深く反省していた。自分の罪を赤裸々に綴《つづ》り、亡くなった百合園恵の遺族に慰謝料を払い続けていたらしい。

その反省は、この復讐劇《ふくしゅう》を果たすためのパフォーマンスだった可能性が高い。

だが、映画に対する情熱は本物だったのだろう。灾子は一から映画の勉強をして、監督だけではなくスタッフの技術を完璧に身に付けたという。映画を撮る日のためにジムに通い、体力も付けていた。表に立つこともあるかもしれないと、美を保つことも忘れなかったらしい。

それから、彼女はドイツで結婚した二番目の夫との間に、もう一人子どもがいたことがわかった。

だがその詳細は書かれていない。

「もしかして……このメンバーの中に、下の子がいるんじゃないですか？」

凪が立ち上がり、皆の視線が集まる。

「またそんなパターンかよ」

豺がぼそりと言い、真珠は笑ってしまった。

「実は私、宍子さんの子どもですって人、いますか？」

凪が淡々と聞く。私がそうです、なんて言い出す者は当然いない。いたとしても隠すだろう。

「って、いるわけないですよねっ」

凪は舌をぺろっと出すが、皆の反応を見ているに違いない。真珠も注意深く観察したが、怪しい者はいなかった。

「歳とか性別とか名前とか、知ってる人はいませんか？」

真珠が聞くと、餝が答えた。

「うーん、それは聞いてなかったなぁ」

餝は撮影前に宍子と食事をしたそうで、第二子がいることを知っていた。

「二人目の旦那は映写技師だったそうよ。彼が子どもを欲しがったから、養子を貰ったって」

「その人とも別れたってことですよね？」

「夫婦円満だったらしいんだけど、監督が映画の準備に入るために日本に戻ってきて、別居になってから上手くいかなくなったみたい。で、五年前にＱＵＩＥＴの社長と出会って、その旦那と離婚したって。子どもはドイツの彼のところに置いてきたそうよ」

「別居が原因なんて嘘だろうな。映画のために億万長者を手玉に取ったのは見え見えだ」

光井が缶ビールを飲みながらぼやいた。灾子の常軌を逸した映画への執念を考えると、その推察に納得せざるを得ない。真珠がメモをとっていると、ふいに颪が声を上げた。

「手枷のアルファベット……その子の名前なんじゃない？」

「そうだ。絶対そうだ！」

真珠は立ち上がる。颪は匣へ飛び出すと、真下の皿に向けて大声を出した。

「芽舞さん！　灾子さんの二人目の子の名前を知ってますか⁉」

「知らないけど」

素っ気ない言葉が返ってくる。ガッカリする颪を、豺が鼻で笑った。

「そんな簡単にわかるなら、パスワードにするわけないだろうが」

「歳とか性別もわかりませんか？」颪が芽舞に聞くと、「ごめんなさい」と返ってくる。

「何も知らないの。昨日も言ったけど、私と監督は親子という関係を捨てたから」

五歳で別れてから連絡も取っていなかったのだから無理もないし、彼女にしてみれば、捨てたというより捨てられたのだ。実の母を監督と呼ぶ芽舞に、真珠は寂しさを覚えた。

颪は図書室に戻り、再び自伝を開く。

「でも、Ｑはどうして手枷をパスワード式にしたのかな……」

真珠がぼそりと言うと、颪に聞き返された。

「どうしてって、どうゆうこと？」

「だって、芽舞さんを引き上げられないようにするなら、開けられない手枷にすればよくない？

しかもご丁寧に、forってヒントまでくれてるし」

「確かに……！」

「ゲームっぽくしたかったとか？　ほら、この状況自体を映画だと言ってるくらいだから」

瑠夏が話に入ってくると、豺が答えた。

「だとしたら、わかるはずのない名前にするのはアンフェアだな」

「灾子さんの憧れていた人とか、関わりの深い人とか、誰か知ってる人はいませんか？」

颪が聞くも、思い当たる人がいる者はいないようだ。

「力を合わせて調べましょう」

颪は灾子の関連本を引き抜いて皆に配り始めた。

「てか、刑事さんに調べてもらったら？」

瑠夏が言い、「あ」と颪の動きが止まる。

「確かに！　てゆうか、二人目の子どもの名前も調べてもらえばいいじゃないですか！」

颪が豺に頼もうとすると、「もう調べてるに決まってるだろ」と冷たい声が返ってきた。

「だが期待しない方がいいぞ。警察が調べてわかることを、パスワードにするわけがないからな」

「どっちなんですか？」真珠は聞く。「わかるはずのない名前にするわけがなくて、警察がわかる名前にもするわけがない、なんて」

「面倒だよねぇ」颪がぼやき、豺が続ける。

「名探偵の閃きで、ようやくわかる。って感じの名前ってことだろうな」

真珠は溜息と共に頷いた。本格ミステリって、ややこしい。

16

「なんでもいいんです。宍子さんが好きだった人とか、お世話になった人とか、いませんか？」

凪は真珠と回廊に下りて、芽舞の手枷をいじりながら聞いた。

百合園恵や芽舞の父親、祖父母、宍子の旦那などの名前にしてみたが、開かない。

芽舞が幼い頃に宍子に勧められた映画監督の名を挙げていくと、真珠が凪に代わり、ひたすらその名を試した。だが手枷は開かない。

「凪ちゃん、みんなでトイレに行くね。そろそろ夕飯にしよ」

上から瑠夏の声がして、「はぁい」と凪は返事をする。時計を見ると十八時を過ぎていた。

「あとちょっとだけ！　宍子さんに甥《おい》っ子姪《めい》っ子はいませんか？」

凪は粘る。芽舞はぼそりと言った。

「あなたも知ってると思うけど、春磨《はるま》さんに夏妃《なつき》さんに秋羅《あきら》さんに白雪《しらゆき》さん」

「あ」凪は固まって「オゥ、ノォ」と頭を抱えた。

芽舞があの人たちの従姉妹だったことを忘れていた。

「芭覇伯父《おじ》さんの方もいるけど、必要？」

凪は頷く。ダメ元で彼らの名前にしてみるがやはり無駄だった。

手応えがないと余計に疲れる。けれど病は気から。ポジティブ思考を忘れてはいけない。

隠し通路も見つけたし、さっきは麗のおかげで大きな謎が一つ解けたのだ。確実にQを追い詰めている。

おばあちゃんが見守ってくれている。頑張れ私。負けるな凪。自分を奮い立たせて立ち上がる。

「じゃ、私たちもご飯にしま——」

と言いかけて鼻を上に向けた。

臭い。強烈なガソリン臭がする。

凪はすぐさま駆け出し、上へ行こうとして立ち止まる。

急階段の上部が燃えていた。

「火事⁉」

真珠が叫び、凪は数段駆け上がる。煙とガソリンの匂いが充満し、火が大きく燃え上がる。

「瑠夏君‼　階段が燃えてる‼」

「え⁉」

その反応は遠く、くぐもっている。瑠夏もトイレに入っているのだろう。

「⑫の部屋に消火器があったはず‼　火を消せる⁉」

「あぁ‼」すぐに瑠夏の声が聞こえた。「ダメだ‼　匣に出れない‼　ドアが閉まってる‼」

「え……？」

凪は振り向く。背後にいた真珠と目を合わせた瞬間、芽舞の声がした。

「ちょっと！　匣が降りてきた‼」

ハッとして駆け下り、壁の皿を覗き込む。だが天井は見えない。

「助けて……潰される‼　殺される‼」

芽舞が怯《おび》え、颪は上へ叫ぶ。

「匣にいる人はいませんか⁉　誰かボタンを押して止めて下さい‼」

「出れねぇよ‼」

遠くで叫ぶ光井の声。他の皆も同じことを叫ぶ。

「そんな……じゃあ誰がボタンを……」

背後で真珠が震えた声を出す。

「嘘だ……誰かが匣にいるんだ……Qが……」

颪は階段へ戻る。そうこうしている間に、炎はどんどん大きくなっていく。上に行けば操作盤がある。駆け抜けるしかない。颪はタオルを出して口に押し込む。

「待って‼　あそこに飛び込むなんて無茶だよ‼」

止めてくる真珠の手を振り払う。ペットボトルを出して頭から水を被ると、豺が言った。

「落ち着け颪。まだ時間はある。ボックスシーツを濡らしてもらうんだ」

「シーツ？　そんなものあるわけないじゃないですか‼」

「上だ、部屋にいる奴らに頼むんだよ！」

「部屋？　そんなのどうやって――」

颪は見上げて目を見開いた。天井に、皿があった。

「誰か‼　シーツを濡らしてベッドの下の皿から落として下さい‼」

「わかった!!」皆の声が聞こえる。

「無理!!　間に合わないわよ……!!」

芽舞の怯えた声がして、颪は叫ぶ。

「芽舞さんはできる限り伏せてて!!　絶対に助けますから!!」

颪はプウを肩から外し、トレンチコートを脱いで真珠に渡す。

「いやダメだ、僕が行くよ！」

真珠は突き返してくるが、颪はおもいきり押し付けた。

「大丈夫だから！　お願いだからこれを!!」

ベリベリッと鉄板を剝がす音が響く。

「落とすよ!!」

静谷の声がした。彼の部屋の真下へ走ると、天井の皿からシーツが下りてきた。細く潰して押し込んでいるので、すぐには落ちてこない。

「静谷さんがんばって!!」

ぼたぼたと水が滴り落ちてきて、濡れながら声を上げ続ける。やっとのことで受け取ると、颪は眼鏡を外して真珠に託し、びしょ濡れのシーツを頭から被った。

「気をつけて……!!」

真珠の言葉を受けながら駆け上がり、炎の手前で立ち止まる。

「あと二十秒ってところだ。行ってこい颪！」

豺の声を背に受け、手で鼻を塞ぐ。おもいっきりタオルを嚙むと、燃え盛る炎の中へ飛び込んだ。

熱さよりも煙の方が辛い。吸い込んだら死ぬ。立ち止まっても死ぬ。足を踏み外しても死ぬ。絶対死なない！　絶対殺させない！　上る!!　止める!!　生きる!!　それだけを念じ、急階段を上っていく。スカッと足が空を切り、上に着いたことに気付く。そのまま部屋に転がり込み、シーツを脱ぎ捨てる。立ち上がれない。まずい。予想以上に煙が酷い。リミットまであと十秒もない。

「助けて!!」

芽舞の叫びが聞こえる。助ける。絶対助ける!!　無我夢中で操作盤に摑まり、手探りで盤面を探る。五つ並んだ凸ボタン、その右端をおもいっきり叩く。

静寂。

一瞬が、永遠に感じられる。

「止まった……!!」

芽舞の小さな声が聞こえ、凪は倒れ込みそうになる。が、まだだ。火を消さないといけない。這ったまま壁際にある消火器を手に取り、階段へ戻る。ホースを摑んで炎へ向け、レバーをギュッと握る。

出ない。消火剤が出ない！　残りがもう無い？　いや違う。手に力が入らないのだ。やばい。意識が飛びそうだ。そんな、こんなところで、私は……。

瞬間、熱い何かが手に触れた。誰かに摑まれた。

シーツにくるまったお化け……じゃない。

それは救世主。探偵の助手だった。

17

ダクトが音を立てている。自動で作動し、物凄い勢いで煙を吸い上げている。

炎が鎮火して、真珠は床に倒れ込んだ。

隣に倒れている颪の横顔がぴくりと動く。

「よく、来たね……」

「瑠夏君がシーツを落としてくれたから……颪ちゃんドジだし、こんなこともあろうかと……ね」

「酷《ひど》っ」

颪は煤《すす》だらけの顔で歯を見せた。

「冗談だよ。颪ちゃん、本当にカッコ良かった」

「真珠君も。ありがとう」

「こちらこそだよ」

お礼を言い合っていると、下から声が聞こえた。

「おい！　どうなったんだ⁉」

豺だ。眼鏡を下に置いてきたことを忘れていた。皆からも心配の声が上がり、大丈夫だと伝える。

颪と一緒に起き上がり、消火剤まみれの階段を下りる。皿を覗くと、芽舞の頭上ぎりぎりで匣は止まっていた。あと数秒遅ければ、左腕が引き千切られていただろう。

「ありがとう……」

芽舞は真っ青な顔のまま頭を下げた。

「匣を上げよう」

真珠が言うと、凧はこくりと頷いた。その顔に緊張が覗く。

匣にQがいるのだ。真珠の手にも嫌な汗が滲む。

一緒に階段を駆け上がり、B2のボタンを押す。

匣がゆっくり上がってくる。凧はプウから折り畳みの警棒を出して、伸ばしながら開口部の前に立った。真珠は消火器を持ち、その隣に立つ。

ケンカはもちろん、人を殴ったことすらない。手に力を込めて、震えを押さえ込む。

匣が上がってきた。この部屋にドアは無いので、序々に中が見えてくる。ごくりと唾を飲む。匣の中が見渡せるようになり、真珠は凧と目を見合わせた。

自分の息遣いだけが虚しく響く。

そこには誰もいなかった。スライドドアは全て閉まっている。

匣がB2に到着し、凧は何も言わずに部屋を出る。

「なんで……」

真珠は声を漏らしながら凧に続く。十一のドアが一斉に開くと、皆が出てきた。

静谷、光井、瑠夏、剣、飾、麗。一様に、疑念と安堵が混ざった顔をしている。

「本当に、良かった……」

静谷は涙目で奈落を覗き込んだ。彼の熱さが垣間見え、真珠も泣きそうになった。

「ちょっと顔を洗ってきます。ここから動かないで下さいね」

颪が自室のバスルームへ入っていき、真珠も部屋へ向かう。急いで顔を洗い、うがいをして戻ると光井が言った。

「芽舞ちゃんを殺そうとしたQが、この中にいるってことなんだよな……？」

「いや、でも、どうやって……」飾が呟く。

他は誰も喋らない。疑心暗鬼な空気だけが溜まっていく。と、颪が顔を拭きながら戻ってきた。

「ちょっと失礼します」

静谷の手に鼻を近付け、くんくん嗅ぎ始める。「ダメだ、煙の匂いが強すぎて……」と首を傾げ、ティッシュで洟《はな》をかみ始める。すると豺が言った。

「颪。あれを使え」

「煙の匂いを取る秘密道具なんてないですけど」

颪が答えると、豺が嘲るように言う。

「阿呆が。とっておきの秘密道具がその豚面《づら》のど真ん中に付いてるだろうが」

「あ」

「もしかして、覚醒⁉」

真珠は声を上げた。

「覚醒？」飾が聞き返し、豺が答える。

「こいつは眼鏡を外して視力を失うと、バケモン並みの鼻になるんだ」

「はぁ……？」

飾は素っ頓狂な声を上げた。光井と静谷も、まさかという顔をしている。

「そっか、三人は鬼人館の小説を読んでいないんですもんね」

真珠が言うと、凮が眼鏡を外して渡してきた。それを掛けてみて、度の強さにくらっとくる。

右のレンズをスワイプして度数を最低まで下げると伊達《だて》メガネのようになった。

眼鏡を外した凮は、操作盤のB3ボタンを嗅ぎ、再び静谷の手に鼻を付ける。

「いや、本で読んだけど、あれはフィクションだろ……？」

剣が言う。真珠も同じ気持ちだった。

こんなことまで本当だったなんて。まるでヒーロー映画を観ているようだ。

凮は静谷の爪や袖口にまで鼻を付け、光井の手に移る。それから麗、飾、剣。最後に「ごめんね、一応」と前置きし、瑠夏の手も嗅いだ。

「どうなんだ？」

光井が聞くが、凮は何も答えないまま静谷の部屋へ入っていく。真珠も後を追うと、中は水で濡れていた。急いでシーツをバスルームで濡らし、床の皿に押し込んだのだから当然だ。

凮はバスルームのドアの取っ手に鼻を付け、手洗いの水栓まで嗅いでいる。それが済むと光井の部屋へ移り、順々に皆の部屋を嗅いでいく。

光井の部屋も剣の部屋も、濡らしたシーツを床の皿に押し込んでいる状態だった。飾は皿を塞いでいた鉄板を剝がせなかったようだが、シーツが床を濡らしていた。

全員の部屋に奮闘した痕跡がある。けれど最後に入った麗の部屋だけは、シーツがベッドに掛かったままだった。麗は先に鉄板を外そうとして、早々に無理だと悟ったらしい。

ベッドの下を覗いた颪が「ん」と声を出した。うつ伏せになって潜り込んでいく。真珠が覗き込むと、颪は奥に手を伸ばして棒のような物を掴んだ。そのまま後退し、のそのそと出てくる。

「これ、なに？」

「あ、これは一脚だよ」真珠は言った。「カメラを立てる三脚あるでしょ、あれの一本バージョンだよ。カメラをガチッと固定させずに、ゆるーく揺らぎを演出したい時とかに使うんだ」

説明しながら伸ばしてみせる。五十センチほどだったものが、颪の背丈ほどの高さになる。

皆が部屋の外に集まってきた。ベッドの下にあったことを伝えると、「私、知らないわよ」と麗は言った。皆も知らないと答える。倉庫にしまってあったものだそうだ。

颪は何かを閃いたのか、⑫の部屋側の壁に近寄り、皿を塞いでいる鉄板を剝がし始めた。粘着が強く、やはり女性の力じゃ難しいようだ。真珠と瑠夏が引き剝がすと、颪は皿に一脚を突っ込んだ。

「あっ」

真珠は思わず声を上げる。一脚の先が操作盤のボタンに触れていた。

これで、部屋に居ながら匣を動かすことができる。

真珠は麗を見た。皆も同じことを思ったのだろう。冷ややかな視線が集中している。

「え？　は？　だから知らないわよ私は！　そんな棒なんて！」

麗は慌てて否定する。颪は何も言わずに剝がした鉄板を嗅いでいた。静かにそれを置き、一脚に鼻を付ける。それから麗の手に顔を近付け、食い入るように見つめた。

「ちょっと、何？」

嫌がる麗の手を、颪は摑んで離さない。すると豺が言った。

「颪、どっかにあれがないか？」

「あれ？」と反応したのは真珠だ。

「ちょっとごめんなさい」颪は麗を部屋の外に押し出してカーテンを閉めた。部屋を見回し、麗の鞄を開けて漁り出す。と、何かを摑んで出した。

「ありました」

それはシール剝がし液の小瓶だった。ご丁寧に小さな刷毛《はけ》がゴムで留まっている。颪はその匂いをくんくん嗅いで、プウにしまう。何も言わないまま匣に出て、⑫の部屋へ入った。

「そっか……」と呟き、操作盤のB3ボタンを嗅ぐ。それからまた静谷の部屋へ向かい、スライドドアの側面、閉まった時に壁に接する部分を嗅ぎ始めた。

何をやっているのか。真珠にはさっぱりわからない。真剣な様子なので声もかけられない。

颪は全てのドアを嗅いで回ると、皆を見て言った。

「夜ご飯にしましょう」


水や食べ物は余るほど用意されていた。長期保存可能なご飯とおかずを温め、皆で食べ始める。

真珠は箸を取らずに、颪に連れられてB2へ下りた。⑫の部屋から芽舞に食べ物を落としてから、自室のバスルームへ向かう。共に体は煤まみれだった。

熱いシャワーを浴びて匣に戻ると、すぐに颪も出てきた。瑠璃色のトレンチコートを羽織り、ターバンのようにタオルを巻いている。

「ご飯、もうちょっと後でもいい?」と聞かれ、「もちろん」と頷く。すると凪は匣を上げて駱駝室に入った。奥のドアの鍵を開けて倉庫へ下り、発電機の横にある携行缶を開ける。

「このガソリンが使われたのは間違いないですね」

なみなみと入ったガソリンを見て凪が言う。

「盗むのは、抜け穴を探していた時しかない……あの時倉庫を調べたのは真珠君たちだよね?」

「うん……。飾さん、光井さん、静谷さんとだよ。誰かが僕の目を盗んで取ったのかな……」

凪は撮影機材を眺め、三脚の横に一脚を置いた。真珠は首を傾げて凪に聞く。

「それも同時に盗んだってことだよね? ガソリンは小さい容器に移せるけど、一脚なんて隠し持つことできるかなぁ」

「真珠君、その時なんか気になることはなかった?」

「あ、そういえばあの時、飾さんが色んな推理を披露してきたんだ。僕はそれに気を取られてたかもしれない。その隙ならガソリンを——」真珠はそこまで言ってハッとする。「え、待って。ってことは、光井さんが……!」

「どうして?」

「だって、飾さんは盗むことができないでしょ、それに濡らしたシーツを誰より早く落としてくれたのは静谷さんだから」

良い閃きだと思ったが、豺に否定された。

「そう決めつけるのは尚早だな」

「え?」

「もし静谷が犯人だとしたら、自分がやらずとも誰かがシーツを落とすことになると思うはず。だったら犯人候補から外れるために、誰より早く頑張ろうとするだろう」

「あぁ……そんなこともあるのか……」

真珠が視線を落とすと、颪が言った。

「性格が良すぎるんだよ、真珠君は」

「いや、でも、じゃあQは光井さんか静谷さんってことだよね？」

「そうとは限らない」

豺が言い、颪はこくりと頷く。全然二人の推理に付いていけず、真珠は唇を嚙んだ。

その様子を見られたのか、豺が言う。

「まぁ俺も、わからないことだらけだ。颪、匂いで判明したことを共有しろ」

颪は階段をゆっくり上がりながら話し出す。

「麗さんの鞄から出てきた刷毛からは剝がし液のシンナー臭がしましたけど、壁の鉄板からはしませんでした。それから匣の操作盤も、⑫の部屋の操作盤も、B3ボタンからは何も匂いませんでした。皆の手も、バスルームのドアの取っ手も、一脚も同じです。けど、光井さんの部屋のスライドドアの側面だけ、ガソリンの匂いがしました」

「え、じゃあやっぱり、光井さんがQ……!?」

真珠は驚くが、颪は煮え切らない顔をしている。

「ううん、どうでしょうか……」

続きの言葉を待ったが、颪は何かを考えながら黙り込んだ。豺も何かに気付いているようだが、教えてもらえなかった。

食堂に戻ると、皆はぐったりしていた。

光井と静谷はテーブルに突っ伏し、麗はタロットカードを片手に舟を漕《こ》いでいる。飾は床でヨガをやりながら目を閉じているが、おそらく眠っている。剣に至っては堂々と床に寝ている。瑠夏だけが皆を見張るために、ガムを噛んで気を張っていた。

「犯人、見つけられました?」

目を覚ました麗に、真珠は聞いた。

「全然ダメ。見事に全員不吉なカードが出ちゃったから」

麗がはにかむと、凪は笑った。

「みんなが犯人なんてありえないですもんね。ま、当たらないですよ占いは」

「当たってるだろ。おまえらが今いるのは、間違いなく世界で一番不吉な場所だ」

すかざす豺が言い、凪の顔が引き攣った。会話を聞いていたのか、飾が咳《せ》き込み、静谷が顔を上げた。

「ほんっと、性格悪いですよね」

凪は文句を言いながら真珠にご飯を渡してくれる。食欲は無かったが、食べ始めるとお腹が減った。そして空腹が満たされていくのに比例して、眠気が襲ってくる。

凪も同じようだ。「まだ九時前なのに……」と言いながら大きなあくびをする。そのあくびが、飾に、静谷に伝播《でんぱ》していく。

「ねぇ。睡眠薬が食べ物に混入されてるってことはないよね？」

飾が立ち上がり、真珠は箸を止めた。

「ないと思います。穴子さんが言ってましたから。〈食料と水には何もしていないから安心して〉って」

凪はご飯を頬張る。剣がむくりと起き上がり、ぼそりと言った。

「食料と水、には……」

真珠の箸が止まる。凪は顔をフリーズさせた。

「他になんか、あるっていうの？」

飾が聞くと、凪は黙ったまま天井付近を見上げる。

「あのダクト……あそこから催眠ガスが出てるとしたら……！」

「え！」

真珠が声を上げ、光井がハッとする。彼もいつのまにか起きていたようだ。

「豺さん、そういう催眠ガスって存在しますか？」

凪が聞くと、豺は即答した。

「よく映画なんかに出てくる、瞬時に人間を眠らせるようなものはフィクションだ。が、少しずつ睡眠に誘導していく、麻酔作用のあるものなら存在するだろうな」

「少しずつ……」

凪が視線を落とし、真珠は言う。

「今日もみんな昼過ぎまで寝ちゃってたし……疲れと一緒にそれが蓄積してるのかも……」

「だいぶありえますね。昨日は疲れもあったけど、こんなに酷くなかったし」

「マジかよ……」

光井が頭を掻きむしり、皆が顔を見合わせる。と、凩はぷくっと頰を膨らませた。

「何してるの？」

凩は口を開けずにもごもご言う。息を止めてるんです、と聞こえて真珠は吹いた。

「意味ない意味ない！」

飾がつっこみ、笑いが起きる。

「では。今日は意味のある対策をしてから寝ましょう。部屋の皿を塞いでいる鉄板を外すんです」

凩が張り切った声を出し、皆が「え？」と口を揃えた。

「Qに負けないために、この館の特性をこっちも利用するんです。皿が開いていれば、Qも動きにくくなります。目には目をです。百々目館だけに」

大丈夫だろうか。真珠が言葉を返せないでいると、豺が言う。

「泣きたくなるほどつまんねぇが、ポークストロガノフ野郎にしては名案だな」

凩はつっこみもせずへヘッと鼻を掻き、プウからシールの剝がし液を出した。

「あ！　それ私の、盗まれたやつ！」

飾が声を上げ、凩が「あ」と声を漏らす。

「えーと、実はさっき、一脚と一緒に麗さんの部屋から出てきたんです」

凩が正直に言うと、皆が一斉に麗を見た。

「え？　私の部屋？　いや、知らない、それも知らないから！」

「もう言い訳できないわよ」

飾が尖った視線を麗に向ける。そこに颪が割って入った。

「あの時、全員がバスルームに入ったんです。麗さんの部屋に入ることは誰にでも可能ですよ」

飾が口籠り、颪は立ち上がった。

「じゃ、鉄板を外しにいきましょうか」

「でもそれって、襲われる危険も増えるってことだろ?」剣が言った。「隣にQがいたらたまったもんじゃないだろ」

「あ。確かに……」

颪は頭を抱える。そんなことも考えていなかったのか！　と真珠はつっこめない。

すると豺が援護した。

「Qに対抗するには、向こうの予測を裏切る必要がある。攻撃は最大の防御だ。やってみる価値はあるだろう」

「諸刃の剣《つるぎ》ってことだよね……」

真珠が呟くと、颪が首を傾げた。

「もろは？　何それ」

真珠も頭を抱える。説明しようとすると、豺に遮られた。

「諸刃にはならないかもしれないぞ。ちょうど全員、部屋が隣り合ってないからな」

真珠は間取り図を思い出す。颪がまた談話室で寝るのなら、⑥の部屋は空く。⑨の薩摩はいないし、⑫は元々部屋じゃない。そして③にいた芽舞は落とされてしまった。

「ほんとだ！」

諸刃の意味を知らないはずの颪が声を上げた。

各部屋の開口部に設えたカーテンを取り外し、鉄板を剝がしていく。

颪の部屋の両側だけはセメントが塗られていたので、剣と光井と瑠夏が工具を駆使して削っていった。颪は瑠夏に頼み、それらの工具を盗《と》られることがないよう見張ってもらう。

真珠は颪と飾と静谷と共に、剝がし液を使って他の部屋の鉄板を外していった。麗は手を動かさず、自室で休んでいてもらう。

最後に彼女の部屋へ入ると、颪はさっき剝がした鉄板を手に取った。

「ここは隣に誰もいませんし、逆に塞いでおきましょう」

剝がすことに反対していた麗は喜んだ。飾が鉄板を受け取り、⑫の部屋側に貼り直す。

真珠はあることに気付き、部屋を出ていく颪を追って耳打ちした。

「ねぇ、芽舞さんが落とされた夜、麗さんなら匣を動かすことができたんじゃない？」

一脚を使えば、⑫の部屋の操作盤を押すことができることに気付いたのだ。

「すごい。真珠君どんどん成長していくね。でもあの時は一脚なんて無かったはず。他に棒の類も無かったし」

確かにその通りだ。真珠は意気消沈して水を飲む。

「剝がれたぞー」

剣が颪の部屋から出てきた。光井と一枚ずつ鉄板を持ち、瑠夏が颪のスーツケースを引いて出てくる。「工具はこの中に戻しといたから」と言う瑠夏に、凪はお礼を言う。

部屋の壁には削られたセメントの跡が残っており、鉄板を剝がす苦労が伝わってきた。

「皆さんおつかれさまでした！　じゃあ休みましょうか。私はまた匣を上げて談話室で寝ますね」

凪が寝る準備を始めると、静谷が不安げに言った。

「ほんとに大丈夫なの？」

「万全を期して、今日は談話室の鉄扉を開けっぱなしにして、眼鏡を匣に向けて寝ます。なにかあれば犲さんと警察が気付いてくれますし、鉄扉は外開きなので絶対に匣を降ろせませんから」

「なるほど！」真珠が手を叩き、「スッポンにしては名案だな」犲も素直に褒めた。

皆も賛成し、凪はバスルームへ向かう。と、今度は光井が止めた。

「ちょっと待て。凪ちゃんがQじゃないって信じちまってるけど、大丈夫なのか？」

「え、そんな、大丈夫に決まってるじゃないですか！」

凪は大声で否定する。

「悪いけどさ、昨日芽舞ちゃんを襲うことができたのは、普通に考えると君だけだろ」

「いや、でも私の視界はずっと犲さんが見ているじゃないですか。私には不可能ですよ！」

すると犲が言った。

「いや、昨日こいつは壁に眼鏡を向けて置いて寝やがった。そのまま寝ていると思わせて、談話室を抜け出すことは、不可能じゃない」

「おぉおおい！　誰の味方なんですか!!」

「誰の味方でもない。客観的に推理しているだけのことだ」

颪は口を尖らせる。と、豺が続けた。

「ま、今日は瑠夏が上で寝ればいい。確実にアリバイがあるからな」

「ですね。瑠夏君なら信用できます。って、なら私にだってアリバイはありますよ！」

颪がノリつっこみを繰り広げると、瑠夏が言った。

「いいよ、俺が上で寝るから」

「あ、待って、それなら僕が――」

真珠も名乗り出ると、瑠夏は寂しげな目で真珠を見た。

「俺も役に立ちたいんだよね」

真珠はさっき命懸けで火を消したので、自分も頑張りたい。そう訴えてくるような目だ。

颪もそれを感じ取ったのか、「じゃあお願いします」と頭を下げた。

瑠夏がシャワーを浴びに行き、皆でそれを待つことにする。

ふいに剣が言った。

「あれ？　颪ちゃんが部屋で寝るなら、俺の隣だけど」

「あ、そうでしたね。不安ですか？　だったら私、瑠夏君の部屋で寝ますけど」

颪がそう言うと、剣は男気を見せる。

「わざわざ大丈夫だよ。俺は信じてるから」

「ですよね。むしろ気を付けなきゃなのは私の方です。これがほんとの諸刃の剣。剣さんだけに」

「つまらなすぎて泣けてくるな」

豺がつっこみ、ささやかな笑いが起きた。

18

皆が部屋に入るのを見届けると、颪は瑠夏に丸眼鏡を渡して自室に入った。

瑠夏はそれを掛けて度を調節し、ビシッと敬礼をして見せた。眼鏡を外したのでその顔は全然見えないが、きっと頼もしい顔をしているのだろう。

瑠夏がボタンを押し、スライドドアが閉まる。匣が上がっていくのを見届けると、ベッドに座って黒縁眼鏡を掛けた。

皆がシャワーを浴び終え、徐々に静かになっていく。開口部の向こうに見えていた明かりもぽつぽつ消えていく。全員が消灯したようなので、颪は電気を消してLEDライトを点けた。まだ眠るつもりはない。プウから『百々目館の殺人』を出して読み始める。

小説のトリックは今回の殺人には当てはまらないだろうが、何かヒントになることがないだろうかと、斜め読みをしていく。と、ある一文が目に留まった。

『目覚めると鎖で体をぐるぐる巻きにされていた。その両端が床の穴に繋がれていて、身動きが取れない。どうにか手を出せないか試みる。とその時、天井が降りてきた。そこは奈落だったのだ』

颪はハッとして、開口部から奈落を見下ろした。

下を調べた時に、何も無かったことを思い出す。

おかしい。小説では床の中心に、鎖を繋げられる小さな穴があるのに、それが無かったのだ。どうしてだろう。埋められた跡があれば気付いていたはずなのに。

「豺さん、これを見てどう思いますか？」

小説に目を落とすが返事は無い。もう一度声を掛けようとして、颪は頭を抱えた。

「眼鏡、瑠夏君に渡したんだった……」

床に跡すら無いということは、灾子が中心の穴を埋め、バレないようにコンクリを塗り直したのかもしれない。

なんのために……？　灾子が死ぬ間際に、中心へ這っていったことに関係しているのだろうか。

暫く考えるがわからない。謎が、ただただ嫌な予感へと変わっていく。

部屋で寝ることにしたけど、本当に大丈夫だろうか。何か他にできることはないだろうか。

そわそわしながらページを捲っていく。巻末に載っている他のタイトルを見て、閃いた。

「のっぺら館の殺人……」

それは豪雪地帯に建つ真っ白な館が舞台で、足跡が鍵となるミステリだ。

何か、雪の代わりになるものを匣に撒《ま》けば、もしQが出て来た時に足跡が残る。消そうとしても不自然になるだけなので、正体を突き止められる。Qがそれに気付けば犯行もやめるだろう。

問題は、瑠夏に匣を降ろしてもらう方法だ。Qを突き止めるために、できれば気付かれずに仕掛けたいので大声は出せない。どうにかしてこっそり瑠夏を呼ぶ方法はないだろうか。

無い。Qに気付かれてもしかたないか……。上に向かって声を上げようとした時、天井に罒が見えた。真上はちょうど、瑠夏がいる談話室だ。

リュックからパインアメを出して、投げる。外れる。食べる。投げる。外れる。食べる。それを何度か繰り返していると、バリバリッと音がした。瑠夏が気付いて、鉄板を剝がしてくれたのだ。瑠夏はすぐに匣で降りてきてくれた。B1へ上がりながら事情を話し、倉庫へ向かう。

何か撒くものはないだろうか。小麦粉があれば最高だと思っていたが、そんなものは無かった。砂糖や塩すら無い。

「あ、外に出れば砂だらけだよ！」

凪が閃くと、落ち着いた口調でつっこまれる。

「うん。出れたら生還だよね」

「あ、そうだった」

「おまえはもう生還しなくていい」

豺に言われ、凪は頰を膨らませる。

「あれ、いたんですね。寝てていいのに」

すると瑠夏が「これだ」と黒い何かを手に取った。照明が倒れないようにするために脚に置くウエイトだそうで、中に砂が詰まっていた。

「瑠夏君天才！」

すぐに匣に戻り、薄く砂を撒いていく。思っていたよりも重労働で時間がかかる。

「真珠君にも手伝ってもらおっか」

凪はそう言って匣をB2に降ろした。皆の部屋を覗き込むと、全員ぐっすり眠っているようだ。申し訳ない気もするが、真珠をそっと起こす。

真珠はしんどそうに目を擦ったが、事情を話すと笑顔で引き受けてくれた。

三人で黙々と砂を撒く。会話は一つも無い。

腰も足も痛む。体力は削られる一方だったが、床を覆っていく砂の一粒一粒を認識できるほど没頭していた。颪だけではなく、瑠夏も真珠も真剣だった。

これ以上被害者は出したくない。そんな想いで結束していたような気がする。

おかげで、僅か二十分ほどで匣の全面に撒き終えることができた。

「完璧だ……二人とも、ありがとう……！」

颪が晴れやかな顔で頭を下げると、豺が言った。

「どうせなら部屋にも撒けばいいだろ」

あっ、と颪は二人を見る。

「やろう」

瑠夏と真珠は爽やかに言った。

部屋には入らず、餉の部屋から時計回りでベッドの手前に撒いていく。最後に真珠がベッドに上がり、瑠夏が砂で足跡を消しながら匣の中心まで引き返した。

あとは颪が部屋に戻り、瑠夏が匣を上げて、颪と自分の足跡を消しながら談話室へ入れば完璧だ。

「おやすみなさい」

颪は瑠夏に手を振る。敬礼をする瑠夏は、やっぱり頼もしい顔をしていた。

ドアが閉まり、匣がゆっくり上がっていく。

身も心もくたくたでへろへろだった。

手を洗うことも忘れ、プウを抱きながら眠りに落ちた。

「……凪ちゃん……凪ちゃん……」

どこからともなく声が聞こえて、凪は目を覚ました。

頭が殴られたようにくらくらする。眠い。眠すぎる。無理矢理目をこじ開けて時計を見る。まだ四時半だ。

「凪ちゃん……！」

再び声がして、枕元のスイッチで電気を点ける。黒縁眼鏡を掛けて吹き抜けを覗くと、一箇所だけ明かりが灯《とも》っていた。⑧の部屋から真珠が呼んでいた。

「どうしたの……？」

真珠はベッドに膝を突きながら顎《あご》をクイッと上げ、首を見せてきた。

「起きたら、こんなのが……！」

凪はそれを凝視し、眉を寄せる。

真珠の首に、細いワイヤーが巻かれていた。

「鉄の輪が……外せないんだ……」

よく見ると顎の下に小さな球体が付いている。

「な、なにそれ……！」

「わかんない……」

ゾワッと全身に悪寒《おかん》が走る。Ｑが仕掛けたに違いない。

「そうだ、砂！　足跡は⁉」

「何も無いよ……」

真珠は静かに言った。

「え？」

凪は開口部に身を乗り出す。真珠のベッドの下は、確かにまっさらに見える。

「皆さん起きて下さい！　全員部屋にいますか⁉」

凪は大声を上げた。

最初に見えたのは静谷の顔だ。麗と飾も起きたようで、部屋の明かりが点いていく。西側の壁を見ると、皿の向こうに剣が見えた。奈落を見下ろすと芽舞もいる。

「な、なんだよこれは‼」叫び声が響く。「変なワイヤーが首に‼」

それは光井だった。真珠と全く同じように、首にワイヤーが巻かれている。

「光井さん、落ち着いて下さい！　他の皆さんは大丈夫ですか⁉」

「大丈夫だけど……」

飾が開口部に寄ってきて、凪はすかさず声を上げた。

「Qが動いた時に備えて床に砂を撒いたんです！　そこを踏まないようにして下さい！」

「え！　ほんとだ、もう踏んじゃったけど！」

「んなことより早く切ってくれよ！」

光井が叫び、落ち着くよう促す。

「そうだ！　ボルトカッターがある‼」

凪はプウからキーを出してキャリーケースの鍵穴に差し込む。と、その手が止まった。

ケースの上に、見知らぬ黒い小箱がある。

開けると、瑠夏に預けた丸眼鏡が入っていた。

「え……?」

どうしてだろうか。意味がわからない。声を掛けても豺は反応しない。

慌てて左のレンズに触れると、音量が最低になっていた。スワイプした途端、豺の声が響いた。

「どうなってる！　何があったんだ!!」

「こっちが聞きたいです！」

凪は状況を伝えながら眼鏡を掛け替え、キャリーケースからボルトカッターを出す。

「良かった……！」

それを見た真珠が声を上げた。だが匣を降ろさないと切りに行くことはできない。

「投げてくれ！」

光井が叫ぶが、それはかなり重い。

凪の部屋から二人の部屋は正反対の位置にあり、距離は同じ。六メートルほどはあるだろう。そこまで届くとは思えない。皿を通して剣に渡そうとしてみるが、それは全く通らない。

「誰か、棒とか持ってませんか⁉」真珠が言った。「麗さんの部屋からなら棒で操作盤を押して匣を降ろせるかも！」

「無理よ！　鉄板が貼られてるから！」

麗が大声で返す。凪も無理だと思う。一脚も倉庫にしまったのだ。

「瑠夏は何してるんだ、呼べないのか⁉」

「そうだ瑠夏君‼」

談話室にいることを忘れていた。大声で呼ぶが返事は無い。

「瑠夏君‼　起きて‼　匣を降ろして‼」

何度叫んでも反応は無い。颪は大声を上げながら天井の皿に小物を投げ付ける。

とその時、ピピッと電子音が聞こえた。瞬間、真珠が叫んだ。

「ワ、ワイヤーが‼」

「俺もだ‼　ワイヤーが‼」

颪は二人を見て息を呑んだ。

首元の小さな球体がワイヤーを巻き取り出したのだ。

このままだと首を絞められて殺される。

「た、助けて‼」「助けてくれ‼」

真珠と光井がパニックになりながらワイヤーと首の隙間に指を押し込む。だが巻き取りは止まらない。指にワイヤーが食い込んでいく。

どうしよう‼　颪までパニックになりかける。真珠と光井の悲鳴が思考を鈍らせる。

「ボルトカッターを投げるしかない‼」

豺が叫んだ。届くかわからないがやるしかない。颪はそれを握り締め、固まった。

どっちに……⁉

真珠と光井。その距離は同じで、二人を助けるのは不可能だ。

光井が叫ぶ。

「投げてくれ……!!」

真珠は真っ赤な目で凪を見た。

「嫌だ……死にたくない……」

凪は震え、手を動かすことができない。

「どっちでもいい！　二人とも死ぬぞ!!」

豺が叫ぶも、凪は動けない。

「苦しい……!!　頼む助けてくれ!!」

「凪ちゃん!!　お願い……!!」

二人の悲鳴が遠退《とおの》いていく。

ダメだ。どっちか一人を助けるなんて、私には無理……。

頭が、心が限界だ。卒倒しそうになった時、横から声がした。

「この距離なら届くだろ!!　俺に投げろ!!」

剣が開口部から身を乗り出し、手を伸ばしてくる。

何も考えられなかった。無我夢中でボルトカッターを投げる。剣はぎりぎりまで身を乗り出し、しっかりキャッチする。体勢を立て直してから、おもいきり振りかぶった。

それは吹き抜けを優に飛び越え、ガシャン！　と音を響かせる。

ベッドの下に落ち、手が伸びる。

カッターを拾ったのは真珠だった。

「苦しい……!!　やめろ……!!　やめてくれぇぇ……!!」

光井の悲鳴で凪は我に返る。

だが顔を向けることができない。ぎゅっと目を瞑《つぶ》ってしまう。

「うゔぁあああああぁぁぁぁぁ……」

断末魔の叫びが響いた。

それから数秒。

静けさが戻り、凪は床に手を突いたまま動けずにいた。

頭が、体が動かない。目も開けられない。

ゴン！　という衝撃音が空気を裂いた。凪は目を開けて上を見る。

匣が動き出した。ゆっくりと降りてくる。

「今更瑠夏が起きたのか……?」

豺の声が聞こえる。

今更……。その言葉に耳を塞ぎたくなる。

「凪ちゃん……」

か細い声が聞こえ、視線をずらす。

真珠がいた。

首から僅かに血を流しながら、ベッドの上にへたり込んでいた。

助かったのだ。けれど息はつけない。光井の部屋を見ることができない。

匣が降りてきて開口部を塞いでいく。

B2に着き、匣が動きを止める。スライドドアが開き、颪は前を見た。
そこには誰もいなかった。
瑠夏がいない。談話室でボタンを押した可能性もあるが、声がしないのはおかしい。
颪は立ち上がって匣に出る。すると豺が叫んだ。
「他の奴らはまだ動くなよ！　全員ベッドから下りるな！」
その冷静な指示で、颪は砂を撒いたことを思い出す。
Qが動いたなら、足跡が付いているはずなのだ。
ふぅと息を吐き、ゆっくり視線を下ろす。
「え……？」
砂を踏み荒らした跡が二本。
一つは、颪のいる⑥の部屋の前から、真っ直ぐ⑫の部屋へ続く足跡。
もう一つは、③の部屋と⑨の部屋を繋ぐ足跡。
十字架のようになった箇所以外は、綺麗に砂が撒かれたままだった。
そんなはずがない。
③と⑨と⑫の部屋には誰もおらず、残りの⑥は颪の部屋。
誰一人として、部屋を出た形跡が無かったのだ。

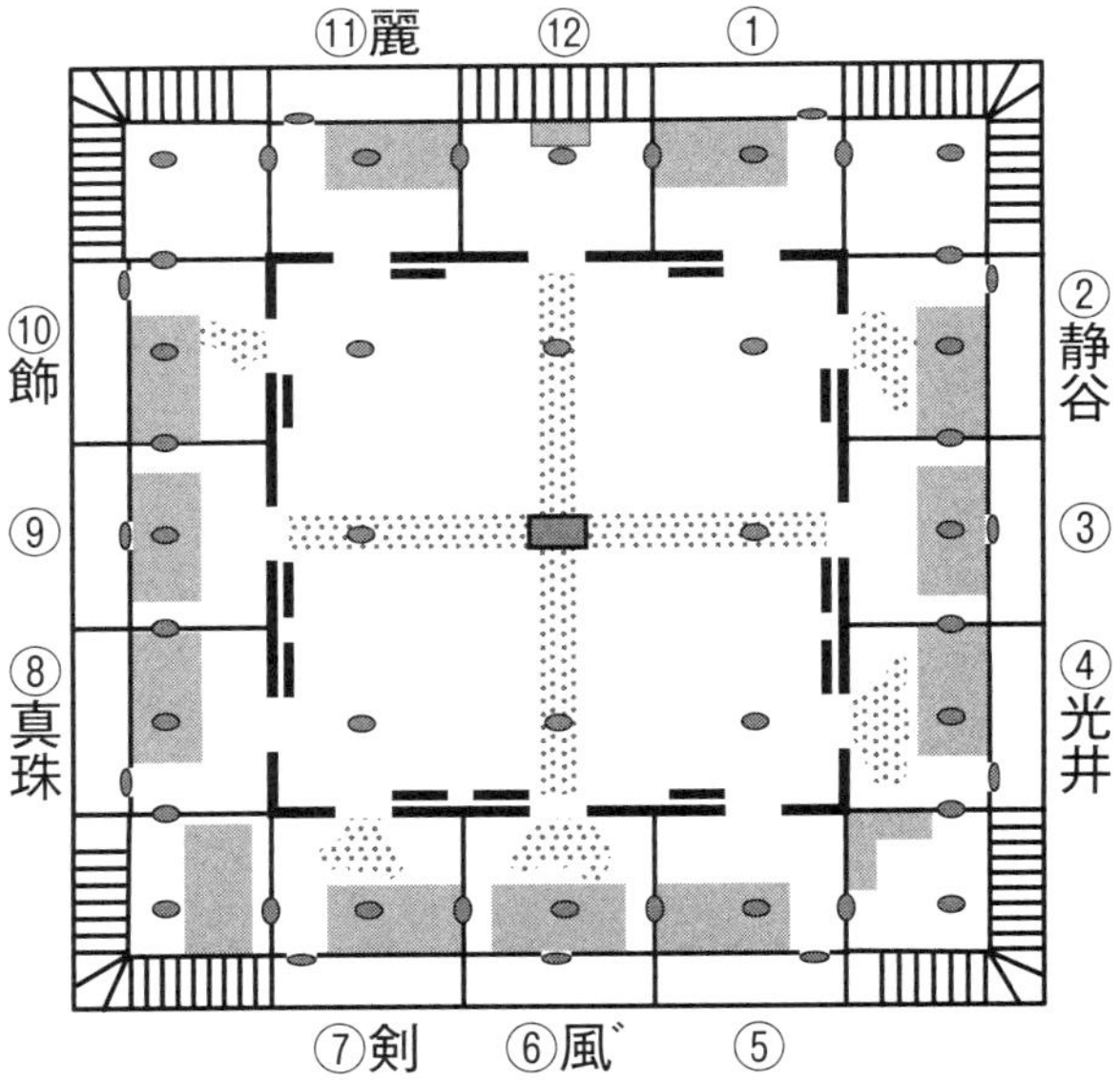
⑪麗
⑫
①
②静谷
③
④光井
⑤
⑥風゛
⑦剣
⑧真珠
⑨
⑩飾

19

真珠はベッドの上から動かずに颪の姿を追った。

まっさらな砂に足跡を付けながら、颪は光井の部屋を覗き込む。その動きが止まった。

愕然として声も出せないのだろう。背中が小刻みに震えている。

「颪ちゃん、気をしっかり持って」

声をかけると、ゆっくり振り向いた。その目は真っ赤だった。

「出ていいの⁉」

飾に急《せ》かされるが、颪はまだ言葉が出せないようだ。

「部屋の足跡を確認しますから！　待ってて下さい！」代わりに真珠が言った。「颪ちゃん、まずは僕の部屋に来て。足跡をちゃんと確認してほしい」

颪はゆっくり真珠の部屋に来て、床を見た。ボルトカッターが落ちた跡しか無いことを確認すると、真珠は部屋から出て颪の手を握った。

冷たい。血の気が引いた手が、彼女の心情を物語っている。

自分のせいで光井を死なせてしまったと思っているのだろう。

真珠はその手をぎゅっと握り、「颪ちゃんのせいじゃないよ」と囁いた。

二人で皆の部屋を見て回る。

剣の部屋は無数に足跡が付いていた。ボルトカッターを投げたので当然だ。

飾は起きてすぐに踏んでしまったようで、少しだけ付いていた。

静谷も同様だった。状況を見るために開口部に身を乗り出してしまったらしい。

麗の部屋はまっさらだった。完全に足跡が無いのは、真珠と麗の二人だけだ。
③と⑨、⑫の部屋には砂を撒いていないので、変わった様子は何も無い。が、⑫の部屋の操作盤の下に百々目鬼像が落ちていた。談話室に飾られていたものが、床の皿を塞ぐように転がっている。
凪はそれを手に取ると、何も言わずに床に戻した。

「凪、死体を見せろ」

豺が言い、再び光井の部屋へ向かう。真珠も続くと、「見ない方がいいです」と言われた。

真珠は首を横に振り、覚悟を決めて部屋を覗く。が、すぐに口を押さえて顔を背けた。

心臓がはち切れそうなほど鼓動する。胃の奥から込み上げてくるものを必死で押し留《とど》めると、鳥肌がぶわっと立った。匣に出て目を閉じるも、その光景が瞼の裏に焼き付いている。

ベッドの下に横たわる体。

ワイヤーが深くめり込んだ首。青紫の顔面。

おぞましいほどの苦悶の表情で、血走った両目が開いていた。

中途半端な使命感で覗き見たことを後悔する。

自分がこうなっていたかもしれないのだ。怖気《おぞけ》が足元から這い上ってきて、悪魔のような囁きが聞こえる。

おまえが助かったから、こうなったんだ。

震えながら屈み込むと、凪がそっと背中に触れてくれた。

皆も死体を覗いたようで、戦慄している。

「状況を教えて」

芽舞の声が聞こえると、飾が状況を説明した。突然静谷が口を押さえ、自室のトイレへ駆け込んでいく。すぐに嗚咽が聞こえてきた。

凪は壁際にへたり込む。

真珠もそばで呆然としていると、豺が言った。

「落ち込んでる場合じゃないだろうが」

凪はハッと立ち上がる。

「瑠夏君……！」

すぐにボタンを押し、匣を上げる。

B1に着くと、できるだけ足跡を踏まないように談話室へ向かった。

真珠もそれに続き、凪と共に恐る恐る鉄扉を開ける。

瑠夏はいなかった。マットレスの上で毛布がぐしゃぐしゃになっている。

「瑠夏君がいません。二組に分かれて捜しましょう」

匣に戻って凪が言うと、皆は視線を泳がせた。

「怖いんだけど……」麗がぼそりと呟き、飾が訝しげな顔を見せる。「そうよねぇ……」

その目を見てわかった。皆、瑠夏がQだと疑っているのだ。

あの状況で匣を動かすことができるのは、談話室で寝ていた瑠夏だけ。彼がQだと思われても無理は無い。

「わかりました。じゃあ皆さんは絶対にここを動かないで下さい」

凪は図書室へ駆け出し、真珠も一緒に鉄扉を開ける。

いない。隠し扉となっている書棚も鍵が掛かったままだ。下の電気室にもいない。食堂も食料庫も、駱駝室にもいない。

「鍵を掛けてるから、倉庫には入れないはずだけど」

凪はそう言いながらドアノブを回し、「えっ」と声を出した。

「何これ……ベタベタしてる」

ドアは開かない。鍵は掛かったままのようだが、ノブに透明の何かが塗られている。

「……ニス？」

真珠にもそれくらいはわかった。シンナーの匂いがして艶がある。どう見ても透明のニスだ。

「何のために……？」

凪はもう片方の手で鍵を差し込み、ドアを開けた。

その目は怯えている。真珠は凪の前に立ち、先に階段へ踏み出した。

何が待ち受けているのか、恐ろしい。祈るような気持ちで一歩ずつ下りていく。

下に着き、庫内を見回して息を吐く。

そこにも瑠夏はいなかった。

荒らされた様子も無い。少しだけほっとしながら上に戻り、凪はキッチンでニスを落とす。

「きゃあああ!!」

凪が悲鳴を上げて身を引いた。

「どうしたの!?」

駆け寄ると、蛇口から赤い水が出ている。

凪の顔から血の気が引いていく。

何を思ったのか、突如手も拭かずに駆け出した。真珠も後を追う。驚いている皆を横目に匣を駆け抜け、談話室へ入る。奥のドアに飛び込んで階段を下りていく。必死でその背中を追うと、凪は貯水槽の梯子を上がり、蓋を開けようとしていた。

真珠も勢いよく梯子に手を掛ける。瞬間、上から凪が落ちてきた。その体を受け止めて倒れ込む。

「凪ちゃん!! 大丈夫!?」

横に寝かせて肩を叩くと、目は開いていた。だが様子がおかしい。その目に生気は無く、虚空を見つめている。

真珠は梯子を駆け上り、貯水槽を覗き込む。

赤く染まった水に揺蕩《たゆた》う端整な肢体。

開かれた目は蠟《ろう》人形の如《ごと》く固まっている。

暗闇の中を彷徨《さまよ》うように、瑠夏が浮いていた。

20

気が付くと自室のベッドに寝ていた。

意識を失っていたわけではない。真珠に介抱され、剣がおぶってくれたことはわかっている。頭は動いている。けれど心が。意識が胸から離れ、遠いところを漂って戻ってこない。そんな感覚。

家族のように思っていた瑠夏が、死んでしまった。

なのに涙も出てこない。起き上がれない。体に力が入らない。

こんなことは初めてだった。

絶望とは、こういうことなんだと思った。

「金属探知機であんなに調べたでしょ？　どこに隠し持ってたの？」

匣から麗の声が聞こえてくる。

瑠夏の胸には刺創があり、底の方に折り畳みナイフが見えた。

「あの子は監督を崇拝してるようだったから……」

飾は、Qだった瑠夏が手詰まりになって自殺したのだと思っているようだ。

そんなことはありえない。自殺なんて、殺人なんてするはずがない。あの瑠夏君に限って。

怒鳴り付けてやりたいが、声を出せる気がしない。

そんな感情論は通用しないし、反論する気力も無い。

どれくらい経っただろうか。

天井を見上げながら皆の話を聞き流していると、真珠が入ってきた。

そっと、水を手元に置いてくれる。水滴が手の甲に垂れ落ちて、冷たいと思った。

「ありがとう」

すっと言葉を出せたのを見て、真珠は足元に腰掛けた。

「僕もお礼を言ってなかった。ありがとう」

返事をせずにいると、真珠は自分の首に触れた。ワイヤーが食い込んだ痕と、カッターで切れた傷が痛々しい。

「僕ね、小さい頃に母親が家を出ていったんだ。それで父子家庭で育ったんだけど、父親も子育てに全く興味が無い人でさ。仕事一筋で、お金には困らなかったんだけどね。で、今は中学生の妹と家を出て、二人で暮らしてるんだ」

真珠はそう言いながらお守りを出した。その妹の手作りなのだろう。『お兄ちゃんファイト！』という刺繍《ししゅう》が見える。勝手に王子様のようだと思い込んでいた自分が恥ずかしい。彼がそんなに苦労しているとは思わなかった。

「だから、絶対に死にたくなかった。死ねなかった。妹を守ってあげられるのは、僕だけだから」

真珠はお守りを握り締めている。その目から、涙が溢れていた。

「だから、こんなことになっちゃって、もちろん良かったなんて言えないんだけど、でも、ありがとう。凪ちゃん、助けてくれて本当にありがとう」

真珠の涙が、手の甲に当たった。

それでも、頷くことも、否定することもできない。

「とりあえず少し休んでね。みんなは僕が責任を持って見てるから」

黙ったまま洟をすすっていると、真珠は出ていった。

手の甲がじんわりと温かい。おかげで、手が動いた。プウからティッシュを出して洟をかむ。思ったより大きな音が出ると、豺が言った。

「ったく、とことん甘い助手だな」

凪は何も返さない。

「わかってるだろ。探偵に休んでる暇なんか無《ね》ぇぞ」

何も答えない。

「あれは完全にヒッチコックの、サイコへのオマージュだ。蛇口から血を流させるために、Qはわざわざ瑠夏を貯水槽に入れ、ドアノブにニスを塗り、手を洗わせたんだ」

黙ったまま、豺の話を聞き流す。

「悔しくねぇのか?」

そう言われて、凪はやっと反応した。

「私にできることは、もう何もありません」

「は?　おまえは奥入瀬竜青の生まれ変わりなんだろ?　しっかりしろよ豚野郎!」

活を入れられても、心は動かない。

「彼は小説の中の探偵です」

「このままだと瑠夏がQにされちまうぞ。それでもいいのか？」

「それこそ本格ミステリの考え方です。全てが終わってしっかり警察の捜査が入れば、冤罪《えんざい》だと証明されるはずです」

「阿呆が。このままじゃ終わらねぇんだよ。いいか。これで死者は四人だ。あと一人以上は犠牲者が出るぞ」

「五人目は食い止めましたけど」

「違う。Qはおまえがボルトカッターを持っていることを知っていた。だからこそ二人を襲ったのかもしれない。二人殺せれば御の字だし、一人を救われても想定内だった。奴は〈続編はより派手に〉という穴子の言葉を遵守《じゅんしゅ》するはずだ。必ずあと一人以上殺そうとする」

「マウスが十一匹殺されましたけど」

「あいつがマウスの命を勘定に入れると本気で思ってるのか？」

「でも。私が頑張ろうとすればするほど、きっとQは喜ぶんです……」

何を言われても、颪は起き上がらない。起き上がれない。

すると豺は吐き捨てるように言った。

「ま。被害者の数が全てじゃないけどな。瑠夏が殺されて、派手になったのは確かだ」

颪は僅かに目を見開いた。

「最低ですね」

それはこれまで豺を罵《ののし》ってきた言葉とは、全く意味の異なるものだ。

心の底から、軽蔑した。

「そんな人とは思っていませんでした。もう終わりにしましょう。コンビは解消です。さようなら」

本気だった。颪は起き上がり、丸眼鏡を外す。黒縁眼鏡に掛け替えてバスルームへ向かう。ドアを閉めかけた時、背後から声が聞こえた。

「すまない。今の発言は撤回して謝罪する」

颪は足を止め、俯いた。

「真面目な話だ。聞いてくれ。俺は過去の過ちを後悔してる。誰かを救って、少しでも罪滅ぼしがしたい」

颪は背中で聞きながら、じっと動かない。

「とはいえ俺はそこにいない。俺には足が無い。代わりに動いてくれる奴が必要だ。だが瑠夏がいない今、Qじゃないと信じられる奴は誰もいない。颪、おまえしかいないんだ」

颪の目には、犲の顔が浮かんで見えた。

「頼む、颪。俺にはおまえが必要だ」

そんな犲は、見たことがなかった。

「力を貸してくれ。ワトソン」

颪は無言のまま、ふぅと息を吐く。

振り返って丸眼鏡を持ち上げ、レンズの向こうを睨みながら言った。

「ふざけないで下さい。ワトソンは犲さんです」

21

剣と静谷が、貯水槽から瑠夏を引き上げてくれた。びしょ濡れになりながらシーツの上に寝かせると、凪は静かに遺体を確認した。

探偵の務めを果たす気なのだろう。気丈にふるまうその姿が、真珠の胸を強く締め付ける。

瑠夏の後頭部には挫創があった。背後から殴られたと思われる。Qの仕業に違いない。

血痕はどこにも無かった。Qは倒れた瑠夏を貯水槽まで運び、水の中に入れてからナイフで胸を刺したのだ。


七時。ここに来て三日目の朝を迎えたことになるが、終わらない一日を過ごしているような感覚だ。悪夢はいつ終わるのか。終わる時がやってくるのか。不安と恐怖が常に胸中を渦巻いている。

匣に戻って一息つくと、餝が口火を切った。

「言いにくいけど……後頭部を殴ることなら、自分でもできると思う」

相変わらず、瑠夏がQだったと言いたいようだ。

凪は反論しない。代わって豺が言った。

「本格ミステリを作ろうとしているQが、こんな形で終わらせるわけがない。それに瑠夏にはアリバイがあった。薩摩を落とすことも、宍子を殺すこともできなかったはずだ。

「そうだよ。瑠夏君がQだなんてありえないよ」

真珠も続くが、飾は納得しない。

「でも、匣を動かすことができたのはあの子だけじゃない……皆もそう思うでしょ？」

麗は俯いたままで、静谷は相変わらず喋らない。剣だけがこくりと頷き、皆を見た。

「彼は⑤の部屋か……制御盤のボタンを押せば、匣を一階に上げられるんだよな？」

真珠は虚を突かれた。肝心なことを忘れていた。Qを当てれば、この館を出られるのだ。

「試してみるか？　一度でもミスれば、全員お陀仏だぞ？」

豺が言うと、剣も飾も口を噤んだ。さすがにそれだけの根拠で、命を懸けられるはずがない。

凪は一人で足跡を調べていた。だがそれはわざと踏み荒らされているようで、誰のものか判別するのは無理そうだ。

「何か怪しい物音とか、聞いた人はいないですか？」

凪が尋ねると、全員が首を横に振った。皆、ぐっすり眠っていたようだ。

「ごめんなさい。匣が動けば、誰よりも気付きやすいのは私なのに」

床の皿を覗くと、芽舞が沈痛な面持ちで見上げていた。真珠は首を横に振る。

「誰にも責任は無いですよ。催眠ガスを撒かれてるのは、本当なんだと思います。どんなに疲れていたとしても、首にあんなワイヤーを掛けられて、気が付かないはずがないから」

「私もそう思います」凪が頷くと、飾が言った。

「私、寝苦しくて一回目を覚ましたけど」

「何か気付いたことはありませんか?」

何も、と飾は答える。そのまますぐに寝たそうで、時間も確認していないらしい。

颪は皆に食堂で休んでいるよう伝え、B1ボタンを押す。全員が食堂に入るのを見届けると、B2ボタンを押しながら言った。

「豺さんが見た情報を教えて下さい」

「それが、ほとんど何も見ていない」

「え?」

「瑠夏がおまえらと砂を撒き終わって、談話室に戻ったのが二十三時五十分。それからすぐに瑠夏はおまえに言われた通り、鉄扉を開け、眼鏡を匣に向けて置いて寝た。で、ちょうど二時頃だ。突然眼鏡が動いた。何者かに摑まれ、食堂の冷蔵庫の中に入れられた」

「どうして、冷蔵庫なんかに……」

真珠が聞くと、豺は淡々と続ける。

「映像と音をシャットアウトするためだろう。冷蔵庫に入れられ、三十分ほどして光が差した。何者かが眼鏡を摑み、黒い箱に入れて移動したんだ。俺は何度も声を上げたが反応は無かった。音を聞く限り、そいつは匣でB2に降りて、どこかに置いて消えた。それが颪のキャリーケースの上だったってわけだ。俺は声を出し続けたが、音を切られていて颪を起こすことができなかった」

颪が眼鏡に触れながら眉根を寄せる。

「どうしてQは、わざわざ眼鏡を私の部屋に置いたんでしょうか……」

「決まってるだろ。映画のためだ」

「え？」

「その眼鏡の映像を映画に仕立てているからだ。劇的なシーンを観客に見せるために決まってる」

颪の視線が固まった。悔しそうに、肩がふるふると震え出す。

「眼鏡を枕元に置かなかったのは、急展開を作るためだろう。颪が丸眼鏡を見つけ、俺と会話してから真珠と光井のピンチに気付けば、展開が緩やかになる。とはいえ、見つけにくい場所におけば肝心なシーンを撮れなくなる。だからQはキャリーケースの上に置いた。奴は読んでいたんだ。颪が二人を助けるためにボルトカッターを出すことを」

おぞましい。悪魔のような計画だ。真珠も静かに身を震わせる。

「催眠ガスを使っているのも、この難易度の高い殺人を成功させるためだろう。二人を殺せれば御の字。もし一人しか殺せなくても、奴にとっては別の旨《うま》みがあった。主人公が究極の二択に迫られるなんてのは、限りなく映画的だ」

Qの思考があまりに恐ろしく、寒気がする。同時に豺の考察の鋭さにも感嘆する。

颪は無言のまま、真珠が切断したワイヤーの輪を調べていた。

遠隔で作動する丸い機械がワイヤーを巻き取っていく仕組みのようだ。

「単純な作りだな。宍子なら簡単に作ることができるだろう」

豺が言うと、颪は⑫の部屋に入った。屈み込み、転がっていた百々目鬼像を手に取る。

「談話室にあったものだよね。それで瑠夏君を殴ったのかな……でも、どうしてこの部屋に……」

真珠が言うと、颪は立ち上がって壁の制御盤に触れた。

「匣が降りてくる寸前に、ゴンッて音がしたんです。それはこの石像が落ちた音……」

「簡単なトリックだな」

豺が言い、「え?」と真珠は凪を見た。

「いい練習問題になるぞ。解いてみろ」

「はい!」

力強く答えると、「遊びじゃないんです」と凪は制御盤の上に百々目鬼像を置いた。

「Qはこの像に緩くピアノ線を縛って、操作盤のB2ボタンの真上に置いた。そしてピアノ線の先を床の皿に落とし、回廊を経由させて自分の部屋まで引っ張っておいた。それでピアノ線を引けば、像が操作盤のボタンの上に落ちて匣をB2へ降ろせる。力を込めて引っ張れば、緩く縛ったピアノ線だけを回収できる」

「そんなこと、本当に可能なのかな……」

真珠は疑念を漏らした。頭の中では可能そうに思えるが、実際にそう上手くいくだろうか。

「可能だよ。このボタンは凸ボタンだし。何よりQは灾子さんと一緒にこの館の改造から携わっているはずだから、像を置く位置を調整できるし、何度も練習できただろうし」

凪はそう言いながら回廊へ下り、天井をくまなく調べる。ピアノ線の跡はどこにも無かったが、奈落の中心にガムテープでぐるぐる巻きにされたピアノ線が落ちていた。

完全に凪の推理の通りだ。真珠は感嘆しながら疑問を口にする。

「……でも、どうしてそんな面倒なトリックを使って匣を降ろしたの?」

凪は何も答えず、僅かに視線を落とした。

少しの間の後、豺が答える。

「瑠夏が死んで、匣を降ろす術が無くなったからだろ」

真珠は何も言えなかった。凪は瑠夏のことを思い出し、すぐに答えられなかったのだろう。よく考えればわかることなのに、安易に聞いてしまった自分に嫌気が差した。


食べられる人だけ、朝食をとることにする。

真珠がチョコレートを摘んでいる間、凪は静かにご飯を食べていた。食欲なんて湧かないだろうに。自分の使命を全うするために力を蓄えようとしているのだろう。その健気《けなげ》さに胸を打たれていると、凪は真珠のチョコレートを取って口に放り込んだ。

ただお腹が空《す》いていただけかもしれない。呆気《あっけ》にとられてしまうが、頼もしい限りだ。

「鳳凰館の殺人の映画のことなんだけど」ふいに凪が聞いてきた。「奥入瀬竜青役って、どんな人がやってたの？」

真珠は俳優の名を教える。と、凪は体型や雰囲気を聞いてきた。

「ひょろっとした痩せ型で、目は細くて、陰がある雰囲気かなぁ」

「なるほど……だったら原作にぴったりだね」

凪は頷きながらチョコレートの後にご飯をかっこんだ。

食事を終え、気になっていたことを伝える。

「ナイフと首輪は、どこに隠していたんだろう。隠し場所から、Qを絞ることはできないかな」

「いい発想だね」

凪に褒められ、真珠は腕を組んで考え込む。

首輪は鉄製なので、金属探知機に反応する。全員の体も荷物も部屋も、調べ尽くしていたはずだ。何か盲点は無かっただろうか。食堂を出て匣を歩きながら思案していると、凪が首輪を出した。丸眼鏡を外し、真珠が切断したワイヤーの匂いを嗅ぎ始める。

「出たっ、覚醒！」

扉の皿から覗き見ていたのだろう。食堂から麗が飛び出してきた。

真珠は人差し指を口に当て、麗を黙らせる。二人でじっと様子を窺うと、

「わかりました……」

凪は丸眼鏡を掛けて走り出した。真珠は麗と目を合わせ、その背中を追う。入ったのは駱駝室だ。奥で寝ているラクダの元へ、凪は駆けていく。

「まさか！　コブの中に⁉」

真珠が声を上げると、凪は振り向かずに言った。

「映画の見過ぎです」

「食べさせたとか⁉」

麗が叫ぶ。

「サイコ映画の見過ぎです」

凪は屈み込み、ラクダの後ろ脚にそっと触れた。真珠は背後から覗き込む。

「ビンゴ」

凪が振り返ってウインクする。

蹄《ひづめ》の中に、空洞があった。

22

「光井さんを殺害した首輪と瑠夏君を刺したナイフは、ラクダの蹄の中に隠していたようです」

凪は全員を匣に集めてB2に降り、奈落にも届くように話した。

芽舞によると、ラクダを手配したのは宍子自身だったそうだ。そこからQを絞り込むことができず、真珠は悔しがっている。

「ちょっと、整理していいかな」

そう言われて、皆を食堂に戻す。談話室に移動すると、真珠はメモをとりながら話し出した。

「凶器はラクダの後ろ脚の蹄の中に隠してた……」

「うん。でも当然、B1に上がらないと、それを取ることはできない」

「ピアノ線の仕掛けを使えば、全員が匣を上げ下げすることは可能……」

「うん。でも仕掛けは一つしか確認できてなくて、それを仕掛けるにも、B1に上がる必要がある」

「じゃあ、QはどうやってB1に上がったか……」

「考えられる方法は一つだけ。談話室で寝ていた瑠夏君に頼んで、匣を降ろしてもらうしかない」

「じゃあ、Qが上手く瑠夏君を騙したとか……」

「あの瑠夏君が、Qの疑いのある相手に呼ばれて降りるとは思えない」

「というか豺さんによれば、Qは寝ている瑠夏君の枕元から眼鏡を盗んで冷蔵庫に入れたんだよね」

「うん。眼鏡はこっそりB1に上がらないと盗めない。でも、上がるには瑠夏君の協力が必要……」

颪はぼりぼりと頭を掻いた。推理が堂々巡りになってしまう。

「そもそも匣を動かせたところで、砂には足跡が無かったし……」

難題すぎて目眩《めまい》がする。ロッキングチェアに腰を下ろすと、豺が言った。

「刑事から色々と情報が入ったぞ」

「何ですか？」

「まず剣の自宅に、百合園恵の出演作のＤＶＤが揃っていたらしい」

「百合園恵……!?」颪はハッとして真珠を見た。「って、誰だっけ」

真珠は白目になった。

「二十年前、宍子さんの撮影事故で亡くなった俳優だよ！」

「あぁ、そうだ、そうだった……」颪は何度も頷く。「でも、そんなこと、どうやって」

「警察は数百人態勢で捜査している。容疑者の家宅捜索くらいやるに決まってるだろ」

「家宅捜索……それは頼もしいですね」

そんなことは思いもしなかったが、容疑者を調べるのは当然だ。

「で、光井は昔、その百合園恵に本気で惚れ込み、しつこくアプローチをしていたらしい」

「えぇぇ」と言いながら颪は思い出す。「そういえば光井さん、ある女優に会いたくて映画の世界に入ったって言ってた。それが百合園さんってこと……？」

「だろうな。で、その百合園恵を、飾は姉のように慕っていたそうだ。五歳の一人息子に、同じ字で恵《けい》という名を付けている」

「そうですか……。だからこそ二人は、告発に踏み切ったのかもしれませんね」

颪は頷きながら立ち上がった。

「静谷さんのことは何かわかりましたか？」

「撮影当時、奴は芽舞と密かに交際していたようだ」

「えっ」

颪と同時に真珠も声を上げた。

「静谷の部屋にあった高校の卒業アルバムに芽舞がいた。同級生だったらしい」

「めっちゃ意外」と言いながら颪はまた思い出す。「静谷さんも、仲良しの子が映画オタクでのめり込んだって言ってた！」

「そうだったんだ……」真珠が遠くを見つめた。「そういえば、芽舞さんが殺されそうになった時、静谷さん泣きそうになってた……」

「あぁ、確かに……」颪は視線を落とし、豺に聞く。「麗さんは？　何かわかりましたか？」

「何もわからない。奴の家宅捜索はやってないようだからな」

豺は呆れたような口調で言った。理由は容易に想像できる。元総理の孫だからだろう。

「最後に灾子のことだ。十五年前にドイツで、産まれたばかりの子を養子にしたらしい。性別は女、娘だ。が、肝心の名前はまだわかっていない」

やはり、外部に頼んで判明する情報を手枷のパスワードにするはずがないと思う。となると警察がどんなに調べても、期待はできないだろう。

「でも、もう一人の娘さんが十五歳なら、ここにいる誰にも当てはまらないね」

真珠が言うと、颪は伸びをした。

「本格ミステリの読みすぎかもね……」

真珠はこくりと頷き、「あ!」と声を上げた。

「なに?」

「大事なことを忘れてた……宍子さんの娘は、芽舞さんでしょ!」

颪はきょとんとして、「それが何?」と聞く。

「どう考えてもヒッチコックの、めまいが由来でしょ?」

「え、目眩?」

「めまいっていう、有名なヒッチコックの映画があるんだ」

そんな映画があることを知らなかった。知っていた豹も「盲点だったな」と呟く。

サイコの長女が、めまい。ということは、次女にも映画の名前を付けている可能性が高い。

颪は真珠と共に談話室を飛び出す。

図書室の書棚にはヒッチコックの伝記が収まっていた。それを引き抜いて回廊へ下りると、芽舞に説明しながら手枷のダイヤルを回し始める。

「サイコとめまいに並んで名作と名高いのは、鳥だね」

真珠がタイトルを挙げ、颪が回す。TORI、TORIKO、BIRD……ドイツ語にもしてみるが、開かない。

「あとは、ダイヤルMを廻せ！とか、北北西に進路を取れ」

Ｍ、ＭＫＯ、ＥＭＵＫＯ、ＫＩＴＡＫＯ、ＮＯＲＴＨ……六文字以下の言葉を思い付く限り回してみるが、開かない。有名でないタイトルも試していると、芽舞が言った。

「やっぱり違うと思う。監督がヒッチコックに憧れてたのは俳優時代のことだから」

「あぁ、たしか自伝にそんなようなことが……」

「そう。日本のヒッチコックとか、女ヒッチコックとか呼ばれて、嫌気が差したんだと思う」

「ってことは、下の娘さんの名前に使ったりはしないよね」

真珠が言い、凰はガックリとうなだれた。ものの数分で光が消えてしまった。

意気消沈して、図書室へ戻る。

ヒッチコックの伝記を書棚に戻していると、フッと疑問が降りてきた。

「あれ？　でもおかしい」

「ん？　何が」

真珠が聞いてくる。

「だって……あの、水道の血……」

凰は瑠夏のことを思い出して、言葉を詰まらせた。それを察してくれたのか、豺が言う。

「そうだな……。あれは完全にヒッチコックへのオマージュだ」

「ヒッチコックが嫌になったなら、どうしてあんなことを……」

「本当だ！」真珠が凰を見た。「でもＱは監督と違って、ヒッチコックが好きってだけじゃない？」

「いや。Ｑはこう言ってた。〈凰監督、あなたの思想構想は全て私が引き継ぐ〉って」

「だな。灾子の計画にしろ、Qの発案にしろ、ヒッチコックをオマージュする理由が無い」

豺が言い、凪は目を瞑る。なぜだろう。瑠夏を貯水槽に入れるのは時間もかかるしリスクが大きい。なのになぜQは、わざわざヒッチコックをオマージュしたのだろうか。

いくら考えてもわからない。

暫く映画の本を調べていると、真珠が雑誌を見せてきた。

「これ見て」

それはインタビュー記事だった。灾子が映画で重要視している三要素を語っている。

「一つ目がリアリティで、二つ目が音の演出って書いてるんだけど、この次のページが」

真珠がそこを指差すと、文章が繋がっていなかった。凪は顔をぬっと近付ける。一見するとわからないくらい、綺麗にページが切り取られていた。

「真珠君、凄い。これは灾子さんが意図的に切り取ったとしか思えない。ということは、その三つ目の要素が何かの手がかりになるということ……」

凪は刑事に調べてもらうよう豺に頼む。だがそれを待ってはいられない。

皆を匣に呼び寄せて質問する。

「灾子さんが大事にしていたものは、リアリティと音の演出と、もう一つはなんでしょうか?」

「演出に決まってるでしょう」

奈落から芽舞の声が聞こえると、皆が口々に続いた。

「美術ね」と飾。「演者だろ」と剣が言い、静谷までもが「録音」と呟いた。皆、自分の仕事の重要さを主張するが、麗だけは違った。

「映画は皆で作るもの。どのパートも大事だから難しいけど、あえて言うなら、お客さんかな」

皆は無言で目を見合わせる。この期に及んで観客を意識しているようだ。もはや感服する。

「真珠君は？」

颪が聞くと、「愛かなぁ」と返ってくる。

「ついでですけど、豺さんは？」

「金だろ」

その答えに、「それそれ」「それだ」「間違いない」などと皆は頷く。

「颪ちゃんは？」

真珠に聞かれて悩んでいると、ぐぅっとお腹が鳴った。おかげで答えが閃いた。

「お弁当です」


気付けば正午を過ぎていた。倉庫から水と食べ物を持ってきて、皆に配る。

颪はパンを手に取り、齧りながら図書室へ入った。皆も呼んで、全員で本を調べてもらう。

あっという間にあんパンとメロンパンを平らげると、静谷が雑誌を見せてきた。

『幻の映画たち』という特集が組まれた映画雑誌だ。『鳳凰館の殺人』が取り上げられ、灾子のインタビューが載っていた。『好きな映画監督は？』という質問に、颪の期待は高まる。が、そこに監督名は書かれておらず、灾子は『名もなき十歳の少女』と答えていた。

『その子にずっと映画の英才教育を施しているの。恐るべき才能なので、そのうち世界の映画祭を席巻するでしょう』

「もしかして、この子の名前なんじゃない？」

真珠が言った。凪は雑誌の発行日を確認する。五年前のものだ。

「五年前に十歳……ということは、今十五歳……」

「娘だ‼」

「静谷さん、天才です」

記事を見つけてくれたことを褒めると、静谷は照れ臭そうに頰を搔いた。

だが他に有益な情報は見つからず、それ以上のことはわからなかった。

「でも大進歩です。やっぱり手枷のパスワードは、灾子さんの娘さんの名前で間違いありません」

凪が立ち上がると、真珠が丸眼鏡を指差した。

「ってことは、その子も今、これを観てるってことじゃない？」

「こんな殺人劇を娘さんに……？　まさか……」

麗が訝しげな顔を見せる。凪は書棚の前を歩きながら考えた。

灾子はこの状況を映画に仕立てることに全てを懸けていた。映画の英才教育を施している娘に、それを観せないわけがない。

皆を図書室に残して、凪は匣に出た。

久しぶりに一人になり、眼鏡を外して自分の世界に入り込む。

視界が失われ、頭が冴《さ》えていく。

ずっと、何かが引っかかっていた。

いくら考えてもそれが何なのかがわからない。頭じゃない気がする。脳というより、心に何かが、じっとりと貼り付いているように感じる。

それを見つけ出そうとするも、無数の「どうして」「どうやって」が邪魔をする。まずはそれらを一つずつ解決していく必要がありそうだ。


どうして穴子は、息絶える間際に中心へ移動したのか。

どうして奈落の中心にあったであろう穴を潰して、コンクリを敷き詰めたのか。

図書室の隠し扉の向こうには何があるのか。

穴子のもう一人の娘は、なんという名前なのか。

穴子が大切にしていることは、リアリティと音の演出と、最後の一つは何か。

昨日の夜、Qはどうやって B1へ上がったのか。

どうやって匣に撒いた砂に、足跡を付けずに部屋を出たのか。

どうして穴子が嫌いなヒッチコックをオマージュしたのか。


床の皿を覗き込むと、あることに気が付いた。眼鏡を掛けて操作盤へ近付く。

「何か閃いた?」

振り返ると、いつの間にか真珠がいた。

颪は頷き、B2ボタンを押す。下に着くと⑫の部屋に入り、匣をB1へ上げた。部屋はまだ、焦げ臭さと消火剤の匂いが漂っている。鼻を摘みながら、開口部から奈落を見下ろす。

「ここ、飛び下りたら痛いかな……」

「え？　そりゃ痛いでしょ」

「でも、痛いだけで済む？」

「どうかなぁ。骨は折れなかったとしても、無事じゃないよね」

「颪、おまえが手を伸ばしたら、百八十くらいか？」

豺が聞いてきた。

「はい、たぶん」

「下まで四・五メートル。そのへりに摑まって体を下ろせば、足先から床までは二・七メートルほどになる。うまく着地すれば、痛いだけで済むかもな」

「なるほど……」

豺の計算のおかげで、一つ大きな謎が解けた気がする。

「真珠君、図書室にいてくれる？　みんなを見張っててほしいの」

「うん、わかった」

匣を降ろし、真珠が⑫の部屋を出ていく。一人になると颪は回廊へ向かった。消火剤塗れの急階段を慎重に下り、回廊を歩きながら皿を覗いていく。

芽舞はぐったりと膝に頭を突き、眠っているようだ。

どの角度から中心部の床を見ても、何かを被せた跡は見当たらない。

やはり、床一面にコンクリを上塗りしたんだと思う。

階段を上がり、匣を降ろして部屋を出る。

もしかしたら……。

あの人なら、全ての犯行が可能かもしれない。

「でもやっぱり、B1に上がった方法がわからない……」

凪はぶつぶつ言いながら、膝を抱えて床に座った。

「灾子さんが大切にしていることは、リアリティと音の演出と、もう一つ……」

皆から聞いた話と彼女の言動を思い返していると、ある言葉が引っかかった。

「え……」

「どうした」

豺が聞いてくる。

「Qが、絞られた、かもしれません……」

「本当か?」

「まだ確証はありません。肝心なトリックも……」

「こうなると、聞いても無駄だろうな」

「さすが、わかってますね。ちょっと入り込みます」

凪は丸眼鏡を外して床に置き、思考の中に潜り込む。

豺が言った、許せない一言が聞こえてくる。

〈瑠夏が殺されて、派手になったのは確かだ〉

派手……。

いや、まさか……。

ぞわり。全身が粟立《あわだ》つ。

でも、だとしたら……どうして……目的は……？

ハッと目を見開く。

被害者は今、四人。あと一人以上……どうすれば……。

立ち上がり、プウからお財布を出して開く。

銭丸刑事の名刺と、瑠夏が作ってくれた名刺。

『名探偵　音更凪』

その字に触れると、ほんのりと温《ぬく》もりを感じる。

凪は名刺を胸ポケットにしまい、丸眼鏡に向かって言った。

「豺さん」

「なんだ。謎が解けたか？」

「まだです。暫くこの眼鏡、真珠君に預けてもいいですか？」

「そんなに俺が邪魔か」

「豺さんの言う通り、まだ殺人は起こります。この眼鏡でみんなを見張っててほしいんです」

「真珠が見張ってるだろ？」

その言葉に凪は小さく息を吐き、静かに答えた。

「彼を含めた、い、い、みんなです」

23

「一人になって考えたいから」

凪がそう言って丸眼鏡を渡してきてから小一時間。

真珠はそれを掛け、ひたすら本をめくっていた。気になる情報は見つからない。皆の士気も明らかに下がっている。真珠の他に本を手に取っているのは静谷だけだ。

鉄扉が開くと、凪がお盆に珈琲を載せてやってきた。

「もう少しで謎が解けそうな気がしています」

湯気が立つカップを配りながら皆に言う。

「本当？」

飾が大きな声を出し、うとうととしていた人も顔を上げた。

「でも、まだ気がしているだけです。だから皆さんの力を貸して下さい」

凪は皆に珈琲を配り終えると、書棚から適当に本を引き抜いて渡していく。

「本格ミステリは、一見なんでもない情報や些細《ささい》な違和感が、犯人の特定に繋がるんです。みんなで力を合わせましょう。頑張りましょう。生きてここから出るんです」

その言葉には、これまで以上の力が漲《みなぎ》っていた。

瑠夏君を失い、誰よりも傷付いているのは自分なのに……。さすが凪ちゃん。それでこそ名探偵だ。真珠は静かに感動していた。

「ごめん、もう限界。部屋で休んでもいいかな」

麗が感動の空気に水を差した。せっかく団結ムードが立ち上がったのに、輪を乱すのはいつもこの人だ。どうせ自分は殺されないと思っているのだろう。

「休むのはここにして下さい。談話室からロッキングチェアを運んできてもいいので」

凪がそう言っても、「ここじゃ休まらないの」と聞く耳を持たない。何度言っても聞かないので、

「わかりましたよ……」凪はついに折れた。

一人にして大丈夫なのだろうか。不安な真珠に、凪が寄ってくる。

「私、もうちょっと一人で考え事をしたいから、暫く匣にいることにしますね」

「あ、そうなんだ。だったら部屋で一人にしても安心だね」

真珠が頷くと、凪は麗と一緒に図書室を出ていった。

それから三十分ほど経った頃、下から凪の声が聞こえた。

「そういえば皆さん、お手洗いは大丈夫ですかー？」

「行っておくか」剣が立ち上がったので、真珠は雑誌を閉じた。「じゃあ皆で行きましょう」

静谷も立ち上がるが、今度は飾が「私はいい」と言い出す。面倒な人がここにも一人いた。

匣が上がってきて、凪が図書室に入ってくる。飾が残ると伝えると、

「一人でここにいる分には大丈夫なので、他のみんなで行きましょう」

凪が言うので、飾を残して匣へ出た。

B2に着くと、麗の部屋に外したはずのカーテンが掛かっていた。

「閉め切らなきゃ休まらないって、言い張るから」

凪が呆れたように言い、真珠は溜息を吐いた。

剣と静谷が自室のバスルームへ入り、真珠もトイレへ向かう。と、凪に止められた。

「それ、受け取るよ。百人の目に観られちゃうから」

凪は真珠の丸眼鏡を指していた。

「あ。ほんとだ、危なっ」

真珠は慌てて凪に眼鏡を返し、バスルームへ入る。

一息ついて手を洗っていると、突如暗闇が襲った。

やばい。何も見えない。焦りながら手探りでバスルームのドアを開ける。部屋も匣も真っ暗だ。

「またブレーカーが！」

凪が叫びながらライトを点けた。真珠が部屋を飛び出すと、

「助けて!!」

叫び声が聞こえた。

「麗さんの声……？　あっちからだ……」

凪は⑫の部屋にライトを向けた。暗いが、中にいる様子は無い。

「回廊……？　僕が見てくる！」

駆け出そうとすると、腕を掴まれた。

「待って！　危険だよ！」

凪は床の皿を覗く。真珠も隣の皿から覗くと、暗がりに怯えた様子の芽舞が見えた。無事そうだが、下も真っ暗だ。ブレーカーを落とされたのはB2だけじゃないようだ。

「剣さん！　静谷さん！　出てきて下さい!!」

凪が叫ぶが、反応が無い。二人とも確かにバスルームに入ったはずなのに、出てこない。

「飾さん！　ブレーカーを上げに行けますか!?」

そうだ、図書室から電気室へ下りられるのだ。が、飾の反応も無い。どういうことだろうか。

「真珠君はここにいて。皆を見張ってるのも大事だから」

と、凪はプウから警棒を出して伸ばした。その顔は強張り、僅かに震えている。

「僕が行く」真珠は言った。「でも」振り向く凪の手を摑み、「これを借りるから」と警棒を奪う。

すると凪は、逡巡《しゅんじゅん》しながらライトを渡してきた。

「わかった。でも絶対に無理はしないで。気を付けて」

ポケットからライターを出し、火を点ける。

「私はここで芽舞さんを見てるから」

言いながらうつ伏せになって皿を覗いた。Qが回廊にいるのなら、芽舞に危険が迫っているのだ。

真珠は警棒を握り締めて歩き出す。⑫の部屋へ入り、左右の死角へライトを向ける。

誰もいない。やはり回廊だ。階段へ向かおうとした時、背後で凪が叫んだ。

「真珠君やっぱりそっちじゃない！　今麗さんの部屋のカーテンが動いたの！」

真珠はすぐに踵《きびす》を返す。部屋を出ると凪が駆けてきた。

「あと、やっぱりこれも真珠君が……！」

眼鏡を掛け替え、丸眼鏡を差し出してくる。これがあればＱの姿を撮ることができるのだ。真珠はそれを掛けて度を下げる。恐る恐る麗の部屋のカーテンを開ける。

誰もいない。部屋に入ってライトを翳す。ベッドの下を覗き込むも、麗はいない。

「剣さん静谷さん飾さん!!　どこにいるんですか⁉　返事をして下さい!!」

背後で凪が叫んだその時、

「きゃああ!!」

再び悲鳴が聞こえた。今度は遠い。上からだ。飾が襲われたのかもしれない。

「飾さんの声！　図書室に行ってくる!!」

凪の声と共にボタンを押す音がしてスライドドアが閉まった。匣がゆっくり上がっていく。

何が起きているのだろうか。わけがわからないままバスルームを開ける。誰もいない。が、奥にシャワーカーテンが閉まっていた。

どくん。心臓が波打つ。嫌な予感がする。

ごくりと唾を飲み、カーテンの端を摑んでおもいきり開く。

シャワーだけが見える。そこにも誰もいなかった。

真珠はバスルームを出て叫ぶ。

「凪ちゃんこっちは誰もいなかったよ!!　そっちの方が危ないかもしれない!!」

「じゃあそこで待ってて!!」

危険だ。引き返すよう叫ぶも、凪は聞かない。

暫くすると鉄扉の開く音が聞こえ、颪の声が響いた。

「飾さん！　どこですか⁉　大丈夫ですか⁉」

ドサッという物音。

近い。隣の⑫の部屋からだ。やはりQは階段か回廊に潜んでいたのだろうか。だが匣が上がった今、麗の部屋を出ることはできない。

「真珠、鉄板を剝がせ！」

眼鏡から豺の指示が飛んできた。

真珠は壁の皿を塞ぐ鉄板に爪を食い込ませ、おもいきり引き剝がす。

パッと天井の電気が点いた。颪が電気室に下りてブレーカーを上げたのだろう。

おかげで恐怖心がだいぶ薄れる。真珠はさらに力を込め、下半分も引き剝がす。

バリバリッという音と共に、うぅっと呻き声が聞こえた。

慌てて皿を覗く。⑫の部屋に麗が倒れていた。

「麗さん‼」

口と手脚にガムテープを巻かれ、拘束されている。頭半分が吹き抜け部分に飛び出している。

「麗さん‼　麗さん‼」

何度も叫ぶと、彼女はぴくりと動いた。まだ生きている。

「匣を止めろ‼」

豺が叫んだ。真珠は開口部を見て息を呑む。

上の方にドアが見えた。匣が降りてきているのだ。

「凮ちゃんまだ来ないで!!　匣を止めて!!　降ろすと麗さんが死んじゃう!!」

パニックになりながら叫ぶと、恐ろしい言葉が返ってきた。

「私じゃない!!　誰かに匣を降ろされて図書室から出れないの!!」

真珠は戦慄した。全身から血の気が引いていく。

このままだと麗の頭が潰される。

「麗を起こせ！　何でもいいから投げるんだ!!」

豹が叫び、真珠は麗の鞄を漁った。ポーチを開け、化粧道具を掴んで皿から投げ付ける。上手く当たらない。小さなボトルがやっと脚に当たると、麗が呻いた。

「麗さん!!　起きて!!　そこをどいて!!」

真珠は小物を投げまくる。いくつか当たるが起きてくれない。

匣はどんどん迫ってくる。あと五十センチ……四十センチ……。

「麗さん!!　起きて!!　麗さん!!」

もうダメだ。麗の顔が挟まれる。

諦めかけた瞬間、その目がカッと開いた。

「逃げて!!」

匣がB2に着き、スライドドアが開く。

場が静まり返る。

真珠は息もできないまま皿を覗く。

横たわった体がビクンと動く。首から先を見て、真珠は目を見開く。

顔は付いていた。

間一髪で助かったのだ。全身の力が抜け、ベッドに倒れ込んだ。

「そんな暇はないぞ！」

豹に言われ、慌てて匣に出る。Qが階段の下に潜んでいるかもしれないのだ。床の皿を覗く。怯えた様子の芽舞が見える。

「凪ちゃん！　麗さんは無事だよ‼」

上へ叫ぶと、安堵する凪の声が聞こえた。

「真珠、静谷と剣の部屋を確認しろ」

豹に言われ、警棒を握って静谷の部屋へ入る。

バスルームのドアに手をかけると、鍵が掛かっていた。

「静谷さん、いるんですか？　いるなら開けて下さい！」

ドアを叩くと、鍵がカチャリと音を立てる。ゆっくりとドアが開き、中に静谷が立っていた。

「静谷さん、どうして――」

「トイレの蓋に、これが貼ってあって……」

静谷は怯えた顔でタロットカードを見せてきた。不安を煽る悪魔の絵。その上に、定規で引いたような真っ赤な字が書かれていた。

『ココヲ出ルナ　声モ出スナ　破レバ　死』

「なんだこれ……」

再びカチャリと音がした。匣へ出て⑦の部屋へ駆け寄ると、バスルームから剣が出てきた。

無言のまま、同じ言葉を書かれたカードを見せてくる。絵柄は死神だった。

「真珠君、大丈夫⁉　何があったの⁉」

上から凪の声がして、大丈夫と伝えながら⑫の部屋を覗く。階段の下、回廊にQが潜んでいる可能性が高い。行くべきだろうか。逡巡していると、凪の声がした。

「ひとまず麗さんを匣に移して、匣を上げて！」

真珠はその言葉に従い、剣と静谷の手を借りて麗を匣に移動させる。B1ボタンを押すと、匣がゆっくり上がり出した。

剣と静谷に麗の拘束を解くのを任せ、ひとり考える。

二人ともバスルームにいたということは……。

決まりだ。Qは飾しかいない。

飾は一人で図書室に残っていた。あそこからなら電気室のブレーカーも下ろせるし、書棚の裏に隠し扉がある。あの鉄扉の先が、回廊のどこかに繋がっているに違いない。

匣がB1に着き、図書室の扉を開ける。

「え……？」

真珠は思わず声を出した。

凪の背後に、怯えた様子の飾がいた。書棚の隠し扉には南京錠が掛けられたままだ。

剣と静谷がタロットカードを凪に見せ、バスルームを出られなかった理由を説明する。凪は訝しげな顔で二人の顔を見返し、麗の容態を確認し始めた。

「飾さんは、どこに……？」

真珠が聞くと、凪はぼそりと答える。

「私がここに駆け込んできたら、奥に蹲《うずくま》ってた。ずっとここにいたみたい」

そんなはず……。真珠が目を向けると、飾は震える声で言った。

「真っ暗だし、恐ろしくて、ブレーカーを上げにいくこともできなかったの……自分が狙われてるんじゃないかと思って……」

そう言われると納得してしまう。彼女の気持ちを考えると無理も無いだろう。

でも、じゃあ誰が麗を襲ったのか……。真珠は震えながら皆の顔を見回した。


「飾さん、麗さんの手当てをお願いできますか？」

眼鏡を返すと、凪は救急箱を取ってきて飾に渡した。麗は側頭部を出血していた。

寝ていたら目隠しをされて、口と手脚にガムテープを巻かれて階段へ連れていかれたそうだ。

「ごめんなさい……私のせいです」

凪が力無く言う。麗が寝ている間、匣で考え事をしていたが、数分だけトイレに立ったらしい。

その隙にQが麗を襲ったのだろう。

「Qが回廊に下りていなくなったから、顔を階段に擦り付けて口のテープをどうにか剝がして叫んだの。そしたらQが戻ってきて殴られて……気付いたら、匣で頭を潰されかけてた……」

麗は両手でペットボトルを握りながら話す。垂れ落ちる水滴までもが震えているように見えた。

ロッキングチェアを図書室に運び、彼女を寝かせる。

皆は待機しているよう伝えて、真珠は凪と共にB2へ向かった。

回廊へ下りる階段には僅かに血痕があり、剝がれたガムテープと目隠しが落ちていた。だが凶器は見つからない。コンセントをショートさせた痕跡も無い。

芽舞は、回廊を通る人影も見なかったし、足音も聞かなかったと言う。

「ありえない……」真珠がそう漏らすも、颪は何も言わない。

黙ったまま階段を上がり、静谷の部屋に入る。コンセントを確認していると、豺が言った。

「灾子が殺された時と違って、今回は全館の、大元のブレーカーが落とされてたんだよな？　コンセントをショートさせる方法だとこのフロアしか落ちないから不可能だ」

「そうか……」真珠は俯き、すぐに顔を上げた。「そうだ、遠隔で操作盤のボタンを押したみたいに、ピアノ線をブレーカーに結んで、どこかから引けば……！」

「可能だとは思うが。いつ結んだのか……電気室に入った者はいないはず」

良い推理だと思ったが、やはりまだまだだ。

「そもそも颪がトイレに行っている隙に、どうやって麗を襲ったんだ？」

「そ、そうだ、ですよね。だってその時は、剣さんも静谷さんも飾さんも、僕と一緒に図書室にいたんだから……。となると、芽舞さん……だけど彼女は奈落で拘束されてるし……」

たとえ拘束が自作自演で自分で手枷を外せたとしても、奈落からは上がれない。まして彼女が麗を抱えて運ぶのは不可能だ。

真珠は息を吐いた。ダメだ。わけがわからない。頭を抱え、ベッドに腰を下ろす。

「お手上げだな」

豺が珍しく弱音を吐いた。

けれど颪は同調しない。獲物を追い詰めるような目で、じっと遠くを見つめていた。

時計の針が十六時半を指す。あれから二時間。皆は図書室から動かなかった。さすがに、もう単独行動を取りたがる者はいない。静谷はひたすら本をめくり、剣は無関係な雑誌を眺めている。餝はカウンターに突っ伏し、麗はロッキングチェアで寝息を立てていた。颪も一緒だ。隅のスツールに腰掛け、ずっと何かを思案している。

まるで希望が絶たれたかのような空気を感じながら、真珠は『百々目館の殺人』を読んでいた。

静寂を破ったのは、意外なものだった。

ゴロゴロゴロゴロと音が響き、皆が上を見た。

雷だ。

「雨が降り出したのかな……」

真珠が呟くと、餝が目を擦りながら言った。

「この島に雨が降るのは、珍しいはず」

「不吉だな……」

豺がぼそりと言う。

「恵みの雨かもしれません」

颪はそう言って立ち上がり、水を口に含んだ。

真珠も立ち上がると、「あ、そこ」と剣が指を差してくる。肘を見ると少しだけ血が付いていた。

麗を匣に移した時に付いたのだろう。その赤を見て、真珠の脳裏に何かが引っかかった。

颪を真似《まね》し、目を閉じて匂いを嗅いでみる。鼻の奥がつんとして、目を瞬《しばたた》いた。

「ねぇ颪ちゃん、ちょっといい」

颪を匣に連れ出して鉄扉を閉める。皆に聞かれないよう歩き出し、肘に付いた血を見せる。

「これ、血じゃないと思う」

「え？」

「昔、ゾンビ映画に出たことがあるんだ。これ、血糊《ちのり》だよ」

「何⁉」

驚いた声を上げたのは豺だ。颪は肘の匂いを嗅ぐと、真珠を見て微笑んだ。

「真珠君、やっぱり天才だね」

褒められても喜べる状況ではない。

「麗さんの傷を確認しに行こう」

真珠が踵を返すと、背中で声がした。

「もうその必要はありません」

颪が敬語で言った。

瞳の奥に、これまでとは別の種類の意志が覗く。

血糊のこともわかっていたのかもしれない。

「もしかして……」

豺が呟くと、颪は凜《りん》とした顔付きで言った。

「終わらせます」

24

全員で図書室を出て、B2ボタンを押す。匣が止まると颪は床の皿を覗いた。

「芽舞さん、聞こえますか?」

彼女は見上げながらこくりと頷く。颪は立ち上がり、静かに言った。

「謎、解けちゃいました」

真珠以外の四人が顔を見合わせる。

「でも、正直迷いました。私、本格ミステリにさせたくなかったので。どういう形でQに対峙《たいじ》すべきかと」

颪はそこで言葉を止め、トレンチコートの胸ポケットから名刺を出して見せる。

「けど、昨日これを貰ったんです。瑠夏君から……」

そこには『名探偵　音更颪』と書かれている。

「彼は言ってくれたんです。最後に私が鮮やかに解決するのを期待してるって」

名刺を胸にしまい、決意を語る。

「だからこれは瑠夏君の弔いです。これから私が暴いてみせます。この中にいる殺人鬼、Qを」

皆何も言わない。緊張した空気が張り詰めている。

「豺さん、いいですか？」

「俺はお手上げだ。やってみろ」

悔しそうな声が聞こえて、颪は話し出した。

「まず第一の事件。薩摩さんを落とすことができたのは誰か……。彼が落とされたであろう時、災子さんには私が張り付いていました。なので彼女が言っていた通り、落としたのはQ。薩摩さんが落ちた音に誰も気が付かなかったのは、災子さんが大音量で音楽をかけたから。よって、その時お芝居をしていた真珠君と、手伝っていた私、倉庫にいた瑠夏君はアリバイが立証されます。他の皆さんにはアリバイがありません」

真珠がこくりと頷いた。誰も異論はないようだ。

「ここで生まれた謎は一つだけです。薩摩さんが潰された時に、誰も匣の操作盤がある部屋にいなかったということ。QはどうやってB3ボタンを押したのか。最初はそれがわかりませんでした」

颪が言うと、麗が前に歩み出た。

「それなら、わかったけど」

「本当ですか？」

「リモコンがあったでしょ？　あれで匣を動かしてから、奈落に落ちた薩摩さんの所に投げたの」

「それは無理です」颪は即座に否定する。「リモコンは薩摩さんのズボンのポケットに入ったまま潰されていたので、後から入れることは不可能です」

するとするとが前に出た。

「私はわかったわよ」

「本当ですか？」

「一脚があれば、皿からボタンを押せるはず。操作盤がある⑫の部屋の隣にいた人ならね」

　飾は訝しげな目を麗に向けた。

「そうだった……」真珠も皆も、麗を見る。

「は……？　私……？　だから一脚なんて知らないし！」麗は慌てて否定する。「ていうか皿は鉄板で塞がれてたでしょ！」

「剝がして貼り直せばいいだけじゃない」

「違う！　私は知らない！　凪ちゃんなんか言ってよ！」

　麗が駆け寄ってきて、凪は頷いた。

「あの時すぐに部屋を調べていないので、不可能とは言い切れません。とはいえ犯人を麗さん一人に絞ることもできません。そんな面倒なことをせずとも、もっと簡単な方法があるんです」

　麗が目を見開き、「なによ」と飾が聞いてくる。

「ちょうど、麗さんのおかげで気付いたんです。昨日麗さんが着替えに部屋に入った時、一度匣に出てきてからタロットカードを取りに戻ったおかげで」

「え？」

　麗がきょとんとして、真珠も同じような顔を向けてくる。

「ちょっとやってみますね」

　凪は自分の部屋へ向かい、匣と部屋の境目にリュックを置いた。匣の中心へ戻り、B1ボタンを押す。一斉にスライドドアが閉まり出す。が、匣は動かない。リュックが挟まり、凪の部屋のドアが閉まらないからだ。

「そうか！」真珠が声を上げた。「何かを挟んでおけばいいだけだ……」

颪はリュックを跨《また》いで隙間から自分の部屋へ入り、ドアのへりを押さえながらリュックを中に入れる。と、ドアが閉まって匣が上がり始めた。すぐに真珠がB2ボタンを押して匣が戻ってくると、部屋を出ながら言った。

「この通り、こうやってQはB3ボタンを押して匣を出て、薩摩さんが亡くなった後に何食わぬ顔で真珠君たちと合流したんです。というわけで、薩摩さん殺害の謎は解けました」

皆は感心するように見つめてきた。

「ですがこの方法は誰にでも可能なので、Qを絞ることはできませんでした」

「あ、でも」真珠が言った。「どのみちQではないだろうけど、芽舞さんには無理じゃない？　車椅子だから、物を挟んだら部屋に戻れないでしょ」

「そんなことはないです」颪は首を横に振る。「ドアと平行に杖を倒して挟めば可能です。杖を乗り越えて部屋に入ってから外せば、ドアが閉まって匣が降りていきます」

「あぁ、そうか……」

真珠が申し訳なさそうに下を覗く。皆が頷くのを待って、颪は続けた。

「次に第二の事件。⑫の部屋に忍び込み、宍子さんを殺すことができたのは誰か……。スピーカーを使えば各自の部屋から声を出すことは可能でした。けれど私は目覚めた直後にこの目で真珠君を見ましたし、隣の部屋で瑠夏君が鉄板を剝がす音を聞きました。なので、不可能と言えるのは真珠君に加え、瑠夏君だけ。この事件でもQを絞ることはできません」

頷くのは真珠だけだ。ここに瑠夏がいないのが心底悲しいが、落ち込んでいる暇は無い。

「第三の事件。芽舞さんを落とすことができたのは誰か……。彼女の部屋に行くには、匣を降ろさなくてはいけません。その方法を、思い付くことができませんでした」

「え？」

きっぱり言うと、真珠は驚いた。

「というわけで、この件はひとまず置いておきます」

皆が目を泳がせる中、凪はプウからチョコレートを出し、口に入れて続ける。

「次は第四の事件。奈落に拘束された芽舞さんが、再び狙われた事件です。犯人は私と真珠君が回廊にいる時にトイレから出て階段に放火し、B3ボタンを押して芽舞さんを潰そうとした。放火に使われたガソリンは、私が鍵を掛けた倉庫にしまってありました。それを盗めるチャンスがあったのは、抜け穴を調べに真珠君と一緒に倉庫に入った光井さん、飾さん、静谷さんの三人だけです」

飾と静谷が不安気な顔で見つめてくる。

「私は鼻を研ぎ澄まして匂いを嗅ぎました。結果、皆さんの手からは何も匂いませんでした。匣の操作盤も、⑫の部屋の操作盤も無臭。それから麗さんの部屋から発見された一脚も無臭でした。ガソリンの匂いがしたのは、光井さんの部屋のスライドドアの側面だけです」

「ってことは、光井さんが……？」

剣が一歩前に出て、凪は頷いた。

「火を点けたのは、間違いなく光井さんです。バスルームに駆け込んで懸命に手を洗ったんでしょう。ガソリンの匂いは落ちたけど、手を洗う前に触れたドアの側面に、ガソリンが付着した」

「でも、じゃあなんでボタンからは匂いがしなかったの？」

　真珠の問いに、凪はすかさず答える。

「それはもう一人、共犯者がいるからです」

「え……？」

「そんなのわからないわよ。指にガソリンが付いていてもボタンには付かないかもしれないし――」

「ですね。そうかもしれません」飾の反論を凪は遮った。「でも考えてみて下さい。階段に火を点けて、操作盤のボタンを押す。そしたら、どうなりますか？」

「あ」真珠が言った。「ドアが閉まる……」

「そうです。スライドドアが閉まって、光井さんは部屋に入れなくなるんですよ」

　すると飾が振り向き、麗を見た。

「もう一人の犯人って、あなた……？」

「は？」麗が顔を顰《しか》める。

「麗さんの部屋に一脚があったんだから、そう思うのが普通でしょ？　さっきも言ったけどあなたなら、部屋から匣を降ろすことができるんだから」

「だから私は一脚なんて知らないって言ってるじゃない！」

　麗が飾に詰め寄ると、凪が割って入った。

「麗さんには無理なんです。鉄板は塞がれていましたし、見て下さい」

　そう言って、麗の手を持ち上げた。その指に、綺麗な長い爪が輝いている。

「これは付け爪じゃありません。この爪で鉄板を剝がすのは不可能です」

「そんなことわかってるわよ！」飾が詰め寄ってくる。「だから、私から盗んだ剝がし液が鞄に入ってたんでしょ⁉」

「あぁ……。そう、でしたよね」

凬は遠くを見ながらぼそりと言い、飾に視線を戻した。

「でも鉄板からシンナー臭はしませんでした。あの鉄板は剝がされていなかった」

飾は眉間に皺を寄せ、口籠る。

「でも、だったら共犯者がいても無理じゃない？　ボタンを押した人は部屋に入れないから――」

真珠はそこで言葉を押し留め、凬を見た。

「いや違う、さっきの、薩摩さんを殺す時と同じだ……ドアの前に何かを挟んでおけば……」

皆もハッとする。凬は光井の部屋のドアに触れながら言った。

「そうです。ボタンを押した犯人が部屋に入るまで、光井さんがドアを押さえていたんです。だからこの側面からガソリンの匂いがした。これは自動ドアなので普通なら触れたりしないのに」

「でも、それなら光井さん一人でも犯行は可能ってことにならない？」

麗の問いに、「そうですが」と凬は返す。

「倉庫に入った時、真珠君は三人を気にしていたんです。光井さんが一人でガソリンを盗み出すのは不可能なので、共犯者がいたはず。で、あの時、真珠君はあることに気を取られていた……」

凬が視線を向けると、真珠は言いにくそうに口を開いた。

「……うん。あの時、僕は飾さんに色んな推理を話されて、頭が一杯で――」

皆が飾を見る。間髪《かんはつ》容《い》れずに凬は問い詰める。

「飾さんが真珠君の気を引いている隙に、光井さんがガソリンを盗ったんじゃないですか？」

　飾の視線が、ぴくりと揺れた。

「そ、そんなの、たまたまよ。そんなことだけで犯人にされたらたまったもんじゃないわ！」

「そんなことだけではありません。四人は倉庫を出た後、自分の部屋には戻らずB1の捜索を続けました。ガソリンは小さい容器に移し替えれば携帯するのは簡単ですけど、一脚はそういきません。短くしても五十センチはあります。それを隠し持って捜索を続けるのは不可能です」

「でもじゃあ、どうやって。それは光井さんにも飾さんにも不可能なんじゃないの？」

　真珠の問いを受け、凪はすぐに聞き返す。

「倉庫の壁の皿。その向こう側には誰の部屋がありますか？」

「あ……」真珠が声を漏らすと、麗が答えた。

「私の部屋と、飾さんの部屋」

「そうです。おそらく光井さんは倉庫を調べ終わった後、他の三人を先に行かせ、階段を上っている時に一脚を皿から飾さんの部屋に入れたんです。で、捜索が終わった後、飾さんは自室に戻り、それを隠した。倉庫へ行ったのは皆の部屋を調べ終わった後なので、ベッドの下にでも忍ばせておけば気付かれることはありません」

「は？　何言ってるの、皿は部屋から鉄板で塞いでいたのよ？」

　飾がすぐに反論する。

「その前に剝がしていたんです。私が匣の操作盤の下に抜け穴があるんじゃないかと言った時、飾さんの部屋から真珠君と光井さんと静谷さんが出てきましたよね。皆で操作盤の下を調べている間、飾さんは一人で部屋に残っていました。あの時に鉄板を剝がしていたんです」

「そんな、剝がしたら音がするでしょ⁉」

「私も音を立てていたので。それに剝がし液を使えばそんなに音は立ちません」

「剝がし液……だから、それが無くなったから私は一人で探したのよ？」

「無くなったというのが、嘘だったんじゃないですか？　そもそも私はずっと麗さんと一緒にいたので彼女が盗むのは不可能です」

「なんで、なんでそうなるのよ……一脚も剝がし液も麗さんの部屋から出てきたのよ？　それが動かぬ証拠じゃない！」

喚《わめ》き立てる飾に、凪は不思議そうな顔を向けた。

「剝がし液は、麗さんの部屋から見つかったわけじゃないですけど」

「は……？　何を言ってるの⁉　あなたが言ったんじゃない！　彼女の鞄から剝がし液が出てきたって‼」

「え、そうでしたっけ」

凪はわざとらしく首を傾げる。「凪ちゃん、何を言ってるの……？」真珠も不思議そうな顔を向けてくる。と、凪は飾にぺこりと頭を下げた。

「ごめんなさい。今のは誘導するためにとぼけました」

「はぁ……？」

「飾さん、今こう言いましたよね。〈彼女の鞄から剝がし液が出てきた〉って。それからさっきも。〈私から盗んだ剝がし液が鞄に入ってたんでしょ〉って言いました」

飾の顔が凍り付く。

「私、一言も言っていないんです。鞄から出てきたなんて」

「あっ」皆が同時に声を漏らした。

飾だけが唇を噛み、俯いている。その顔は、失言を認めたも同じだった。

「でも、どうして……」真珠が聞いてくる。「何のために剝がし液と一脚を置いたの……？」

飾は口を噤んでいる。代わりに凪が話し出した。

「考えてみて下さい。犯人が匣を奈落に降ろして芽舞さんを殺害……したとしたら、どうなりますか？」

静谷が気付いたようだ。小さな声を出す。

「もう、上がれない……」

真珠もハッとした。

「そうです。階段に放火したので、すぐに避難しないといけない。なのに私と真珠君は燃え盛る階段の下。他の皆は犯人も含めて全員が部屋に入っているので、誰も匣を上げられなくなります。というか当然ですよね、犯人は誰もボタンを押せないように仕組んだので」

皆も理解したようで、飾を見た。彼女は口を結んで視線を落としている。

「そのままだと自分たちの命すら危うくなる。だから二人は考えた。そして麗さんの部屋に一脚があれば、ボタンを押すことができると閃いたんです。でも皿には鉄板が貼られていて麗さんは爪が長く、力も無い。だから剝がし液と刷毛も一緒に忍ばせた。皆がパニックになっている中で、どちらかが棒状の物が無いかと皆に聞く。と、麗さんが一脚と剝がし液を発見する。そのおかげで匣を上げることができて、誰がそれを置いたのかはわからない。そういう策略だったんです」

凪はチラッと飾を見る。

「ちなみに、光井さんも飾さんも、鬼人館の事件の小説を読んでいなかった。読んでいれば、私の鼻の良さを警戒していたはずなんですけどね」

場がしんと静まり返る。

「それから私が麗さんのおかげでドアを押さえておけば匣が動かないことに気付いた時、飾さんもその場にいましたよね。その方法が使えると、飾さんが光井さんに教えたんじゃないでしょうか」

飾は何も言わない。僅かに震えながら押し黙っている。

「階段にガソリンを撒いて放火したのは光井さん。そして彼がドアを押さえ、飾さんがB3のボタンを押した。光井さんがボタンを押さなかったのは、おそらく罪を分け合うためだと思います。どうですか飾さん、認めてもらえませんか?」

凪が優しく尋ねると、飾はこくりと頷いた。

剣が鬼のような目を向ける。

「ってことはその後に、共犯だった光井さんを――」

「違う!!　光井は殺してない!!　私はQじゃないの!!」

飾が叫ぶ。

「やめろよ、見苦しいぞ。大人しく――」

「そうは言ってません」

剣の言葉を凪が遮った。

「は？」剣が颪を見て、真珠も声を上げた。「いや、でも！」

「阿呆が。この豚野郎はさっきから、犯人はと言っていただろ。Qとは一言も言っていない」

憎たらしい声に援護され、颪は頷いた。

「はい。光井さんはもちろん、飾さんもQじゃありません。Qであるはずがないんです」

「どうして……？」

麗が聞くと、颪は皆に聞き返した。

「皆さん大事なことを忘れていませんか？　芽舞さんが殺されてしまったら、私たちはB1の鉄扉から匣の上に出て、脱出できるということを」

「あ！」

飾以外の全員が声を上げた。

「だから逆なんです。Qなら絶対に、芽舞さんを殺すことができないんです」

「どうしてそんな簡単なことに……」

真珠は悔しそうに頭を押さえる。

「それに、この第四の事件は明らかに手口がずさんでした。ガソリンの盗み方も雑だし、匂いも残していたし……Qの巧妙な手口と似ても似つかなかったんです」

「確かに……でも、どうしてそんなことを」

真珠が飾を見る。彼女は口を閉ざしたままなので、颪が答えた。

「今回集められたスタッフは、二十年前の事件で灾子さんを告発した方ばかりでした。そして彼女が処罰を受ける決定打になったのは、薩摩さんが警察に提出した証拠映像だった。だから最初に薩摩さんが狙われた理由は一目瞭然でした。その後に狙われるのは自分たちに違いない。二人は怯えて、なんとしてでもこの館から抜け出したかった。違いますか？」

飾は俯いたままだ。やはり何も答えない。

「飾さん。幸いなことに、殺人にはならなかったんです。取り返しが付かないことではありません。罪は償えます。自分の口から話してもらえますか？」

諭すように言うと、飾が重たそうに口を開いた。

「全部凪ちゃんの言う通りよ。光井が、計画を持ちかけてきたの。一人じゃ無理だから手伝ってほしいって。断ろうとしたんだけど……次は絶対に俺らが殺られるぞって……私……まだ五つの息子がいるの……絶対に死ねない、死にたくなくて……」

飾の目が真っ赤に滲んでいく。

「最初は、ガソリンと一脚を盗むのを手伝うだけのつもりだったの……そしたら光井は、それに成功した後に言ってきたの。ボタンを押してくれ、二人で罪を分け合うんだって……。断ったら、手伝ったことをバラすぞって脅してきて……」

光井がいない今、それが真実かどうかはわからない。だがその涙に嘘は無いと凪は思う。

「ごめんなさい……芽舞ちゃん……本当に、ごめんなさい……」

飾は膝を突き、床を濡らしながら謝罪する。

奈落から返ってきた言葉は一言だけだった。

「最低ですけど、死にたくないという気持ちだけは理解できます」

重苦しい空気が流れる中、飾は何度も頭を下げた。

25

颪が水を口に含むと、皆も釣られるように喉を潤した。

真珠の喉はからからに渇いていた。颪のあまりの凄さに、口が開きっぱなしだったのかもしれない。トイレ休憩にしましょうか、と颪が提案したが、皆は首を横に振った。想いは同じだろう。早く続きを、真相を聞きたくてしかたがない。

その空気を感じ取ったのか、颪は間をおかずに話し出した。

「次は第五の事件なんですが、その前に麗さんが襲われた第六の事件の話をしないといけません」

真珠の手に汗が滲む。それはどう考えても不可能と思える事件だった。

が、麗の頭の血が血糊だとわかり、全てがひっくり返った。

真珠はQの姿を見ていない。全て麗の自作自演ということだ。

彼女の動向を気にしていると、突然颪が頭を下げた。

「ごめんなさい。あの犯人は私です」

「は……!?」真珠は目を見開いた。「え、そ、そんな、いや、どうして」

「Qを炙《あぶ》り出すために、お二人に協力してもらったんです」

颪はそう言って、麗と飾を見た。

「はぁ⁉」

剣が大きなリアクションをする。

「何を考えてんだおまえは……」豺の声がして、「どうやって……」静谷も口を開く。

颪は顔を上げて説明し始めた。

「図書室でみんながぐったりしていた時、珈琲と本を配ったじゃないですか。あの中にメッセージを書いたタロットカードを挟んで、二人にこっそり渡したんです」

すると麗がカードを出して見せた。

『私は麗さんを信じています。Qを炙り出す計画に協力して下さい。説明をしたいので、体調不良を装って部屋で寝たいと言い張って下さい』

飾も無言でカードを見せる。

『私は飾さんを信じています。Qを炙り出す計画に協力して下さい。トイレに誘われたら断って、皆がいなくなったら電気室に行って下さい』

颪は二枚のカードを受け取りながら、ゆっくり歩き出した。

「で、麗さんが部屋に行きたいと言い出して、私が折れたふりをしながら連れて行く。二人きりになって、計画を伝えて協力をお願いしたんです」

「わけがわからなかったけど、Qを捕まえるためだって言うから……」

麗が言い、颪は続けた。

「まず私は麗さんの部屋にカーテンを付けて、バスルームを出るなと書いたタロットカードを、剣さんと静谷さんのトイレに貼った。それから回廊へ下りる階段で麗さんにガムテープを巻いて、頭に血糊を付けたんです」

凪はその場その場に目を向け、最後に図書室の方を見上げる。

「それで準備は完了。私がみんなにお手洗いは大丈夫ですか？　って聞いて、手筈《てはず》通り飾さんが断って、真珠君が剣さん静谷さんと一緒にトイレへ行った」

「ちょっと待って」真珠は割って入った。「二人がトイレに行きたがらなかったらどうしてたの？」

「どっちかが行かないと言っても、図書室に飾さんと二人で残して出るわけにいかないから、無理にでも行かせるつもりでした。それにみんな暫く行っていなかったですし、そのためにトイレが近くなる珈琲を配ったんです」

「え、あぁ……」

それは凪の労《ねぎら》いだと思っていた。彼女のことが少し怖くなる。

「で、三人がバスルームに入ると、私は瑠夏君の部屋の皿から、電気室に来た飾さんにもう一枚カードを渡して、大元のブレーカーを落とすように頼んだんです。それで暗闇になりました。真珠君がトイレから駆け出てきて、麗さんが叫ぶ。剣さん静谷さんは、カードの脅迫で出てこない。私は怯えたふりをして真珠君を⑫の部屋に行かせ、彼が階段を覗き込む前に、麗さんの部屋のカーテンが動いたと嘘をついて今度はそっちに行かせた。それから、飾さんに渡しておいた二枚目のカードには――」

凪はそこで飾を見た。彼女が二枚目のカードを見せる。

『私が何を叫んでも何も言わずに、図書室で待機していて下さい。でも〈返事をして下さい！〉と言ったら、おもいっきり悲鳴を上げて下さい』

「この指示通り私が叫んで、飾さんは見事な悲鳴を上げた。それで真珠君が麗さんの部屋に入った後に、私は匣を上げて図書室に向かったんです」

凪は皆に紹介するように、麗に手のひらを向ける。

「あとは主演俳優の出番です。奥の階段で待機していた麗さんが部屋に出てきて、ドサッと物音を立てる。それに気付いた真珠君は、皿を塞いでいる鉄板を剝がし始める。と、麗さんは操作盤のB2ボタンを押し、開口部に頭を出して仰向けになる。真珠君が鉄板を剝がして、彼女を発見する」

「そんな……」

真珠は声を漏らした。あの時のことを思い出しただけで、胸がドキドキしてくる。

「彼が匣を止めるよう叫ぶも、私は図書室から出られない。真珠君はどうにかして麗さんを起こそうとする。おかげで麗さんが目を覚まし、間一髪で助かる。そういうシナリオだったんです」

胸を押さえながら聞いていると、凪が謝ってきた。

「ごめんなさい。怖かったですよね。本当に危険なので、そんなにぎりぎりまで頑張らなくてもいいって、麗さんには伝えたんですけど」

「役者をなめないでくれる?」

麗はふっと笑った。

「なんのために、そんなことを……」

トリックは解明されたが、真珠にはまだ謎だらけだ。

「私も何も聞いてない。Qを炙り出すためなんでしょ?」

麗が聞き、飾も同意を示す。凪は「はい」と頷いた。

「でも、実のところ、あの一件の前にQはほぼ特定していたんです。けど、トリックの確証が得られなかった。だから、その確証を炙り出したかったと言った方が正しいです」

「でも、どうして僕まで騙したの？　一言相談してくれれば！」

真珠が声を上げると、颪は顔を綻ばせた。

「真珠君、嘘がつけない人でしょ？　お芝居ができても嘘は別物だって聞いたから。敵を騙すにはまず味方からってことで。ごめんなさい」

「そんな……」

「ちょっと待て」久しぶりに豺の声がした。「なぜ最初に真珠を⑫の部屋に行かせたんだ？　真珠が階段にいる麗に気付いたら計画がパーになる。すぐに麗の部屋に行かせれば済む話だろ」

「あぁ、たしかに」

「さすが豺さん。よくそんな細かいところに気付きましたね。その理由は、また後で説明します」

颪が答えると、麗が聞いた。

「で、トリックの確証は得られたの？」

「おかげさまで。さすが天才俳優です。素晴らしいお芝居でした。それから飾さんも」

飾はドヤ顔を見せかけたがすぐに抑え、神妙な顔で聞く。

「どんなトリックなの……？」

「それはこの後、Qを暴いた後に説明します」

颪はそう言って、パンッと手を叩いた。

「というわけで、残るは第五の事件。光井さんと瑠夏君が殺害された事件です」

緩みかけていた空気が瞬時に張り詰める。けれど凪は変わらず淡々と続けた。

「一連の犯行を起こすには、B1にあった匣を降ろさないといけません。このトリックが本当に難題でした。色々考えましたが、やはり瑠夏君に頼むしか手はありません」

「やっぱり、脅すとかして?」

真珠が聞くと、凪は僅かに首を傾げた。

「無いとは思いますが、可能性は否定できません。でもその前に、もう一つ大きな問題がありますよね」

「あぁ。匣に足跡が無かったもんね。誰も部屋から出ていないはずで——」

「そうなんです。Qが匣の上を歩いたのは、⑫から⑥の間と、③から⑨の間だけです」

「無理でしょ……」

麗が床に残った砂を見下ろすと、凪はそこを踏み付けた。

「それが無理じゃないんです。匣の下を歩けば」

「え?」静谷が顔を上げた。

「それって、もしかして……」真珠は床の皿を覗く。「芽舞さんが、Qってこと……?」

「そんな。私のわけないじゃない!」

芽舞がキッと睨んでくる。

「そうよ!　彼女は手枷で繋がれてるんだから!」

飾が芽舞を援護する。

「自分で、繋いだとしたら……?」

真珠が言うと、飾は眉を顰めた。

「芽舞さんは皿に右手も入れることができました……落とされたんじゃなくて自分で下りて中から手枷を嵌めれば……自分で外すこともできるはずだし……」

「まさか！　だってこの手枷は皿よりも大きいんだから！」

下から反論が聞こえる。責めるのは辛いが、遠慮している場合じゃない。真珠は拳を握り締め、言葉を返す。

「手枷を解錠して開けば、皿を通すことができるんじゃないですか？」

すると豺が言ってきた。

「待て。一つ大きなことを忘れてないか？　なぁ凪」

「はい。手枷については真珠君の言う通りだと思います。けどそもそも、芽舞さんは歩けないんです」

「あっ」

真珠は情けない声を出した。熱くなったせいで肝心なことを忘れていた。

「そうよ。私には絶対無理」

芽舞に言い切られ、言葉を返せない。謝ろうとした時、剣が進み出た。

「悪いけど本当に歩けないのか？　匣の足跡は綺麗に残ってたわけじゃないだろ。事故から二十年も経ってるんだし、本当はもう――」

「彼女のわけがない……！」

突然静谷が声を出した。剣が訝しげな目を向ける。

「どうしたんだよ、急にそんな声を張り上げて」

「いや……彼女のことは、昔からよく知っているから……」

昔の恋人を想っているのだろう。彼の気持ちはよくわかる。

剣が何かを言おうとすると、凩が歩み寄った。

「杖を突けば一人でお風呂にも行けると彼女は言っていましたが、仮に歩くことができるとしてもです。貯水槽に瑠夏君を入れるには、談話室から長い階段を下りて、貯水槽に付いている梯子を上らないといけません。それも瑠夏君を抱えて。芽舞さんには絶対に不可能です」

剣は押し黙った。

「この体で良かったって、初めて思った……」

芽舞の吐息が聞こえる。真珠は彼女に謝り、凩を見た。

「でも、じゃあ、匣の下を歩けば可能って言ったのは、どういうことなの?」

「例えばですが。あの夜、匣はB1に上がっていたんですから奈落に飛び下りたらどうでしょうか」

凩はそう言って、手を掛けて下りれば一番背の低い自分でさえ、怪我なく飛び下りられるかもしれないことを皆に説く。

「奈落に下りてどうするんだ?　上がれないだろ!」

剣がもっともな反論をする。

「はい。自力じゃ無理です。じゃあ、瑠夏君に匣を降ろしてもらったらどうでしょうか?」

「はぁ?　降ろしてもらえんなら、飛び下りる必要はないだろ?」

「匣に足跡を付けずに部屋を出る方法を話しているんです」

「奈落に落ちたなら、匣を降ろしても上がれないじゃない。底まで降ろされたら潰されるんだし」

剣に代わって飾が問い詰めると、凪はさらりと言った。

「潰される手前で、止めてもらったらどうでしょうか」

飾と剣は無言で目を見合わせる。

「皿か……」

豺がぼそりと言った。

「はい。Qは自分の手が届く位置まで匣を降ろしてもらって、皿に摑まってぶら下がり、上げてもらったんです。そして匣がB2より上に来た時に、⑫の部屋に飛び移った。皿から開口部の距離は一・五メートルほどなので、運動神経の良い人なら女性でも可能です」

そんな手があったか……。真珠は驚いた。

「Qはそうやって⑫の部屋に上がり、瑠夏君と合流して彼を襲った。ラクダの蹄から首輪と折り畳みナイフを取り、瑠夏君を貯水槽に運び入れて胸を刺したんです。それから百々目鬼像を⑫の部屋に持っていき、ピアノ線を結んで操作盤の真上に置いた」

凪は遠隔でボタンを押すトリックを解説する。

皆は感嘆するように頷いた。

「で、それを仕掛けた後、Qは寝ている光井さんと真珠君に首輪を掛けた」

「ちょっと待って」真珠は割って入った。「匣の足跡は、僕と光井さんの部屋の前に無かったんだよ?」

「部屋に入らずに、ワイヤーを掛けたとしたら?」

「あ！」

　またも声を上げてしまう。一体何度驚かされるのか。

「どういうこと？」麗が聞き、凪は自室の方へ歩き出す。

「足跡があったのは、この階で言うと⑫の部屋から、私の⑥の部屋に続く縦のライン。もう一つは、それと十字になる横のライン」

「③と⑨の部屋……そうか、その部屋から……」

　麗も気付いたようだ。

「はい。Qは③と⑨の部屋から皿に手を入れて光井さんと真珠君に首輪を掛けたんです。枕の位置は皿のすぐ下。二人の部屋に入らずに犯行が可能です」

「そうか、僕の部屋にも足跡が無かったから、それしか方法が無いんだ……」

　真珠は自室を見る。剣が訝しげな顔を凪に向けた。

「隣から首を括《くく》るなんて、本当にそんなことができるのか？」

「首輪を片手で掛けられる仕様にしておけば充分可能です」

「寝相が悪かったら？　顔の位置が離れてたら手が届かないだろ？」

「そうですね。でもこう考えたらどうでしょう。Qは光井さん、真珠君、飾さん、静谷さんの中で首輪を掛けやすかった二人を選んだと。③と⑨の部屋からなら、四人を狙う事ができるので」

「あぁ、そうか……」

「むしろ灾子さんの計画通りなら、Qが本当に狙いたかったのは真珠君の他の三人だったかもしれません。飾さんは深夜に寝苦しくて目を覚ましたと言いましたよね。それは、Qが首輪を掛けようとしていたんじゃないでしょうか。それで飾さんが目を覚ましたので、やむなく諦めた。静谷さんも寝相が悪かったのかもしれません。だからしかたなく、真珠君を狙った」

飾は両肘を抱えながら身を震わせた。静谷も蒼白になっている。ほんの少しの理由で自分が死んでいたかもしれないなんて。考えただけで恐ろしい。

「で。誰ならそれが可能なの……？」

飾が震えながら聞き、真珠も続く。

「誰でもできたってことに、なっちゃうんじゃないの……？」

颪は皆の部屋を見回しながら言った。

「匣の足跡だけを考えるとそうなりますけど、部屋の足跡を見れば絞れます。さっき説明した通り、QはB1に上がる時に、奈落に下りたはずです。どんなに運動神経が良くても、自分の部屋に足跡を付けず、ベッドから奈落に飛んで無傷で済む人はいませんので」

「そうか！」

「では……他の事件の検証結果と併せて、整理していきましょう」

颪がそう言うと、全員がごくりと唾を飲んだ。

「その前に、Qは〈犯人が二人いるミステリは美しくありません〉と言っていました。なので共犯者はいない。Qは一人だと、先に断言しておきます」

反論は上がらず、颪は続ける。

「まず、薩摩さんが落とされた時と、宍子さんが殺された時。真珠君にはアリバイがありました。さらに部屋に足跡も無かったので、Qではありません」

真珠はこくりと頷く。安堵はするものの、胸の高鳴りは治まらない。

「歩けない芽舞さんには瑠夏君を運ぶのは不可能です。Qではありません」

下を覗くと、芽舞は神妙な顔で見上げていた。

「第四の事件。飾さんは芽舞さんを殺害しようとしたので、Qではありません」

飾は嬉しいのに喜べないような、複雑な表情を浮かべる。

「そして第五の事件。麗さんは部屋に足跡が無かったので、Qではありません」

麗は大きく息を吐く。

「残ったのは、二人です」

痛々しいほど張り詰めた空気が流れる。

剣と静谷は訝しげな目を互いに向け合っていた。二人にはもう、Qが誰だかわかっているのだ。

真珠の胸はバクバクと音を立てる。と、静谷が言った。

「ずっと気になってたんだ。どうして監督は剣さんを主演に選んだのかって……」

「は……？」

剣がケンカを売るような目を向ける。

「だって原作の奥入瀬竜青は細身だから、正直、イメージに合わないなって……」

「原作は原作だろ？　んなもん関係なく、俺は実力を認められて――」

「私も静谷さんと同じことを思っていました」凰が言葉を被せた。「鳳凰館の殺人も細身の俳優さんだったそうですし」

「関係ねぇ！　つーか静谷、おまえなんだろ？　おまえがQなんだろ⁉」

剣が詰め寄り、真珠は割って入る。と、麗が寄ってきた。

「そういえば剣さん、ハリウッドでロッククライマーの役をやってたよね。灾子さんはそれを見て気に入ったって言ってたけど、それって——」

「決まりね」

飾がフッと笑い、皆が剣に目を向ける。

「ふざけんなよ、確かに俺なら簡単に飛び移ったりできるだろうが、静谷ができないとは言い切れないだろ?」

「いや、俺じゃないです……」

静谷はもごもごと反論する。

「どっちなんだ」

豺が言うと、凪はコキッと首を鳴らした。

「では、違う視点から考えればどうでしょうか」

「違う視点?」

「さっき、後回しにした問題です。なんにせよ、Qは瑠夏君に匣を降ろしてもらったことは間違いありません。では、どうやって降ろしてもらったのか」

「何かで脅迫したんだろ?」

「だとしてもです。問題は、どうやって瑠夏君に連絡を取ったのか」

「あ、そうか」真珠は気付いた。「談話室に行った瑠夏君を、呼び寄せる手段が無いのか!」

「そうなんです」

「いや、みんなぐっすり寝てたんだから、大声を出せばいいだけじゃないの？」

飾が言うと、豺が否定した。

「だとしたら、俺や刑事が聞き逃すはずが無い」

「じゃあ、昨日瑠夏君がB1に上がる前に、脅していたとか」

飾の反論は、的を射《い》ているように思えた。だが颪はすぐに論破する。

「無理です。その前日にB1で寝たのは私です。当然、昨日もそうなるとQも思ってたはず。でも豺さんの提案で、急遽《きゅうきょ》私が瑠夏君と交代したんです。それが決まって以降、私は彼とずっと一緒にいたので、Qが事前に接触するのは不可能です」

飾が納得したように頷くと、颪は視線を下ろしながら言った。

「Qは皆が寝ている時に、密かに瑠夏君に接触したはず。それができる人がいます」

「どうやって」

「昨日の夜、私は部屋に入ってから、匣に何かを撒くことを思いつきました。でも匣を降ろそうにも、瑠夏君に連絡できる手段が無かった。そこで、どうしたと思いますか？」

真珠は視線を上げた。それを見て、麗が気付く。

「皿……」

「そうです。私の部屋は瑠夏君が寝ていた談話室の真下だったんです。私は飴を投げて、天井の皿を塞いでいる鉄板に当てたんです。そしたら彼はすぐに気付いて、鉄板を剥がしてくれました」

「でも、瑠夏君は眼鏡を掛けていたでしょ。Qが声を出したら豺さんが気付くんじゃ」

真珠が口を挟むと、颪は言った。

「手紙を投げたらどうでしょうか。タロットカードに書いて丸めるとか」

「そうか……ということは……」

真珠の視線が横に動く。皆も同様だ。

全員が剣に視線を向けていた。

「その点について、どう思いますか？　剣さん」

剣は「えっ」と声を出す。

「談話室の下にいたのは、私の他はあなただけなんです。静谷さんには不可能です」

「決まりね。投げるのも、ぶら下がるのも得意だし」

飾が追い討ちをかけると、剣は取り乱しながら声を上げた。

「違う！　俺はそんなことはしてない！　俺じゃない!!」

懸命に否定する剣の声が、高い天井に虚しく響く。

皆が憐《あわ》れむような目で剣を見つめ、凮も同じような目を向ける。

「というわけで、Qは剣さんしかいない……」

「違う!!」

剣が凮に迫っていくと、凮はそれを制しながら言った。

「そう思ったんです。が……」

剣が立ち止まる。真珠は僅かに目を見開いた。

「が……？」

凮は⑨の部屋に入ると、真珠の部屋の方を見て言った。

「剣さん、ここの皿に、手を入れてもらえますか？」

皆がそこへ寄ってくる。剣は言われるがまま、壁の皿に手を突っ込む。

と、手の甲で止まった。指しか入らない。

「見て下さい。剣さんは腕も太いし手もがっしりしていて、皿に入らないんです」

皆が顔を見合わせる。真珠は漏らすように言った。

「僕と光井さんの首に、首輪を掛けるのは不可能だ……」

「はい。これでQの候補は、この場にいなくなりました」

皆が道を開け、颪がツカツカと部屋を出てくる。

剣が安堵の息を吐き、場が静まり返った。

「……は⁉」

数秒の後、声を上げたのは飾だった。

「いやいやいやいや、Qを突き止めたんだろ⁉」

吠《ほ》える剣に、颪は素直に頷く。

「はい」

「はいじゃねーし！」

麗が本性を露わにし、静谷までもが大声を出した。

「ふざけてるの⁉」

「ふざけてなんかいません。私は、こ、この場にい、いなく、なった、た。そう言ったんです」

「え……？」

真珠が顔を向けると、凪はゆっくりと視線を落とした。

下にいるのは、一人だけだ。

「何を、言ってるの……?」

震える声が返ってくる。

「そ、そうだよ、芽舞さんは歩けないからさっき不可能って……!」

真珠が言葉を漏らすと、凪は再び歩き出した。

「Qの犯行トリックの他に、いくつも疑問があったんです」

人差し指を立てながら話し出す。

「一つ目は、どうして穴子さんはヒッチコックを嫌っていたのに、瑠夏君を貯水槽に入れてサイコをオマージュしたのか」

「ヒッチコックを嫌ってたのは監督よ? Qは好きだったのかもしれないじゃない」

飾が異を唱えるも、凪は動じない。

「Qは監督の思想を引き継ぐと明言していますし、犯行の時間が長ければ長いほど、多大なリスクを伴います。ただの趣味でやったとは思えません。私は悩んだ末に、こう思いました。芽舞さんにはヽヽヽヽヽヽヽヽヽ絶対に不可能だと、皆に思わせるためにやったんじゃないかって」

「え? いや、どういうこと……? どうやって……」

動揺する真珠に構わず、凪は続ける。

「二つ目の疑問は、どうして奈落の中心にあるはずの穴を潰していたのか。百々目館の殺人では奈落の床の中心に鎖を引っ掛けられる穴が開いていて、男がそこに繋がれて潰されるんです。この館は小説を忠実に再現して建てられたはずなのに、それが無い。宍子さんは事前にその穴を潰し、それがバレないよう床一面をコンクリで上塗りしていたんです。どうしてわざわざそんなことをしたのか……。私はこう考えました」

　凪は屈み込み、皿を覗き込んだ。

「芽舞さんは、奈落の中心ではなく、壁の皿に繋がれていなければいけなかったんじゃないかって」

「どうゆうこと？」

　真珠が聞くも、やはり凪は答えない。

「三つ目の疑問は、どうして宍子さんは息絶える間際に中心の方へ這っていったのか。私は彼女がQの正体を皆に伝えようとしたんじゃないかと考えていたんです。でも、それは凡人の発想でした。宍子さんの思考になって考えてみたら、逆の発想に辿《たど》り着いたんです。彼女は、真犯人を隠すために、中心に這っていったんじゃないかって」

「それって、つまり……宍子さんは娘の芽舞さんに殺されて、彼女を匿おうとしたってこと？」

　凪は首を横に振った。

「であれば、歪んだ親子愛に見えなくもないです……が、違います」

「あぁまどろっこしい！　早く話しなさいよ！　どうやって芽舞がみんなを殺したのかを！」

　麗が本性を剝き出しにして詰め寄る。

　と、凪は平然とした顔を向けた。

「待って下さい。私は一言も言ってませんよ。芽舞さんがQだなんて」

「え……？」静谷が歩み寄る。「だって、さっき下を……」

「もう一人、下にいませんか？」

混乱した様子の皆を見て、凪は言った。

「あそこにいるのは芽舞さんじゃありません。灾子さんです」

「は……⁉」

皆は絶句した。

「そんな、嘘でしょ……」

声を漏らした真珠をちらりと見て、凪は捲《まく》し立てるように話し出した。

「ありえないと思うでしょうが、根拠が五つあります。一つ目、灾子さんと芽舞さんは親子で、顔も背恰好も似ている。二つ目、灾子さんは美魔女という言葉でも足りないほど見た目が若い。三つ目、灾子さんは元俳優で芝居のプロ。四つ目、灾子さんは映画の技術を網羅していたのでメイクの技術も一流。そして五つ目、奈落は薄暗く、彼女がいる場所は⑫の真下の壁際。角であれば他の皿から見易《みやす》いですが、あの位置だと両隣の皿からは角度が無くて見えませんし、真後ろの皿は、彼女自身の腕でほとんど塞がれています。それが、彼女が床の中心じゃなく、壁に繋がれなければならなかった理由の一つです」

凪は息継ぎだけをして続ける。

「事前にQを押し付けられたのは芽舞さんです。一緒に準備を進めていたけど、Qが灾子さんを裏切って殺した。と思わせて、あれは二人の芝居だったんです。灾子さんは刺されたふりをして、芽舞さんによって奈落に落とされた。そして死にそうな芝居をしながら、中心に這っていった。芽舞さんは匣を降ろして、灾子さんを潰そうとする。その時、ちょうど豺さんが叫んだんです。〈部屋にいない奴を確認しろ！〉って。それで違和感なく、芽舞さんは灾子さんを潰す前に、匣を引き上げることができた。灾子さんは潰されることなく、出血多量で死んだふりをすることができたんです。落とされた時に重傷を負わないような服を着ていたのかもしれませんし、スタントの技術を習得していたのかもしれません。本物の血液を体に仕込んでおくくらい、わけないですし、特殊メイクで傷を作る技術もあった。でも、さすがに奈落が暗いとはいえ、皿が小さいとはいえ、間近で皆に確認されれば、死体のふりなんてバレてしまいます。だから、灾子さんはその前に縄梯子を燃やし、自ら中心に這っていったんです。死体のふりをした自分を間近で確認させないために」

誰も何も言えない。感嘆する息遣いだけが聞こえてくる。

「見事な推理だ」

豺が言う。真珠は抑えていた疑問をぶつけた。

「いや、でも！　僕たちは灾子さんが死んだ次の日にしっかり死体を確認したでしょ！」

「次の日、ですよね。落とされた芽舞さんが、マイクブームを使って中心にある死体を引き寄せて、皆で確認した。それが、芽舞さんが中心に繋がれてはいけない、もう一つの理由です。次の日に、皆に死体を確認させるために」

何も言えなかった。麗が顔を上げ、言葉を絞り出す。

「じゃあ、あの死体は……？」

「もう答えを言っているようなものですが、芽舞さんです」

静谷がわなわなと震え出した。

「第三の事件は、芽舞さんが自ら奈落に飛び下りただけだったんです。おそらく、皆が上から脱出できないように手枷で捕まっている役だったのでしょう。でも宍子さんは彼女を騙していた。死体を皆に確認させせないと、偽装なんてすぐにバレると思っていたんです。そのために自分の娘を手にかけ、お互いの服を交換した。元々似ているうえに、多少メイクを施したかもしれません。宍子さんは予め芽舞さんと同じショートヘアにしておいて、ウィッグを被っていたんでしょう。多少雰囲気が違って見えても、それは死体だから、と私たちは思ってしまうので、騙されるのも無理はありませんでした」

　真珠は言葉を出せなかった。豺も、皆も何も言えないようだ。

「宍子さんは肉体も鍛えていました。高齢をものともせず匣の皿にぶら下がり、部屋へ飛び移ることもできたんです。そして芽舞さんには不可能と思わせるために、瑠夏君を貯水槽の中に入れた。サイコへのオマージュと思わせたのはそのためです」

　凪はそこで言葉を止めると、下を覗いて尋ねた。

「反論はありますか？　宍子さん」

　不穏な静けさが場を包む。

　数秒の後、パチパチパチと音がした。こんなに気色の悪い音色の拍手は初めてだ。

　真珠は恐る恐る皿を覗く。

　監督は、宍子はすでに手枷を外していた。

　シーツを除《の》け、死体の頭からウィッグを引き剝がし、これ見よがしに放り投げる。

「本当に素晴らしい。見事な推理よ」

　再び場が静まり返る。皆も、真珠も言葉を失っていた。

自分の娘まで殺すなんて。心底おぞましい。

　宍子は悪びれる様子もなく、芽舞と同じショートヘアに触れながら話し出した。

「けれどこの映画のクライマックスはまだ先よ。犯人は私だった。これで一、二、三の事件は解ける。では第五の事件は？　どうやって私は瑠夏に匣を降ろさせたのか。それが説明できる？」

　不敵な笑みを見せると、凪は断言した。

「できます」

「では――」宍子は言葉を止め、パチンと指を鳴らす。「その前に。凪ちゃん、その丸眼鏡を真珠君に掛けさせてくれる？　最後は観客に、名探偵の顔を見せてあげたいので」

「いやです。と言ったらどうしますか？」

　凪が冷たい口調で返すと、宍子も同じ口調で聞き返す。

「全てを終わらせる。と言ったらどうしますか？」

　凪は黙ったまま立ち上がり、丸眼鏡を差し出してきた。

　真珠はそれを掛けて度を下げる。皿を覗くと宍子が微笑んだ。

「ありがとう。心から感謝するわ。では本題に戻りましょう。私はどうやって瑠夏に匣を降ろさせたのか。教えてくれる？」

　凪は黒縁眼鏡を掛けながら話し出す。

「それが一番の難題でした。奈落から瑠夏君に接触するのは不可能なので。それに考えてみると、全部私の行動が読まれたうえで、一連の犯行が成功している気がしたんです。で、思いました。もしかしたら私は、ある人物に巧妙に誘導されていたんじゃないかって……」

「え……?」

真珠の心臓が再び波打ち始める。

「ある人物……?」

剣が聞き、静谷も凪を見る。

「そうは、思いたくなかった……。でも、それでしか説明がつかなかったんです。だからそれは、私にとって、凄く難しい推理でした」

「どういうこと……?」

麗が呟き、飾が詰め寄った。

「誰のことを言ってるの⁉」

凪はゆっくりと視線を動かす。

皆がその先を見て固まる。

凪が視線を向けたのは、真珠だった。

26

「僕……？」

青白くなった真珠の顔を見て、首を横に振る。

「違います」

颪が見つめているのは真珠じゃない。

「真珠君の眼鏡の向こうにいる人です」

「えっ……!?」

全員が息を呑んだ。

静寂が包む。

「ですよね？　豺さん」

颪が沈黙を破ると、眼鏡から声がした。

「……ありえないな。根拠はあるのか？」

颪は深呼吸をしてから話し出した。

「瑠夏君は、ああ見えて普通の男の子じゃありません。鬼人館で、とても辛い経験をしたんです。なので私以外の人が、どうにかして上にいる彼に連絡を取ったとしても、絶対に疑うはずだと思いました。たとえそれが真珠君でも。芽舞さんであってもです。けど、私以外に信用してしまう人がいることに気付いたんです。それがあなたです。財さんがQであるはずがありませんから」

「だよな。そんなわけがない」

「でも、無理にでも財さんが共犯だと考えると、全ての辻褄《つじつま》が合ったんです」

凪はゆっくり歩きながら、人差し指を立てた。

「一つ目。まず財さんは、やたらと私に探偵を全うするよう言ってきました。それは私が放棄したら、この下劣な見せ物が成立しなくなるからです」

足を緩め、二本指にする。

「二つ目。芽舞さん扮《ふん》するQが、奈落に落ちた灾子さんを潰そうと匣を降ろした時、〈部屋にいない奴を確認しろ！〉と言ったのは財さんでした。絶妙なタイミングでそう言ったおかげで、私たちには、Qが自室に戻るために灾子さんを潰すのをしかたなく諦めたように見えたんです」

奈落を見下ろし、三本指を作る。

「三つ目。その後にどうにか奈落に下りられないかを皆で考えましたよね。シーツを繋げるか、ドラムコードを使えば上がってこれるかもしれない。そう気付いた時に、財さんは危険だからやめた方がいいと言った。それは、下りられたらまずかったからです。灾子さんが死体に扮していることがバレてしまう。だから、簡単に下りられるのに手掛かりを残すはずが無い、百々目館の殺人では全員奈落で殺されてるから危険だ、などと言って下りるのをやめさせたんです」

談話室を見上げ、四本指を掲げる。

「四つ目。その後に、私に談話室で寝ろと言い出したのも財さんです。一番用心深い私をB2から遠ざけつつ、匣を上げさせたことで、芽舞さんは簡単に奈落に下りられるようになった」

天井に目を移し、右手をパーにする。

「五つ目。その翌日、私は匣を奈落に降ろせば、B1から外に出られることに気付きました。思えば、それも豺さんとの会話からの閃きだったので、誘導されていたんでしょう。気付いた時にはもう芽舞さんが落とされているという、これまた絶妙なタイミングで」

最後に手のひらの指をコキッと鳴らして皆を見た。

「そして六つ目。昨日の夜、今度は瑠夏君が上で寝ろと言い出しました。急に私が犯人かもしれない、みたいにふざけ出したのはそうさせたかったから。理由はもちろん、瑠夏君を利用して匣を降ろさせるため。私は要所要所で豺さんに誘導されていたんです」

「だとしてだ。どうやって瑠夏に匣を降ろさせた？」

「灾子さんは芽舞さんに成り代わり、自分で手枷を嵌めた。そこでまた別の疑問が浮かびました。手枷を解錠されたらまずいのに、どうしてわざわざパスワード式のロックにしたのでしょうか。それもご丁寧にforというヒントまで刻んで。瑠夏君はゲーム風にしたかったんじゃないかと言っていましたけど、だったらこの館内で解き明かせる名前じゃないとフェアじゃない。何か他に目的があるんじゃないかと思ったんです。で、やっと気が付きました」

凪はそこで足を止め、真珠の眼鏡に目を向けた。

「昨日の深夜、豺さんはまず瑠夏君に皆が寝たことを確認させた。それが済んで、こう言ったんです。〈刑事が灾子のもう一人の子の名前を突き止めた〉と。私はその名がパスワードだと断言していたので、瑠夏君は喜んだはず。そんな彼に豺さんは言った。〈すぐに芽舞の手枷を外すんだ。彼女が匣の皿にぶら下がり、奈落から抜け出すことができれば、この館から脱出できるぞ〉と」

あぁ、と真珠が息を吐いた。

「で、瑠夏君はすぐ回廊に下りて、灾子さん扮する芽舞さんの手枷を外してしまった」

「その前に、まず颪を起こしにいこうとはならないか？」

いかにも豺らしい鋭い指摘が返ってくる。

「ということは、なったんですね。じゃああなたはこう返した。〈Qの正体はわかっていないんだ。芽舞の救出を勘付かれたらガスを噴射させる可能性が高い。できる限り静かに急げ〉と」

「起こすだけなら、一瞬だが？」

「〈颪は寝起きがすこぶる悪い〉とか、〈あのドジ豚が知れば、大声で皆を起こしてしまうかもしれない〉的なことも言ったかもしれません。瑠夏君は鬼人館で私のドジっぷりを何度も見ているので、疑うはずもありません。もしくは〈このミッションは危険を伴うぞ〉的なことを言えば、優しい彼のことです。私を起こそうとはしないでしょう」

「なるほどな。で、その後は？」

「それで豺さんの仕事は終わり。後はさっき話した通りです。瑠夏君が灾子さんの手枷を外して、匣を頭上ぎりぎりまで降ろす。灾子さんはまだ芽舞さんのふりをしているので、匣の皿に摑まり、腕力だけで⑫の部屋に飛び移った。瑠夏君は懸命にその体を受け止めて、彼のことだからおんぶでもしようと背を向けてあげたかもしれません。そうして、灾子さんは彼の後頭部を殴った」

「凶器は？」

「手枷です。灾子さんはあれで殴ったんです」

凪は水を口に含み、自分の推理を確認しながら説明する。

「それからラクダの蹄に隠しておいた首輪とナイフを取り、瑠夏君を貯水槽に運び入れてナイフで刺した。倉庫のドアノブにニスを塗り、キッチンで手枷を洗って血に染まった水が出てくるまで蛇口を捻《ひね》る。百々目鬼像を⑫の部屋の操作盤の上に置き、ピアノ線で縛ってその先を回廊を経由させて奈落の皿まで通しておく。③と⑨の部屋の皿から光井さんと真珠君に首輪を掛けると、眼鏡を私の部屋に置き、⑫の部屋で匣を上げて奈落に飛び下りる。そして皆が起きてから首輪を作動させ、殺害後にピアノ線を引っ張って匣をB2に降ろしたんです」

言い切って真珠の眼鏡を見つめる。返事は聞こえなかった。

「見事な推理ね」

灾子の声が聞こえて、皆が下を見る。

「今話した推理を、全て認めるということですね？」

凪が聞くと、灾子はさらりと答えた。

「そうね」

皆はハッとして真珠の眼鏡を見る。

豺の言葉は聞こえない。

「でも……豺さんは収監中で、て言うか、刑事さんが一緒にいるのに……」

真珠が目を泳がせると、飾が震える声で言った。

「一緒にいようと可能よね……誰にも気付かれずに誘導していただけだから……」

「いやでも、ずっと拘置所にいるのに、灾子さんはどうやってそんな計画を豺さんに……」

困惑している真珠に、凪は頷いてみせた。

「そうなんです。それに、まだ不可解なことがありました。灾子さんは〈続編は派手に〉なんて言っていたくせに、私からすれば犯人が死体のふりをしていたなんてのは、派手でもなんでもありません。ただのありがちです。そのうえ豺さんが共犯だったなんて、最低なオチだと思ったんです」

凪はそう言いながら、僅かに目を震わせた。

「で、私、思い出したんです。最低な言葉を」

「最低な言葉……？」

「豺さんは、瑠夏君が殺された後にこう言ったんです。派手にいい、なったって……。私は傷付きました。それは本当に、最低な言葉だったから……」

「気持ちはわかるけど、何を言ってるの……？」

「私、信じたかったんです。あの豺さんが、そんなことを言うはずがないって。こんなことをするはずがないって」

凪は混乱している真珠の正面に立ち、彼の眼鏡を見つめて言った。

「豺さんじゃないですよね？」

見据えているのは真珠でも眼鏡でもない。そして豺でもない。

「あなたは、灾子さんです」

真珠が目を見開く。

皆が息を呑む。

「私たちは完全に騙されていたんです。大胆かつ派手なトリックで」

豺は、灾子は答えない。眼鏡からも、奈落からも返事は聞こえない。

「え、待って。どういうこと……？　だって、刑事さんは……？」

真珠が声を絞り出すと、凪は断言した。

「存在しません。機動隊も来ていませんし、配信で百人が観ているというのも嘘です」

皆は口を開けたまま、宙を見つめている。

「そんな、まさか……」

「まさかですよね。だから私はそのトリックに自信を持てなかったんです。灾子さんが犯人というところまでは確信を得たけど、豺さんが偽者で、刑事さんも機動隊も存在しないなんて、本当にありえるだろうかって……」

「もしかして……じゃあ、あの第六の事件は……」

「はい。その確証を得たくてあの事件を起こしたんです。そのためには私の狙いを、豺さんのふりをしているであろう灾子さんに気付かれてはいけません。だから本当に苦労しました。まさかまた鬼人館の時のように、偽の殺人計画を立てることになるとは思ってもいませんでした」

「ていうか、私たちにカードで手紙を渡してきたり、色々準備してたんでしょ？　眼鏡を掛けてるのに、どうやって……」

飾が疑問をぶつけてくると、真珠が答えた。

「僕だ……あの時は僕が眼鏡を預かってた……！　豺さんと一緒に、皆を見張っててほしいって言われて」

「そうです。ちなみに豺さんには、真珠君を見張ってほしいと頼んだんです。二人とも何の疑問も持たず、私は自由に準備ができました。で、その後も狙い通り真珠君に眼鏡を掛けてもらったまま、麗さんの命を危険な目に晒《さら》すことができたんです」

「え、ちょ、ちょっと待ってよ、どういうことだ？　付いていけないんだけど」

取り乱す剣を見て、凪は丁寧に説明した。

「私は、本当に刑事さんがいないのか、館の周りに機動隊が存在しないのかを確かめたかったんです。だって麗さんは、元内閣総理大臣のお孫さんですから。あの状況だったら、たとえＧＶガスで脅されていようとも、機動隊が突入してこないはずがありません」

「あ」

麗がぼそりと零し、真珠が息を吐く。

「そうか……だからあんな回りくどい方法で……」

「機動隊を動かすには、麗さんが殺されたふりをしてもダメですし、すぐに助かってもいけません。そのために匣を利用して、あと数十秒で麗さんが殺されてしまう、という危機的状況を作ったんです。そして、それを豺さんと、その横にいるはずの刑事さんに眼鏡で見せた。なのにです。警察はぴくりとも動かなかった。そんなことはありえなくないですか？　ということは、警察はいない。機動隊なんて存在しない。豺さんも偽者ということになります」

皆はただ黙って聞いている。

「ヒントになったのは、灾子さんが映画で大切にしていることでした。リアリティと音の演出ともう一つは何か、ずっと考えていたんです。まず灾子さんは結婚して、古い映画館の上の部屋を買った。それから二人目のドイツ人の旦那さんは、映写技師だった。そして今回キャストに選出された二人。日本でのキャリアを捨ててハリウッドに飛び込んだ剣さんと、事務所を辞めてまで映画に拘っていた真珠君。これらの共通点は、当然のごとく映画。さらに言うと映画館だと思ったんです。宍子さんが映画において最も大切だと思っている最後の要素は映画館だった。スマホやテレビで見るよりスクリーンで観た方がリアリティを感じますし、音の演出にも繋がってきます」

「たしかに……。でもそれが、どうしてヒントに？」真珠が聞いてくる。

「だっておかしいじゃないですか。宍子さんは全てを懸けて自分の最高傑作を作ると豪語していたのに、それを客に届ける方法が配信だなんて」

「あ」

「だから、〈時代は配信でしょ〉という宍子さんの言葉に大きな違和感を持ったんです」

「やられたな……」剣は天を仰ぐと、すぐ凬に顔を戻した。「いや、待てよ、警察が来たのは凬ちゃんが伝書鳩を放ったからだろ？」

「私は今年の初め、宍子さんに連れられて豺さんの面会に行きました。その後に、豺さんから手紙がきたんです。〈宍子の目に狂気を感じた。奴は何かをやらかすぞ〉って。それからやりとりを重ね、クローズドサークルを壊せるものを用意しとけと言われて、伝書鳩を借りにいったんです。でも最初に手紙をくれたその時から、その相手は豺さんじゃなかった。宍子さんだったんです。伝書鳩を貸してくれた髭もじゃの男性も、宍子さんが雇った俳優さんだったんでしょう。私が放ったのは、ただの鳩だった。どこかに飛んでいってしまっただけだった……」

凬が悔しそうに天井を見上げると、真珠が聞いてきた。

「でも、手紙をもらった後に面会には行かなかったの？」

「行きましたよ。けど何者かが面会室に盗聴器を仕掛けたせいで、全ての面会が中止になっていたんです。刑事さんから、厳重なセキュリティを擦り抜けた盗聴器だと聞きました。ＱＵＩＥＴ社が作ったものに間違いありません。私と豺さんが会えないように灾子さんが仕掛けたんです」

「手紙の返事は書かなかったの？」

「書きましたよ。けどよくよく考えてみたら、殺人がどうのとか書いてある手紙が、本人の元に届くか怪しいものです。もし届いていたとしても、豺さんの返信は私に届いていなかった。私、車に住んでるから、住所を鳳凰館にさせてもらっているんです。で、灾子さんはその蔵を間借りしていた。郵便受けを常にチェックしていれば、本物の豺さんからの手紙を回収することなんて簡単です。灾子さんは豺さんを装った手紙を書き、本物の豺さんからの手紙とすり替えて私とやり取りしていたんです。もしかしたら私を装って、豺さんとも文通していたかもしれません」

「いや、でも、最初に豺さんの顔が映らなかった？」

「ＡＩの生成動画でしょうね。ほんの少しでしたし、ＱＵＩＥＴ社どころか、素人でも作れます」

「会話はどうやって……？」

「豺さんには私の眼鏡の映像が見えていました。灾子さんが芽舞さんのふりをして掛けている眼鏡で見れるようになっていることは明白です」

「声は……？」

「小さな声でも綺麗に拾うことができるマイクとかって、ありますよね？」

凮が静谷を見ると、彼はこくりと頷いた。

「最近はどんどん進化しているし、超小型で指向性が強いものなら、気付けないかも……」

「ですよね。歯にマイクを仕込むこととかもできそうですし」

「いや、けど、下で喋ってたらいくらなんでも聞こえないか？　皿が開いてるんだし」

剣が聞いてくる。

「このB2からでさえ奈落までは四・五メートルも高低差がありますし、同時に財さんの声が眼鏡から聞こえているので気付きようもありません。私、鼻はいいですけど耳は普通ですし。あと今思えばですが、私が回廊に下りた時に限って、財さんは口数が少なかった」

「そんな……ぜんぜん、気付かなかった……」

真珠が悔しそうに耳を掻く。

「でも、財さんの声だったんでしょ？」

麗が聞いてくる。

「スイッチを入れれば変声機が作動して財さんの声になるとか、それもＱＵＩＥＴ社の技術を使えば簡単なはずです。灾子さんが面会室に盗聴器を仕掛けたのは、財さんの声のデータを取るという目的もあったんだと思います」

「だったらなんで！　その眼鏡を奪って確認すれば終わってたんじゃないか？」

剣が興奮して寄ってきた。

「終わってたと思います。それを確認すれば、灾子さんの計画は破綻し、尻切れで終わります。私一人だったらいいですが、皆の命を預かっている状態で、いつでもガスを噴射できる相手に、そんなことはできませんでした。彼女をしっかり降参させるには、こうして本格ミステリのように論理で追い詰めるしかないんです」

「……インターフォンの刑事さんは？」

　再び真珠が聞いてくる。

「事前に撮影していたものを流しただけです。役者は周りにたくさんいたでしょうし。奥の階段に潜んでいた芽舞さんが、交渉人や刑事の声を演じていたのかもしれません」

「そんなこと、現実的に、可能なの……？」

　飾が疑いの目を向けてくる。

「可能です。だって、奈落で拘束されている灾子さんの口元をしっかり見た人が一人でもいますか？」

　飾は口を噤んだ。

「それを可能にした大きな要因は、奈落という場所です。灾子さんが上にいたら、さすがにそんなことは不可能です。でも殺されたふりをすることによって、落とされた芽舞さんに成り代わることによって、彼女は堂々と犲さんのふりをして私たちと会話ができたんです。灾子さんが死体になったのは、犯人の候補から外れるためじゃなかった。下で自由に犲さんを演じるためだったんです」

　皆は黙って下を見る。

　反論も質問も出なくなったので、凪は真珠の眼鏡を見つめた。

「どうですか、灾子さん」

　すると、灾子と犲の声が重なって響いた。

「本当に本当に本当にお見事よ。さすが豚骨野郎！　私が選んだ名探偵！　全てその推理の通りよ！」

芝居がかったその口ぶりに、焦りは感じられない。

「一つ言わせてもらうと、伝書鳩を貸した髭もじゃの男、あれは雇った俳優じゃなく、私自身よ」

颪は唇を噛んだ。普段なら驚いて笑ってしまうだろうが、今は全く笑えない。

「颪ちゃんは私の計画通り、完璧に動いてくれた。本当に素晴らしかった」

「動機は……？」

下を睨み付けると、宍子はクスッと笑った。

「最初から言ってるじゃない。最高傑作を作るためだって」

「この眼鏡の映像を映画にする、ということですか？」

「えぇそうよ」

「それはもう不可能です。あなたはこれから刑務所に入って、裁きを受けるんです。おそらく一生映画を作ることはできません」

颪は珍しく怒っていた。余裕そうな宍子の態度が、怒りを掻き立てていた。

「そう？　私はそうなると思わないけれど」

「やばいぞ……ガスを出されたら……早くここから出ないと！」

剣が焦って声を上げると、宍子が宥《なだ》めるように言った。

「安心しなさい。颪ちゃんの言う通りよ。あなた方が本格ミステリのルールを破らない限り、私もルールを破るつもりはないから」

「殺人の動機はなんですか……」

颪は怒りを押し殺してもう一度聞いた。

「動機ねぇ。あえて言うなら、ここに集めたスタッフに灸《きゅう》を据《す》えたかったという想いはあるけれど。凪ちゃんが言っていた通り、最初は真珠以外の三人を狙っていたの。でも飾の首を括ろうとしたら、目を覚ました。正直、あの時は終わったと思ったわ。でも飾は私に気付かず、すぐに寝てくれた。で、静谷の首を括ろうとした時に思い付いたのよ。凪ちゃんはボルトカッターを持っていて、光井と真珠の部屋はちょうど同じ距離。どっちを救う？　なんてシーンになれば最高だとね」

人の命をなんだと思っているのか。

腹が立って、悔しくて、凪は奥歯を噛み締める。

「勘違いしないでほしいけど、私は復讐のために映画を撮ろうとしたわけじゃないのよ。逆よ。映画を撮るために、復讐を利用しただけ。どうせ真珠は助かると思っていたし」

「たまたま救えただけです。彼も死ぬかもしれなかったのに……」

「そうね。でも真珠はね、オーディションでこう言ったの。〈映画の中で生きて、映画の中で死にたい〉と」

真珠の視線が僅かに震えた。

「それは、本当に命を懸けたいという意味じゃない」

凪が言い切ると、宍子はすぐに返してくる。

「いいえ。私は彼が嘘をついたとは思えない。彼の目に真実を見たのよ。だから即決で準主役に決めた」

「瑠夏君は……？」

凪は言い返すことができなかった。真珠が否定しないからだ。彼はただ黙って俯いている。

再び疑問をぶつけると、「あの子はギフトだから」災子はそう言って滔々《とうとう》と語り出した。

「私は兄たちが大好きで、鳳凰館の殺人を映画化したの。けれどあの忌まわしい事故のせいで映画は日の目を見ることができず、亜我叉を失望させてしまった。それからずっと、もう一度、今度こそ完璧なミステリを撮ることを夢見て生きてきた。研鑽《けんさん》を積み、財力を得、二十年かけてようやく準備が整った時に、鬼人館の事件が起きたの。それはそれは見事な本格ミステリで、私の心は躍った。そして思った。それを上回る復讐劇に仕立てよう、と。けれどすぐに脚本で行き詰まった。兄がゴーストライターを使っていたことも、心のどこかでショックを受けていたのね。自分の才能も、兄のように見せかけのものだった、鳳家は呪われている。そう思って筆を折ろうとした時……彼が現れたの」

「瑠夏君が……」真珠がぼそりと言った。

「そう。亜我叉の孫息子が現れて、私に言ったの。最高の本格ミステリ映画を撮って下さい。そのために、自分は何だってしますと。そうして、孫娘の魅子が鬼人館の事件の小説を書いていることを教えてくれた。去年その草稿を読ませてもらって、このシナリオを閃いた。凪ちゃんを主人公にして、財を利用することを」

「何が言いたいんですか。私はあなたの苦労話を聞いたつもりはありません」

凪が一蹴すると、災子は落ち着いた口調で返した。

「瑠夏と魅子は、亜我叉が遺《のこ》してくれたギフトだってことよ」

「だから何ですか」

「だから、瑠夏を手にかけた。彼は私の映画のためなら喜んで死んでくれると思ったの。きっと今も天国で、亜我叉と一緒に笑って観てくれているでしょう」

「そんなはずがない……」

凩は真珠の眼鏡を、その向こうにいる灾子をおもいきり睨んだ。

「あなたは間違ってます。それはただの利己的な妄想です。瑠夏君は映画を勉強したい、あなたの作品が観たい、そう思ってなんでもやりますと言っただけです。彼は笑ってなんかいない。あなたは彼の想いを踏み躙《にじ》った。ただの猟奇殺人鬼と変わりません！」

「あぁ、そう。そう思われたのなら悲しいわ」

灾子は乾いた声で笑った。

「でも、残念だったわね。光井と飾が私を殺そうとするのを邪魔さえしなければ、瑠夏は死ななくて済んだのに」

柔らかな口調で攻撃してくるが、凩はきっぱりと言い放つ。

「誰かを救うために誰かが死ねばよかっただなんて、私は絶対に思いません」

「代わりに死ぬのが猟奇殺人鬼だとしても？」

「はい」

「愛する人が殺されそうになったとしても？」

「はい」

断言すると、灾子は諭すように言った。

「天才だけど、所詮はまだ子どもね。あなたは人間がどういうものか、愛がどういうものかわかっていない。愛は美しいだけじゃないの。利己的で残酷な一面も併せ持っているのよ」

27

宍子が犯人だと突き止めたのは凮なのに、彼女は悔しそうに震えていた。

まるで凮が追い詰められているかのようで、真珠は居ても立っても居られず叫ぶ。

「もういい！　犯人がわかったんだ。ここを出よう！」
⑫の部屋に入り、匣の制御盤を開ける。皆が駆け寄ってきた。
宍子の部屋番号は①だ。それを押しながら、緑のスイッチに手を触れる。

「いい？」

振り向くと、皆が頷く。奥で凮も頷いた。

ごくりと唾を飲み、スイッチを押す。

ピコンと電子音が鳴り、1Fのボタンが光った。

皆と急いで匣へ出て、凮が操作盤の1Fボタンを押す。

動いてくれ。真珠は祈る。妹のお守りをぎゅっと握る。

静けさが場を包み、皆の息遣いだけが聞こえてくる。

スライドドアに目を向ける。閉まらない。

匣が動く気配は無い。

「どうして……」

真珠が下を見ると、灾子が言った。

「さぁフィナーレよ。十分でGVガスが噴射されるわ」

「は……？」

真珠は再び⑫の部屋に飛び込む。モニターに十分のカウントダウンが表示されていた。

「なんでだよ!!」

剣が操作盤を蹴り、皆はパニックになって右往左往し始める。

「卑怯よ!! 正解したら出られるんでしょ!?」

飾が叫ぶと、灾子は飄々《ひょうひょう》と言った。

「心外ね。私は匣を1Fに上げられるとは一言も言っていない。〈正解すれば生還への道が開かれる〉と言ったのよ」

「は!?」

「落ち着いて聞きなさい。あなたたちは今、生還への切符を手にしたところだけど、まだ終わっていないということよ。これで全員死亡なんて結末は、本格ミステリとして美しくないでしょう？ 私の目的は完璧な続編にするために、五人以上を殺すこと。あと一人を殺したいだけなのよ」

「なに言ってんのよ!! このままじゃみんな死んじゃうじゃない!!」

麗が悲鳴のように訴えると、灾子は変わらない口調で返した。

「そんなことはない。簡単なことよ。どうすればいいかわからない？」

皆は眉根を寄せながら目を泳がせる。

何を言っているのだろうか。真珠も焦って思考を巡らせるが、わからない。

「しかたのない人たちね。教えてあげなさい、凪ちゃん」

凪は押し黙っている。何かを知っている様子だが、答えない。

「あぁ。情けない探偵ね。教えてあげなさい、豺さん」

「匣を降ろせばいいいいいいだけだろうが」

低い声が響き、真珠は息を止めた。

匣を降ろす。つまり、灾子を潰せばB1から外に出られるということだ。

凪が黙っていたのは、全てを理解していたからだろう。

灾子によって殺される五人目は、灾子自身だということを。

「映画を完成させるんじゃなかったの……？」

凪が言った。灾子は顔を上げ、凪を見る。

「あなたはあと三つ、勘違いをしてる。一つ目は、この映像がどこにも配信されていないと思っていること。それは大間違い。たった一人、今も観ているのよ。あなた方が名前を知りたがっていた、私の最愛の娘が。これを観て愉《たの》しんでるの」

凪は何も言わない。

「二つ目は、リアリティの履き違いよ。映画というのはフィクションの芸術。リアルなものを撮って繋ぎ合わせたからといって、それは映画になり得ない。そのことを私は、過去に事故の映像を使ってしまったことによって学んだの」

凪は何も言わない。じっと灾子を見下ろしている。

「私はあれから二十年、映画を撮ることができなかった。結局、才能が無かったの。でもあの子は違う。彼女は本物。誰よりも才能がある。だから私はあの子にこれを捧げるのよ。この映像をドイツで観ているあの子が、いずれこの物語を映画化してくれるでしょう。真の最高傑作を作ってくれるでしょう」

酔いしれたように宍子が言うと、真珠が聞いた。

「もう一つは……?」

「芽舞が私に騙されて殺されたということよ。私は実の娘にそんな惨《むご》いことはしない。芽舞は自ら死ぬ役を買って出たの。なぜなら、あの子も映画に魅入られ、映画に人生を、命を捧げていたから。そしてあの子もある日、気付いたの。私と同じく、才能がないことに。さらに自分が産んだ子が、ずば抜けた才を持っているということに」

「え……?」

凧と真珠は、同時に声を出した。

「そう。私に娘を、キノを授けたのは、芽舞なの。彼女はかつての私のように、娘を愛そうとしなかった。だから私が引き取った」

「酷すぎる……どうかしてるよ……」

真珠は唇を震わせた。芽舞は母が書いたシナリオに従い、死を受け入れた。映画のために、そして自分が産んだ子どものために。二人とも異常だ。理解できない。

「さぁ凧ちゃん。この物語の主人公はあなた。あなたが押して終わらせるのよ。B3のボタンを」

「断ります」

颪は即答した。

「理解できないわね。あなたを含めた六人の命と、四人を殺害した私の命を、天秤にかけているのよ？　それがわかってるの？」

「罪を憎んで人を憎んでも、命を憎まず。私が大好きなおばあちゃんの言葉です」

颪はプウを抱き締めながら訴えた。

「命は天秤にかけられません。その重みに差はありません。それにあなたは罪を償わないといけない。身勝手に死ぬなんて絶対に許さない」

真珠は顔を上げて颪を見る。射貫くような鋭い目。その決意は本物だ。

「颪ちゃんの方がよっぽどどうかしてるじゃない！」

宍子は高らかな声を上げた。

「何を言ってんだ、やるしかないだろ！　押せないなら俺が押す!!」

剣が駆け出してB3のボタンを押そうとする。その腕を颪が摑んだ。

「ダメです。待って下さい」

「ふざけないで、皆の命がかかってるのよ!?」

飾が詰め寄ると、真珠も割って入った。

「でもまだ何か手があるかもしれない！　監督の手枷は取れてるんだから、どうにかして引き上げることができれば――」

「無理よ！　あいつは死のうとしてるのよ!?　異常な殺人鬼なのよ!?」

麗に遮られる。同時に静谷が駆け出した。真珠は咄嗟にその腕を摑む。

「待って！」

「許せないんだ……!!」

静谷は怒っていた。芽舞を殺されて頭に血が上っているようだ。

「落ち着いて下さい」

振り向くと、凪が冷静な目を皆に向けていた。

「大丈夫です。私たちの勝ちですから」

えっ、と皆が言う。

「図書室の隠し扉。あの奥の鉄扉のパスワードが、たった今わかったので」

皆は目を見開いた。真珠は声を上げる。

「パスワードは娘……キノ！」

「いや、でも、あそこに抜け道があるなんて確証は――」

「ありません」麗の言葉を凪が遮った。「けど、スイッチの本は『土蜘蛛館の殺人』というタイトルでした。それは抜け穴の暗喩、伏線かもしれない」

皆は無言で目を合わせる。宍子は何も言ってこない。黙り込んでいる。

凪は皿から下を覗き、その様子を確認しながら言った。

「それに彼女は今、悔しそうにしてる」

「図書室に行こう！」

真珠は操作盤に駆け寄る。B1ボタンを押そうとした時、「待って」と止められた。

凪が南京錠の鍵とライトを手に押し込んでくる。さらに真珠の顔から丸眼鏡を引き抜くと「先に行ってて！」と自室へ駆け込んでいく。

「え！　でも！」

「私も後から行くから！」

「行くぞ!!」

剣がボタンを押し、スライドドアが閉まる。

颪以外の五人を乗せて、匣が上がり出した。

とその時、穴子の声が響いた。

「無意味よ。あそこには匣の配電盤があるだけ。いじられないよう隠しておいただけだから」

マイクを使ったのだろう。声は天井付近のダクトから聞こえてくる。

「嘘だ……」

真珠は皆に目を向ける。飾と剣が頷いた。

匣が止まり、皆で図書室に駆け込む。隠し扉の南京錠を外し、『土蜘蛛館の殺人』を引っ張り出す。ギィッと書棚を開けると、金庫のような小さな鉄扉が現れた。

真珠は震える手で名前を打ち込む。

ＫＩＮＯ。

祈りながら開錠ボタンを押す。

プシュッ。小気味良い音を立てて、それは開いた。

中は暗闇で奥が見えない。ライトを当てると、長いトンネルが続いていた。

「やっぱり抜け穴だ！」

皆が明るい顔になるが、「これ」と麗が壁を指差した。

そこに鉄のパネルがあった。鍵が掛かっていて開けられないが、匣の配電盤だろう。

「ほら、言った通りでしょう?」

スピーカーから灾子の声が聞こえ、皆の顔が曇る。

「いや、穴が続いているんだ。絶対抜け穴になってるはず!」

真珠が訴えると、「怖くないの?」と灾子が笑った。

皆が不安気に真珠を見る。

「じゃあ僕が行ってくる! 颪ちゃんも下にいるし、みんなはここで待ってて!」

真珠は一人で潜り込み、這い出した。

暗い。狭い。そして怖い。

指が、手が、脚が震えてくるが、進むしかない。

祈るしかない。この先が外に続いていることを。

何かが見えてくる。ぼんやりと、何かが光って見える。

白い封筒が落ちており、流麗な字が見えた。

『遺書　鳳灾子』

真珠は顔を上げて絶句した。

そんな……。

目の前はコンクリの壁。行き止まりだった。

「ダメだ!　行き止まりだ!!」

真珠は叫ぶ。皆の無念そうな声が響いてくる。

無理やり体を反転させて引き返すと、灾子の小さな声が聞こえた。

「やるのよ」

真珠の手足が止まった。心臓が凍り付く。

「ほら。何をぼーっとしてるの。今なら偽善者二人はいない。匣を降ろしなさい」

ギィイイイ。

鉄扉が開閉する音が聞こえる。

「待って!!」

真珠は叫びながら這っていく。

無我夢中で這い出ると、そこには誰もいなかった。

「私はこんな時のために、その穴を作ったのよ」

ふふっという笑い声。

やられた。思考の次元が違いすぎる。

匣へ出る鉄扉は開かない。

すでにボタンは押されていた。

28

「匣を止めて‼　お願い‼」

部屋から叫んでも匣は止まらない。四人を乗せて、ゆっくりと降りてくる。

誰の返事も聞こえない。災子の不気味な笑い声だけが響いている。

抜け穴があるかどうかは、颪も半信半疑だった。災子にしてみればそんなものを作るメリットが無いからだ。可能性がある限りはと真珠に託したが、さすがに罠《わな》とまでは思っていなかった。

時計を見ると、リミットまで五分弱。

颪はプウを抱き締め、天を仰ぐ。

見守ってて。

おばあちゃんを、瑠夏を想う。

匣がゆっくり降りてきて、開口部を塞いでいく。

颪はベッドのシーツを引き剝がし、奈落にいる災子を見下ろした。

「まだ私を引き上げられるとでも？　そんなことは不可能に――」

災子の言葉が止まった。

目を見開く彼女を見つめながら――

凪は飛んだ。

トレンチコートを靡かせ、ズダッ！　と着地、できずに倒れ込む。激痛が稲妻のように脳天を貫く。シーツをパラシュートにしてみたけど無意味だった。脚が折れたかもしれない。死ぬほど痛いが、それどころじゃない。

「私も下りました！　匣を止めて下さい‼」

見上げると、皿の中に四人の顔が覗いた。

そして匣が停止した。

思った通りだ。止めてくれると信じていた。

「凪ちゃん‼」

電気室の方から真珠の叫び声が聞こえる。

「私は大丈夫だから！　あとは私に任せて！」

凪は激痛が走る右足をかばいながら、どうにか立ち上がる。

灾子は怯えたような目を向けてきた。

「あなた……本当に気が触れてるの……？」

「いいえ。いたって冷静ですし、いつもこんな感じですよ」

右足を引き摺りながら灾子へ歩み寄る。

「毒ガスのタイマーを解除して下さい」

すると灾子は、右手に嵌めているアメジストの指輪を見せてきた。

「止まりなさい。来たら噴射ボタンを押す。リミットを待つことなく全員死亡よ」

指輪がリモコンになっているのだろう。凮は足を止め、灾子に対峙する。

「いいんですか？　まだあなたの中で解決していないことが一つあると思いますが」

灾子はすぐに気付いたようだ。指に触れながら凮に向き合った。

「第六の事件ね。麗の殺害偽装をした時、どうして真珠をすぐ彼女の部屋に行かせず、⑫の部屋へ行かせたのか」

「私があの事件をわざわざ仕掛けたのは、機動隊が突入してこないのを確認するためだけじゃないんです。もう一つ、もっと大事な目的がありました。それが何かわかりますか？」

灾子は答えない。凮は腕時計に目をやり、早口で捲し立てる。

「私、確信してたんです。灾子さんの目的はこの眼鏡が捉えてきた映像を娘さんに観せることなのに、自分が死んだら映像は警察に没収されて終わるだけ。だから絶対に、今リアルタイムで娘さんが観ているはずだと」

「警察の手が及ばない場所に映像を保存しているだけ、とは思わなかった？」

「思いました。けどあなたは百の皿に拘っていたはず。この館の皿は天井の一つを塞いだので九十九しかなくなった。娘さんが観ているとすれば、それが最後の一つになります」

「お見事ね」

灾子は余裕そうに褒めるが、凮の狙いはまだ理解できていないようだ。

「で、第六の事件です。機動隊がいないのを確認するためには、麗さんがピンチの状況を、眼鏡で映さないと意味がありません。でもブレーカーが落ちた時、真珠君はトイレにいた。だからこの丸眼鏡は私が掛けていた。私は眼鏡を渡さずに、真珠君を⑫の部屋に行かせたんです。私はここで、芽舞さん、い、い、いを見てるからと伝えて」

灾子の目がぴくりと動いた。

「私にはその時間が必要だったんです。手元にこの眼鏡があって、奈落にいる灾子さんを見張る、数秒の時間が」

「どういうこと⁉」

真珠の声が聞こえ、凪はコートのポケットから名刺を出した。

「私はその数秒の間に、眼鏡を使ってこれを見せたんです。灾子さんの娘さんに」

それは銭丸刑事の名刺だ。

「刑事さんの名刺に書いておいたんです。『灾子さんの娘さん。これを観ていたら、すぐにここに動画のURLを送って、救助を呼んで下さい』と」

灾子は何も答えない。真珠が驚きながら聞いてくる。

「でも、灾子さんは眼鏡の映像を観れるんでしょ⁉」

「だから暗闇を作って灾子さんを見張っていたんです。私はライターを灯していたので、暗闇の中で灾子さんが映像を確認したら、彼女の眼鏡から光が漏れます。灾子さんは私に見張られているので、眼鏡の映像を確認することができない。私が娘さんに助けを求めたことを、知ることができなかったんです」

灾子は明らかに驚いている。何も言葉を返さない。

「というわけで灾子さん、タイマーを解除して下さい。警察が来ます」

すると灾子はけらけらと笑った。

「素晴らしいわ凪ちゃん。あなたの才能は私の想像を遥かに超えていた。でもやはり、根本の部分がズレてるの。あなたは人を信じすぎている。キノはね、そんなものを観ても通報なんてしない。この数日間、ずっとこの惨劇を観ていたのよ？　私と同じように、愉しんでるの」

「これがフィクションだと思っていたってことはないですか？」

「ありえない。そんなことに気付かない子なわけがない」

凪はちらりと時計を見た。リミットまであと一分。

「でしょうね。その可能性もあると思って、こうも書きました。〈灾子さんは生きています。彼女は最後に自分を殺すつもりです。でも今なら間に合います〉と」

「無駄なことをしたわねぇ」

灾子は憐れむような目を向けてきた。

「映画は永遠に残るもの。真の傑作を作るためには命を賭すことをも厭《いと》うなと。私はキノにそう叩き込んできたの。だから絶対に、彼女はそんな言葉で動かない」

高笑いするが、凪は一歩も引かない。

「でも灾子さんは、彼女を愛しているんですよね？」

「それはもちろん。だからこそ――」

「だったらキノさんも、灾子さんを愛しているはずです」

「それ以上に、映画を愛している」

「いいえ。そんなことはありません。命より重いものはありません」

あと三十秒。凪はゆっくり灾子に近付いていく。

「解除して下さい。もう終わりにしましょう。灾子さん」

灾子は凬の目を見返して、ニコッと笑った。

「断るわ。けれど終わりにするのには、賛成」

細い指で、指輪に触れた。

ドン‼

耳が割れそうな爆発音と共に、館が揺れた。

灾子がハッと見上げる。

ガラガラとコンクリが崩れ落ちる音。匣の床の皿から、僅かに光が差し込んでくる。

「機動隊です」

凬が言い、灾子は呆然とする。

「娘さんが通報してくれたんです」

シュ――という音が聞こえる。リミットになり、ダクトからガスが噴き出し始めたのだ。

「そんな……」

皆の名を呼ぶ声。匣の天井に開けられた穴から、隊員がワイヤーで下りてくる音が聞こえる。

「そんなはずない……いや、どうしてこんなタイミングで……」

「名刺の裏に、銭丸刑事に向けて書いたんです。『犯人はいつでもGVガスを噴射できるので、私が合図するか、ボタンを押そうとするまで突入は待ってほしい』と」

「……警察が来たことがわかっていたの……?」

「もちろんです。『突入準備ができたら自然な音で知らせてほしい』とも書きました」

災子は息を呑んだ。

「雷……」

「恵みの雨です。災子さん、あなたの負けです」

四人を救助していく音と共に、機動隊員の声が響く。

「匣の床を破壊します！　脇で身を伏せて下さい！」

災子は呆然としながら指輪を操作する。ダクトの音が消えた。

自ら噴射を止めたのだ。

「ガスは止まりました！　もう大丈夫です！」

凪は上へ叫び、災子に目を戻す。

「災子さん、あなたに映画を撮る才能が無いのだとしたら、それは、あなたがまだ人間をわかっていないからです。人は、あなたが思っているよりもずっと優しい……」

凪は再び上に目を向ける。

「自分の命が懸かっていても、仲間を殺せず匣を止めてくれる人がいます」

災子は何も言わない。

「自分を殺そうとしたあなたを生かそうとして、最後まで頑張る人がいます」

何も言わず、視線を落とす。その身が僅かに震えている。

「これからは人を信じて下さい。あなたはキノさんに愛されているんですから」

災子の目が、赤く滲んでいくように見える。

凪はその瞳を見つめながら、ばたりと倒れた。

29

久しぶりに見た空は信じられないほど清々しく、夕日が目に沁《し》みた。

どこまでも続く荒野の中に建つ百々目館。

その周りを、機動隊、救助隊、警察の無数の車輌やヘリコプターが埋め尽くしている。

声が聞こえて振り向くと、ワイヤーで上がってきた隊員が凪を抱えていた。

酸素マスクを装着され、ぐったりしている。

「凪ちゃん!!」

真珠が駆け寄って叫ぶも、返事は無い。

凪は地下深くでGVガスを吸ったのだ。

そんな……まさか……。

ダメだ。死ぬなんてダメだ。

「凪ちゃん!! 凪ちゃん!!」

ストレッチャーに乗せられる凪に摑みかかると、救助隊員に制される。真珠はそれを払い除《の》けて腕に触れた。

「凪ちゃん!! 凪ちゃん!!」

ぴくり。その顔が動いた。

「まこと、くん……」

掠れた声を聞き、真珠は天を仰いだ。

「凪ちゃん……良かった……」

視界が霞《かす》んで見えなくなり、その場に立ち尽くす。

気が付くと、凪はドクターヘリに乗せられていた。

真珠も一緒に乗り込もうとすると、救助隊員に止められた。同乗させてほしいと頼み込むが、聞き入れてもらえない。するとそこに男がやってきた。

凪が助けを呼んだ銭丸という刑事だろう。駱駝色のトレンチコートをはためかせながら、真珠を同乗させるよう指示してくれる。

「ありがとうございます……！」

頭を下げると、彼はキザに親指を立ててきた。


「……真珠くん……みんなは……？」

ヘリに乗り込むと、凪は応急処置をされながら苦しそうに声を出した。

「みんな大丈夫だよ！　ピンピンしてるよ！」

「ラクダは……？」

この状況でそこまで気遣う凪に驚きながら、外を見る。

ラクダはちょうど引き上げられたところで、何事も無かったかのように草を食《は》んでいた。

「全然平気そうだよ！　それより颪ちゃんこそ、ほんとに大丈夫……⁉」

脚の骨も折れていたようだ。颪はハァハァ息をしながら言葉を絞り出した。

「……主人公はね、そう簡単に死なないんだよ……」

「……馬鹿だよ」

真珠は笑った。涙がこぼれて、しょっぱい味がする。

「こんな無茶をして……ほんとに颪ちゃんは馬鹿だ……」

「ごめんね……」

「嘘だよ、馬鹿なわけない。ほんとに、凄かった。こんな言い方、間違ってるかもしれないけど、感動したよ……颪ちゃんは本物の名探偵だった」

「んーん……私がもっと、早く真相に気付けてたら……」

「違う。颪ちゃんがいたから、僕は今こうして生きていられるんだよ」

真珠は颪の手を握った。

「ほんとうに、ありがとう」

力強く握った。

「それは、お芝居じゃない……？」

「知ってるでしょ？　僕が嘘をつけないこと」

真珠がぐしゃぐしゃの顔をさらにくしゃっとさせると、颪は笑ってくれた。

轟音《ごうおん》と共に、ヘリコプターが飛び立つ。

「あ」

ふいに凪が窓を指差した。

「生きてたんだね……」

その瞳から、一筋の涙が零れる。

窓の向こう、遠くに、何かが見えた。

真っ赤な空に、ぽつんと小さな白が浮いている。

鳥だ。

凪が放した鳩子が飛んでいた。

食べ物も水もないこの土地で、鳩子は生きていた。

懸命に生きようと、羽ばたいていた。

30

紫陽花《あじさい》の葉に雨粒が滴る瞬間を、じっと見つめる。

昔なら、ただ冷たいとしか思わなかったその雫《しずく》に、今は温もりを感じてしまう自分がいる。

生きとし生ける、あらゆるものに命の息吹《いぶき》を与える雨。その輝きは、世界の何よりも尊い。

そんなふうに思える大人になりたいなぁ、などとぼんやり考えながら、凧は泥塗れの水溜まりに長靴で飛び込んだ。

無理に決まってる。水が大事、雨が大切なのはわかっているけど、二週間も続く梅雨空に感謝できるほど、私の心は澄んでいない。


あの事件から数日。

宍子が犯した凶行は、日本のみならず世界中で話題となった。トリックなど詳細こそ公にならなかったが、それでもマスコミのネタには充分だった。テレビも雑誌もネットニュースも、カルト監督の大罪をこぞって取り上げ、本格ミステリのように考察を楽しんだ。

だがその事件を解決に導いた名探偵がいることは、誰にも知られていない。

静谷と飾は当然のように何も語らず、暫く何も手に付かないだろうと言った。静谷が芽舞の葬儀で咽《むせ》び泣いていた姿を、颪は忘れることができないでいる。

剣と麗はマスコミに追い回されることになったが、やはりトップスターのメンタルは凄まじい。剣はこれから公開されるハリウッド映画の宣伝を繰り広げ、麗は探偵役のオファーを待ってます、と笑顔を振りまいた。

けれどそれらも得意の芝居だろう。瑠夏の葬儀の時、四人は颪に頭を下げてきた。最後に宍子を殺そうとしたことを恥じていると言うので、颪は首を横に振った。生き延びようとする行動を、責めることはできない。それよりも、最後に匣を止めてくれたことにお礼を言った。あの時、真っ先に匣の停止ボタンを押したのは飾だったそうだ。

颪はそれがとても嬉しくて、同時に人の心の複雑さを知った。

彼女は殺人未遂の罪に問われているが、情状酌量の余地は大きいだろうと銭丸は言った。そのために颪はできる限りのことをするつもりだ。

もしも自分に小さな子どもがいたのなら。同じように奈落に飛び込めただろうか。果たしてそれは正しいことなのか。いくら自問しても答えは出ない。

宍子が言った、愛は残酷であるという言葉も一方では真実なのかもしれない。

愛する人を失う痛みも、当然のごとく残酷だ。

瑠夏を失った哀しみは計りしれなかった。

葬儀の後、泣くことすらできないでいた颪の手を握ってくれたのは、真珠だった。

無力さに打ちひしがられている颪を救ってくれたのは、彼の妹からの手紙だ。

『お兄ちゃんを助けてくれて、本当にありがとう。』

その字はすぐに涙で滲んでしまった。

魅子はひたすら泣き噦《じゃく》っていた。出棺を終えると、パンパンに腫らした目で凪に言った。

「続編書くから、話を聞かせて」

さすが、亜我叉の孫だと思う。

「切り替え早《はえ》ぇなぁ」

瑠夏が天国からそうつっこんでいる気がした。


「で、灾子の娘はなんて名前だったんだ?」

分厚いアクリル板の向こうで、本物の豺が言った。

やはり同じ声だと感心してしまう。変声機の性能ありきだが、喋り方、癖が同じなのだ。灾子の顔を嫌でも思い出してしまう。

「おい、聞いてんのか豚野郎」

代わり映えのしない罵倒を無視して、凪は答える。

「鳳キノちゃんです」

「ドイツ語で映画館か……俺なら気付けたな」

「はぁ!?　無理無理無理無理。百回言っても足りないほど無理ですから」

「……やっぱりおまえは凄《すげ》ぇな。人を苛《いら》つかせる天才だ」

「豺さんには負けますよ」

「しかし、イカれててヤベェな……灾子は」

豺は銭丸刑事から全容を聞いたそうだが、「一つ聞いていいか？」と颪を見た。

「はい。なんでもどうぞ」

「どうして最後、おまえは自分の部屋に入ったんだ？　飾たちが匣を降ろすことくらい想定内だったんだろ？　⑫の部屋に入れば操作盤がある。自分で匣を止められただろうが」

「それは……」颪は言い淀《よど》みながら、ぼそりと言った。「シーツを取るためです」

「はぁ⁉　おまえはほんとに馬鹿なのか？　じゃあなんで飛び下りる前にマットレスを落とさなかった？」

「忘れてただけです」

正直に答えると、豺は頭を抱え、憐れむような目で見つめてきた。

「まぁでも、シーツはついでです。みんなを信じてたので。私が下りれば匣を止めてくれるって」

豺は暫し無言になり、「マジでイカれてんな……」と呟いた。

「しかし、なんで最後まで俺が偽者だと気付かねぇんだよ」

「私、鼻は良いけど耳は普通ですから。ていうか自惚《うぬぼ》れすぎですよ。鬼人館の事件は二年前ですよ？　豺さんのことなんてもう記憶の片隅にもありませんでしたし」

「……二度と忘れられないよう鼻の穴を三つにしてやろうか？」

憎たらしいつっこみに対抗するのも忘れ、颪は灾子の口調を思い出す。

「その言い方……そっくりだったんですよホントに。それを真似するために、灾子さんは面会に来たんですね」

「あの翌日も来たぞ。芽舞となここに入って早々、車椅子が壊れて一問着あってな。その隙に盗聴器を仕掛けたんだろう」

「あぁ、やっぱりそうでしたか……」

「魅子が俺たちのやりとりを小説で完全再現してたのもまずかったな」

「ですね……」凮は視線を落とし、すぐに豺の顔へ戻す。「そういえば、豺さんも私に手紙を書いてたんですか？」

「俺が出した手紙は鳳凰館に届いて灾子に盗られてた。奴は恋文を待つ乙女《おとめ》みてぇに何度も郵便受けを確認したんだろうよ。で、俺と文通してた。同じように、何かあった時の対策を考えてな」

凮はふっと笑った。

「私じゃないことくらい気付けよ野良犬野郎が」

「はぁ？　俺は手紙だぞ？　あいつは巧妙に筆跡を真似ていたんだ。文字だけで気付けると思うか？　会話してたおまえと一緒にするな豚足野郎が。生姜《しょうが》焼きにされてぇのか？」

「そうそうその言い方。そっくりなんですけど、しょせん豺さんは生姜焼き止まりなんですよね」

「は？　なんのことだ」

「灾子さんは豚野郎のメニューが豊富で生ハムとかポークストロガノフとか小洒落てたんですよ。って、思い返すと、あの人が演じてた豺さんは他にも変なことがいっぱいあったんだよなぁ……。真珠君と仲良くしてたら妬いてきたり。似合わない小ボケかましてきたり。終《しま》いには、俺にはおまえしかいない、とか懇願してきたり。豺さんがそんなカッコいいことを言うわけがなかったんだよなぁ」

「おまえ。このアクリル板がなけりゃぶちのめしてるぞ」

「また面会禁止になりますよっ」

颪はべーっと舌を出して見せる。

「……けど、思ってたより元気そうだな」

犲の声のトーンが変わった。

「瑠夏のことは、本当に残念だった」

颪は床のタイルに目を落とす。

「元気なんか、出てないです。名探偵とか言って、私は本当に無力な存在です」

そう言って、瑠夏から貰った名刺を出して見せた。言っていたとおり、彼の部屋にはたくさん刷られた名刺が遺されていた。それを思い出し、泣きたくなる。

「カビ臭《くせ》ぇ面《つら》してんじゃねぇよ。良かったこともあるだろうが。イケメンで優しい、プリンスなワトソンが見つかったんだろ?」

颪は首を横に振る。

「いえ、彼は映画を愛する俳優さんですから。確かに犲さんと真逆で、イケメンで優しくてプリンスで、頭が良くて気が利いて出しゃばりすぎないワトソンでしたけどね」

「俺とそっくりじゃねーか」

「拘置所って、鏡ないんですか?」

キョロキョロすると、後ろの刑務官と目が合った。

「けど、わかんねーぞ」

犲がぼそりと言う。

「鏡があるかどうか？」

「ちげーよ！　俳優やりながらでも探偵助手はできるだろうが」

「そうですかね。でも私、こういう探偵はもう二度とやらないって決めたんで。奥入瀬竜青は、フィクションの中だけで充分です」

言い切ると、豺が顔をぬっと近付けてくる。

「は？　なんだよそれ」

「瑠夏君の想いは嬉しいですけど、これは大事にしまっておこうと思います」

『名探偵　音更凪』。その名刺を胸のポケットにしまう。

「何を言ってる。あいつを弔うために、推理を披露したんだろ？」

「あれが最後だと決めて、そうしたんです」

凪は豺から視線を逸らして言った。

「鬼人館の時は本格ミステリを作るふりをして大失敗して、今回は本格ミステリにさせないって宣言したのに、こんなことになっちゃって。辛いんですよ。きっと、向いてないんだと思います」

「おまえは真珠と宍子の命を救った。宍子の計画をぶち壊したんだぞ？」

「四人と十一匹の命が失われたんです。意味がありません」

豺が何かを言いかけた時、「時間です」と刑務官が立ち上がった。

ナイスタイミングだ。凪は「さよなら」と立ち上がる。

「おい、待てよ」

豺も立ち上がる。

「意味が無いだと？　おまえ、それを死んだバアさんに言えんのか？　一人の命も、大人数の命も、重さは同じなんじゃねぇのか？」

凮は足を止めた。

「意味があったかどうかなんてのはなぁ、生き延びた奴が判断することだ。救われた奴が意味を作ってくんだ。おまえが勝手に決めるなクソ豚野郎が」

凮は振り返る。豺は噛み付くような視線を向けてきた。

「俺は、俺が今こうして生きてることに、意味が無かったとは思ってねぇぞ」

胸が痛い。

心臓を抉られた。

おばあちゃんが生きていたら、同じことを言われるような気がする。

その鋭い目を見返すと、豺は嘲るように言った。

「それに安心しろ。おまえはまだ本格ミステリを解《わか》っちゃいない」

「え……？」

「さっきも言っただろうが。文字だけで偽者だなんて気付けるかっつーの」

「どうゆうことですか……？」

「何が派手で大胆なトリックだ。俺からすればそんなのはフェアじゃない。ついでに、名探偵が機動隊を呼ぶのも認めない」

凮は思わず笑ってしまう。

豺はぼそりと言葉を残し、部屋を出ていった。

「んなもんは、本格ミステリだなんて言えねぇよ」

片岡翔（かたおか・しょう）

1982年、北海道生まれ。映画監督、脚本家、小説家。2010年、短編映画『くらげくん』（監督・脚本）が全国各地の映画祭で7つのグランプリを含む14冠を達成。'14年、初の長編映画『1/11 じゅういちぶんのいち』（監督・脚本）で商業映画デビュー。'22年、『この子は邪悪』（監督・脚本）が公開。

脚本家としても精力的に活動を続け、手がけた作品は映画『きいろいゾウ』『町田くんの世界』『ノイズ』『線は、僕を描く』、ドラマ『ネメシス』など。

'17年、初の小説『さよなら、ムッシュ』を刊行。他の著書に『あなたの右手は蜂蜜の香り』『ひとでちゃんに殺される』『その殺人、本格ミステリに仕立てます。』がある。


本作品は書下ろしです。

その殺人《さつじん》、本格《ほんかく》ミステリにさせません。

2024年10月30日　初版1刷発行

著者　片岡翔《かたおかしょう》

編集　池田真依子
図版制作　まるはま

発行者　三宅貴久
発行所　株式会社光文社
〒112-8011 東京都文京区音羽1-16-6
電話 編集部 03-5395-8254 書籍販売部 03-5395-8116 制作部 03-5395-8125
URL 光文社　https://www.kobunsha.com/

組版　萩原印刷
印刷所　堀内印刷
製本所　国宝社

ISBN978-4-334-10452-8

光文社　片岡翔の好評書籍

その殺人、本格ミステリに仕立てます。

トリックがバレた？　え、探偵役も死んだ？
ご安心を。私は名探偵の生まれ変わりです！
この場を「本格ミステリ」に仕立ててみせます！

音更風゛(おとふけぶう)は、「館」シリーズ全十作で知られるミステリ作家の一家にメイドとして就職した。だが一族は揃って不仲で、後を継ぐ兄妹間で殺人計画が持ち上がっている。風゛は殺人を止めるべく、計画を請け負った男・豺(やまいぬ)に接触し、死者を出さない「新・殺人計画」を考案。しかし計画当日、二人を嘲笑うかのように予想外の人物が殺されてしまい……。

「館」という閉鎖空間で起こる殺人事件——。本格ミステリの「王道」を逆手に取った怒濤の展開は全ミステリファン必見！